Newton Compton Editores

© 2024, Mar Montilla
© 2024, de esta edición por Antonio Vallardi Editore S.u.r.l., Milán

Todos los derechos reservados

Primera edición: septiembre de 2024

Newton Compton Editores es un sello de Antonio Vallardi Editore S.u.r.l.
Pl. Urquinaona, 11, 3.º 1.ª izq. Barcelona, 08010 (España)
www.newtoncomptoneditores.com

Gruppo editoriale Mauri Spagnol S.p.A.
www.maurispagnol.it

ISBN: 978-84-10080-53-9
Código IBIC: FA
DL: B 8.172-2024

Diseño de interiores:
David Pablo

Composición:
Endoradisseny

Impreso en septiembre de 2024 en Puntoweb s.r.l., Ariccia (Roma), en Italia.

Mar Montilla

El secreto de Adela

Newton Compton Editores

Barcelona, 2024

A mi lector más entusiasta, que es mi padre,
y al amor de su vida, que es mi madre

Prólogo

Caminaba deprisa, girando la cabeza a izquierda y a derecha, con el bolso apretado debajo del brazo. El nudo en el estómago, el temor en la mirada. Hacía un calor de justicia y la fina tela del vestido negro, jaspeado de lunares blancos, se le pegaba a los muslos. Procuraba no prestar atención a las reyertas callejeras ni al silbido que algún soldado, soliviantado por el repiqueteo de sus tacones, le lanzaba desde un camión al pasar por su lado. Si veía movimientos extraños o presenciaba algún altercado, Adela los esquivaba aligerando la marcha y se retiraba lo más rápido posible.

Pero aquello era diferente. Olía a quemado.

Desde lejos vislumbró la nube gris que rasgaba el cielo. Un grupo de hombres y mujeres se congregaban frente a la iglesia, con la vista alzada, testigos de lo que allí sucedía, impotentes unos, cómplices otros, sin que nadie hiciese nada para impedirlo. Imposible continuar. Se abrió camino entre la muchedumbre hasta quedar en primera fila. El corazón le latía con fuerza. Se oyó un estallido, se persignó. La vidriera multicolor de una de las ventanas superiores saltó en pedazos y provocó una tremenda humareda negra. El gentío se echó hacia atrás. Varios milicianos entraban y salían. En la puerta, uno le entregaba objetos de valor a otro, que los metía en un saco: un cáliz, un copón, una bandeja de plata, un candelabro de oro. La camioneta que se detuvo frente a los espectadores le resultaba familiar. El conductor y su acompañante se apearon, entraron en la iglesia y salieron sujetando al párroco por los brazos. El hombre se resistía y lo llevaban casi a rastras. Una señora gritó y trató de acercarse a la escalinata, pero un miliciano la apuntó con su fusil. Ella frenó sus pasos. Obligaron al cura a subir a la parte de atrás del camión, donde ya había otras personas.

Adela retrocedió y se ocultó detrás de la gente. Apretó los puños. Se le crispó todo el cuerpo. El chófer arrancó el motor, esperó a que su compañera se sentara a su lado y se esfumaron.

Con lágrimas contenidas, Adela se alejó deprisa de aquel escenario sombrío. No paró de correr hasta llegar a la panadería y refugiarse en ella. Cerró con llave y se dirigió al baño. Se echó abundante agua en la cara y, al tropezar con su propia imagen en el espejo, pálida y ojerosa, se asustó. Sus ojos reflejaban miedo.

Un miedo atroz.

PRIMERA PARTE

1

Íngrid

Siempre he oído decir que el amor más incondicional y puro es el que se siente por una hija, por un hijo. Trudy también lo creía hasta que nací yo, hace veintiocho años. Jura que desde el instante en que me sostuvo por primera vez entre sus brazos supo que la teoría no era cierta. ¿En cuántas ocasiones me habrá contado lo mismo? Que la observé con mis enormes ojazos –acababa de abandonar el útero materno, ver no veía nada, pero mirar, miraba con una curiosidad infinita– y estornudé dos veces seguidas. Fue como sellar un pacto. Entre nosotras se creó un vínculo especial e irrompible que dura hasta hoy y que se mantuvo intacto incluso cuando yo interpuse un muro de miles de kilómetros entre nosotras. Muro que no dudé en derribar de inmediato en cuanto recibí aquel *email*:

De: Lucía Evans
Fecha: 15 de marzo de 2019
Para: Íngrid Queralt
Asunto: Urgente
Íngrid:
Tu abuela se ha caído y se ha roto la cadera. No espero que vengas, pero consideraba importante que lo supieras. Está ingresada, a la espera de pasar por el quirófano.
Te mantendré informada.
Besos,
Mamá

Por cierto, Trudy es mi abuela.

Me llamo Íngrid y soy antropóloga. Vivo en Ciudad de México, pero soy natural de Barcelona, que me atrae y repele a partes iguales, con su belleza luminosa y su ruido infernal. Cuando me invade la nostalgia de mis orígenes, las imágenes que se me vienen a la cabeza de mi ciudad natal representan el atardecer en verano, cerca del mar, con graznidos de gaviotas de fondo, voces, olas que se rompen contra mis pies y un sinfín de luces de colores adornando edificios grises que de noche adquieren una nueva dimensión. Aun así, no es comparable con lo que experimenté aquí, al otro lado del Atlántico, cuando descubrí esta maravilla. Fue como si unas raíces invisibles emergiesen del suelo y se me enredaran alrededor de los tobillos, conectándome con la madre tierra en una simbiosis perfecta.

No necesité más para comprender que había encontrado mi lugar en el mundo.

No sé cómo explicarlo, ni yo misma lo entiendo, y quién sabe si la respuesta solo la conocen mis ancestros. La cuestión es que me enamoré de México –paraíso de ensueño para una antropóloga– con una pasión irrevocable. Me sedujo su aroma, mezcla de chile de árbol, pasilla y guajillo, el chisporroteo de las tortillas bañadas en aceite hirviendo, los cantos en sus más de cien lenguas, los días secos, los días húmedos, el olor a tierra mojada después de interminables semanas de lluvia, la danza que el humo del copal dibuja en el aire, el arte y el colorido que rezuman sus calles, la paz de la que me empapo cuando camino descalza sobre la arena blanca de sus playas, me sumerjo en sus aguas cristalinas o contemplo el crepúsculo bajo la sombra de un cocotero.

Pero nada de esto –que no es poco– impidió que, tras leer

el correo electrónico de mi madre, una servidora metiera en su maleta el portátil, un poco de ropa y mucha desazón –por lo que le había pasado a mi persona favorita– y tomara el primer vuelo con destino a Barcelona, dejando atrás La Roma, en el distrito de Cuauhtémoc. De hecho, aquel escueto enunciado –«No espero que vengas»– provocó justo lo contrario. Estaba estudiando un máster en la Universidad Nacional Autónoma de México y, aunque en un principio solicité permiso para continuar en la modalidad *online*, me marché sin conocer la respuesta. Todo esto sucedió antes de que un maldito virus pusiera al planeta entero en cuarentena y lo dejara patas arriba.

Me quedé tan embelesada ante la cinta transportadora que no me di cuenta de que mi maleta había pasado de largo y tuve que recorrer varios metros para recuperarla. Demasiadas horas sin dormir. Me dirigí a la puerta de salida y enseguida localicé a mi madre, que alzó la mano y la agitó en el aire. Le sostuve la mirada durante unas décimas de segundo y volví a bajar la barbilla. Seguía guapa, se conservaba bien. El porte distinguido la dotaba de una altivez mal disimulada. Sin embargo, y a pesar de que la nuestra jamás ganaría el premio a la mejor relación maternofilial, percibí la impaciencia en su expresión, y un ligero temblor de su mentón, antes de estrecharme entre sus brazos. Éramos igual de altas, la misma complexión. Confieso que a mí también me reconfortó sentirla y aspiré el aroma de su cuidado cabello casi sin querer. Olía a esencia de coco.

–Menudas ojeras –dijo mientras caminábamos.

–Apenas he pegado ojo desde que supe lo de Trudy. ¿Cómo está?

–La operación ha ido bien, pero ahora toca reposo y ya la conoces, no para. Está desanimada.

–No me extraña.

Nos subimos al primer taxi de una larga hilera y mamá le pidió al conductor que nos llevara al Hospital Clínico. Durante el trayecto, apenas hablamos. Me preguntó por Clara y por el máster y yo respondí con frases cortas y monosílabos. La conversación no fluía, se estancaba. La distancia que se había instalado entre nosotras, tiempo atrás, era de dimensiones infinitas, y no por culpa de la geografía.

Cuando Trudy me vio atravesar el umbral de la habitación, soltó un chillido casi infantil. Creí que iba a echarse a llorar, pero se contuvo, no le gustaba mostrarse débil en público. En eso –y en otras muchas cosas– siempre hemos sido idénticas. La abracé con suma delicadeza, como si temiera romperla, y le llené la cara de besos. Imagino que un nudo similar al que me apretaba la garganta oprimía la suya, porque no emitió vocablo alguno ni antes ni después de que los auxiliares la colocaran en la camilla.

Ahí estábamos las tres, juntas de nuevo, compartiendo el más indeseable de los escenarios. A medida que la ambulancia avanzaba por Sant Fructuós, giraba a la izquierda por Chopin y luego a la derecha para adentrarse en la calle de la Font Florida, mi corazón aceleraba sus latidos y yo me zambullía en una inevitable regresión a la infancia y a la pubertad. Mis momentos más felices mezclados con mis peores pesadillas en un tarro de cristal en el que rezaba FRÁGIL y NO AGITAR. Y es que la vida es como un lienzo que vamos rellenando a brochazo limpio. Las tonalidades resultantes pueden inspirar desde la tristeza más siniestra hasta la dicha más diáfana. ¿Quién no alberga en su interior algún trauma del pasado?

La tragedia marcó un antes y un después en mi existencia y se convirtió en un pesado lastre que arrastré durante años. La relación con mi madre, que pendía de un hilo, naufragó sin remedio. Se creó entre nosotras un abismo insalvable. Y el cordón umbilical que me ataba a Trudy se fortaleció aún más, si cabe.

El vehículo se detuvo delante del enrejado por el que asomaban las buganvillas de Trudy. Mamá abrió la verja y la puerta de entrada para dar paso a los camilleros, que atravesaron el jardín y accedieron a la casa. Días antes, mi previsora madre se había encargado de redistribuir los muebles del salón, en la planta baja, y abrir el sofá cama, con el beneplácito de mi abuela, que ya sabía que durante un tiempo no podría usar la escalera para subir a su dormitorio. Los chicos la acomodaron con delicadeza entre los almohadones que nosotras ahuecamos aquí y allá, para ayudarla a buscar la postura, y abandonaron la vivienda en cuanto dieron por finalizada su labor. La pobre mujer estaba tan apagada que, cuando su mirada y la mía se cruzaban, en silencio, se me partía el alma. La presencia de mi madre daba a la atmósfera un aire gélido, como de iceberg. Trudy y yo anhelábamos que se fuera, no necesitábamos expresarlo en voz alta para saber que coincidíamos. Y, a juzgar por la frecuencia con la que había consultado su reloj de pulsera en los últimos minutos, nuestro deseo estaba a punto de cumplirse.

—Tengo que irme. —La urgencia por marcharse superaba con creces la pequeña dosis de culpa que su semblante reflejaba—. ¿Os apañaréis sin mí?

—Ve tranquila, hija.

—Mañana tengo un juicio a primera hora —se justificó, adoptando el papel de Lucía, la abogada— y me queda mucho papeleo que revisar.

—Estaremos bien —afirmé.

Recordé que yo solía llamarla «picapleitos de pacotilla» para hacerla rabiar y contuve las ganas de volver a hacerlo.

–Cualquier cosa me llamas, Íngrid.

–Que sí, mamá, no te preocupes.

En cuanto nos quedamos solas, una calidez plácida inundó el ambiente. Me recosté al lado de Trudy y apoyé la cabeza sobre su hombro. De repente, se echó a llorar. Dejé que se desahogara. Acaricié su cabello gris, largo y ondulado. Le besé la frente, las mejillas arrugadas.

–Mis temores se han hecho realidad –gimoteó.

Me costaba reconocer a esa Trudy vulnerable, desvalida como un pajarillo con las alas rotas.

–¿Qué quieres decir?

–Soy una anciana torpe y estúpida.

–A tus ochenta años es la primera vez que pasas por un quirófano, ¿qué más quieres? Has tenido siempre una salud de hierro. Ya quisieran muchas personas de tu edad estar como tú.

–Me he convertido en un trasto inútil, ¡una carga!

–Eso no es verdad y lo sabes, Trudy, o sea que deja de compadecerte de ti misma. –Me senté en el borde de la cama y clavé mis pupilas en las suyas–. La culpa es de la osteoporosis, no tuya. ¡Cosas que pasan!

–Mira que yo era reacia a lo del botón rojo y resulta que me ha salvado la vida. Mientras rodaba como un fardo, escalera abajo, creí que había llegado mi hora, que era el fin. Qué mal lo pasé, Íngrid… ¡Qué dolor!

–Ahora lo importante es que estás aquí y te vas a recuperar. Venga, ¡sonríe! –dije y luego coloqué los pulgares en un extremo de su boca y tiré hacia arriba. Ella me los apartó y frunció el ceño, pero no logró evitar que se le escapara la risa. Entonces yo también me reí.

–Cómo echaba de menos tus tonterías, mi niña.

Sus manos de piel manchada apretaron las mías.

–Lo sé, y lo siento.

–No, al contrario. Soy yo la que lamenta haberte hecho venir desde la otra punta del mundo.

–Nadie me ha obligado a nada. Yo y solo yo lo he decidido libremente –dije antes de incorporarme de un salto.

–Mírate, ¡eres toda una mujer! Esbelta, guapa. ¡Cómo te ha crecido el pelo! Me encantan tus pendientes de aro, con ese estilo tan exótico. Y tu piel tersa, bronceada. Eres tan bella... –suspiró.

–¡Venga ya! Así es como me ven tus ojos de abuela. ¿Te importa que vaya a darme una ducha y a deshacer el equipaje?

–¡Claro que no! Anda, sube. Tu habitación sigue como la dejaste, cielo.

Me dirigí a la escalera tirando de la maleta, pero antes de subir recordé algo y miré hacia atrás.

–Dijiste que tenías un andador, ¿dónde lo guardas? Mañana vendrá la fisioterapeuta y puede que lo necesites.

–Está en el desván, es el que usaba mi madre. Encontrarás la llave en mi cuarto, colgada en un clavo, junto al escritorio.

–¿Crees que estará en buenas condiciones?

–Seguro que sí, cariño. Tiene muchos años, pero es de buena calidad.

–¡Como tú! –la animé y sonreí.

Ella dio un manotazo al aire, meneó la cabeza y me devolvió la sonrisa.

Me di la vuelta de nuevo y ascendí los peldaños deprisa, aunque aminoraba el paso si la madera crujía bajo mis pies, algo que siempre me había dado respeto. La vivienda de Trudy –que también fue la mía durante unos años– es más vieja que su propia dueña, lo sé con exactitud porque en el grabado de la fachada reza su año de construcción: 1931. Es una peculiaridad que poseen todas las casas de esa calle y me encanta. Rosa y Santiago, mis bisabuelos, la adquirieron en los años cincuenta, tras instalarse de forma definitiva en Cataluña, después de un par de décadas viviendo fuera. Santiago era ingeniero de caminos y dirigía una empresa en Castilla y León que durante la posguerra entró en crisis. No logró remontar. Más tarde recibió una buena oferta en Barcelona y no dudó en aceptarla. Se anclaron allí hasta el fin de sus días.

Trudy la heredó y la mantuvo intacta, conservó incluso la decoración más añeja: el cortinaje de tela gruesa de color verde botella, el sillón marrón de cuero y la mecedora con su cojín de ganchillo. Cada vez que yo intentaba convencerla de que, al menos, cambiásemos el tono de las paredes, me decía que no. Que perderían su energía, sus buenas vibraciones. Y, si se me ocurría comentar que se veía anticuada, me rebatía y afirmaba que lo *vintage* estaba de moda. Lo único que me gusta de esa casa son los cuadros que la adornan, porque los ha pintado Trudy, que es un pedazo de artista.

En la que fue mi habitación de los trece a los dieciocho años perduraba la esencia de mi yo adolescente. «Vaya, voy a tener que dormir encogida en este catrecito», fue lo primero que pensé. La sonrisa que los pósteres de Slipknot y Tokio Hotel avivaron en mi rostro se apagó de inmediato al contemplar las fotos de Linkin Park y recordar el suicidio del vocalista principal, Chester Bennington. Acaricié las imágenes y noté que un nudo me atenazaba la boca del estómago.

Solté la maleta y me dirigí al dormitorio contiguo, el de Trudy. «¡Esto es otra cosa!», me dije en cuanto crucé el umbral. Una colcha de tonos naranja y violeta, a juego con la lámpara de tela que colgaba del techo, cubría su cama grande —no como la mía, de tamaño infantil—. Las paredes exhibían un cartel del Festival de Woodstock de 1969, una lámina enmarcada de Janis Joplin y un batiburrillo de fotos clavadas con chinchetas en un panel de corcho con instantáneas de mi padre, mías, de mis bisabuelos, de mi madre con distintas edades, de los múltiples viajes de Trudy –a la India, Tailandia, Indonesia, Argentina, Bolivia, Marruecos– y, por supuesto, de Michael, mi abuelo, al que nunca conocí.

Me acerqué al escritorio y descolgué las llaves. Cuando abrí la puerta que daba acceso a la estrecha y oscura escalera que subía a la buhardilla, se me erizó la piel. Tanteé la pared, busqué un interruptor y me topé con uno que debía de ser antediluviano, a juzgar por su forma y aspecto. Muy pocas veces había subido al trastero, y nunca sola. Ascendí con lentitud de tortuga. Con cada nuevo peldaño, sentía alivio y miedo a la vez. Temía que mi pie hiciera un agujero y se hundiera en el escalón siguiente. Al llegar, la única y triste bombilla que colgaba del techo alumbraba a duras penas la estancia con una luz mortecina.

Cuando mis ojos se acostumbraron a la penumbra, contemplé el variopinto universo que se desplegaba ante mí. Sobre una mecedora desgastada por el uso, descansaba una muñeca con rostro de porcelana y tirabuzones rubios, vestida de época. En un rincón, medio ocultos bajo sábanas, un deslucido maniquí de costurera, un cochecito antiguo de bebé, una cuna, polvo, telarañas, más polvo. Y cajas de cartón. Montones de cajas, misteriosas y precintadas, de contenido incierto. ¡Ahí estaba el andador! Busqué un trapo, lo limpié y bajé lo más rápido que el estado de la escalerilla me permitió. Solté las llaves sobre la cama y fui al baño. «¿Y si me instalo en el cuarto de Trudy?», pensé mientras me duchaba; me pareció una idea fantástica.

Al colgar las llaves en su sitio, me fijé en algo en lo que

antes no había reparado: un montón de cuadernos del mismo tamaño y grosor apilados sobre el escritorio de mi abuela. «¿Y esto? ¿Le habrá dado por escribir sus memorias?», pensé. Abrí uno al azar y comprobé que no era su trazo. Me sorprendió la fecha: 1931, el mismo año en que se construyó la casa y se proclamó en España la Segunda República. En la etiqueta del lomo de todas las libretas se leía «Adela Cifuentes Gutiérrez». ¿Quién podía ser? Su nombre y apellidos no me sonaban de nada. De repente, tuve la sensación de que estaba tardando demasiado y me sentí culpable. Me asomé al hueco de la escalera.

–¿Estás bien, Trudy? ¡Ahora bajo!

–Sí, cariño, no te preocupes, tómate tu tiempo.

También había un atadillo de cartas sin sobres, unas escritas por el mismo puño y letra que los cuadernos y otras firmadas por una tal Julia. No entendía nada y mi curiosidad crecía por momentos. ¿A quiénes pertenecían?

Me senté en el borde de la cama y repasé aquellas páginas, leyendo líneas salteadas, aquí y allá: «Una gran masa humana se dirigía hacia la plaza de la Cibeles...». «¡Viva la República!». «... Julia y yo, arrastradas por la multitud, nos metimos por la calle de Alcalá...». Me moría de ganas de continuar, pero se estaba haciendo tarde.

Deshice el equipaje y coloqué mi ropa en el armario de Trudy. Debía ir a preparar la cena y decidir a qué hora llamaría a Clara, para no pillarla trabajando o durmiendo, por la diferencia horaria.

Corrí escaleras abajo y sorteé los dos últimos peldaños de un salto.

–¡Cuidado, niña! –Mi abuela se llevó la mano a la boca, asustada–. Si te caes tú, ¿quién cuidará de quién?

–Tranquila, sigo de una pieza. Mira, el andador. –Lo dejé

22

junto a la pared–. En perfecto estado, como dijiste. ¿Tienes hambre?

–No creas.

–Pero te tomarás una crema de verduras sí o sí. No es negociable.

–Si no queda otro remedio…

Seguía tristona, pero estaba segura de que en unos días su ánimo cambiaría, puesto que ese era mi principal objetivo, además de las cuestiones prácticas y los cuidados, por supuesto.

–Quiero preguntarte un par de cosas, Trudy.

–Dispara, muchacha.

–¿Te parecería bien que me quedara en tu cuarto? Tú vas a estar aquí abajo y mi dormitorio ahora me resulta de lo más infantil.

Clavó sus ojillos vivarachos en mis pupilas y bajó la cabeza hasta que le salió doble barbilla. Sabía lo que significaba su expresión, pero esperé a que lo soltara.

–Apostaría cualquier cosa a que ya te has instalado sin mi permiso.

–Pues sí. –Apreté los labios y puse los ojos en blanco.

–¿Entonces?

–Puro trámite –respondí, alzando las manos con los codos doblados.

–¡Ay, Íngrid! Eres tremenda. ¿Y la otra cuestión?

Cogí un taburete, lo acerqué a su cama y me senté.

–¿Quién es Adela Cifuentes Gutiérrez? –pregunté, remarcando aquel nombre y aquellos apellidos y mirándola fijamente, sin pestañear.

A Trudy se le transformó el semblante. Palideció. Comprendí de inmediato que aquellos cuadernos eran importantes para ella. Permaneció callada unos instantes. Luego desvió la mirada.

–¿En serio has curioseado entre mis cosas? ¡No me lo puedo creer! –dijo en tono irónico.

–Ya me conoces, Trudy. Además, hay confianza, ¿no?

–Adela es una vieja amiga de la familia. Murió hace años, la pobre, y quiso que yo conservara su diario personal –aclaró evasiva.

–¿Me dejarás leerlo?

–¿Serviría de algo que te dijera que no? –añadió, alzando la barbilla.

No respondí, no hacía falta. Durante unas décimas de segundo nuestras miradas se enfrentaron, desafiantes. Acto seguido, me incorporé y dirigí mis pasos hacia la cocina.

Comencé a leerlos esa misma noche.

2

Sábado, 11 de abril de 1931

Mi tía Encarna me regaló una vez unos cuadernos en blanco y una pluma estilográfica. Me dijo:

–Toma, cariño, para que anotes tus secretos y le proporciones alivio a la opresión de tu alma.

Le dije que yo no tenía secretos. Ella insistió con una especie de ternura triste:

–Los tendrás, todas los tenemos.

Yo me encogí de hombros, sin entender.

Hasta hoy.

Hoy sus palabras han cobrado sentido. Hoy necesito liberar mis sentimientos, desahogarme, escupir lo que llevo dentro, aunque sea por escrito y no de viva voz, porque en esta casa mi opinión no cuenta. Mi familia hace y deshace sin consultarme y, encima, pretende que acate sus órdenes sin rechistar.

¿Acaso soy una esclava? Por lo visto, sí.

Mi nombre es Adela Cifuentes Gutiérrez y me quiero morir. O mejor dicho: ya estoy muerta. Mi vida se ha acabado con solo dieciocho años.

El país anda revuelto, pero me da igual. A mí lo único que me importa es que don Enrique y doña Elvira, que, además de unos especímenes en vías de extinción moldeados a la vieja usanza, también son mis padres, han decidido que me case con Alberto, el hijo de unos amigos a los que ni siquiera conozco. ¿No es increíble?

Dentro de una semana nos visitará, acompañado por los suyos, y el compromiso se hará oficial.

–Si no te gusta puedes rechazarlo –ha dicho madre y a continuación ha añadido–: Pero ten en cuenta que es un hombre con clase, de buen apellido. Se dedica a la contabilidad, ¿sabes? Es perfecto para ti. Estás a punto de heredar el negocio que con tantos sudores y lágrimas hemos sacado adelante tu padre y yo y necesitas el respaldo de un marido, como es natural. Eres toda una mujer, con edad de sobra para formar una familia. Adelita, mi niña, no llores. Vas a ser muy feliz, ¡ya lo verás!

Se ve que hemos retrocedido a la Edad Media y debo casarme con quien ellos elijan. Ellos, no yo. Porque, al fin y al cabo, ¿quién soy yo?

–Una niñata tonta y consentida que no sabe nada de la vida. –Eso ha concluido padre–. La culpa la tienes tú, por malcriarla –le ha dicho a madre, que ha dado un respingo, sin atreverse a replicar, antes de que él saliera dando un portazo.

Ella ha intentado acercarse a mí con un tímido «Queremos lo mejor para ti». Yo la he mirado con odio y he corrido a encerrarme en mi dormitorio.

No es justo, ¡no es justo!

Padre es de los que creen que una mujer no es nadie sin un hombre al lado. Y desde luego madre no es capaz de dar un paso sin él. Son mayores. Nací cuando no les quedaba esperanza alguna de tener descendencia, después de veinte frustrados años de matrimonio, y puedo comprender que sus ideas sean un tanto prehistóricas, pero jamás sospeché hasta qué punto. Cuando se lo cuente a mi prima, va a montar en cólera, ¡con lo liberal que es! Julia, a sus veintiún años, anda siempre metida en asuntos de política que se escapan a mi entendimiento y afirma que está a punto de proclamarse una república. Cuando madre la oye, se persigna y murmura «Dios no lo quiera».

Madre adora a Julia y Julia adora a madre, a pesar de sus desacuerdos. Sin embargo, padre no puede ni verla, dice que es una mala influencia para mí. De hecho, la relación entre mi padre y su cuñada, por la que yo siento verdadera locura, nunca ha sido buena. A mi tía Encarna la abandonó su marido antes de que naciera Julia y la ha criado sola. Es una mujer admirable, resolutiva, independiente. Conceptos ajenos al entender de mi anticuado padre.

Sí que debe de ser cierto que algo gordo está a punto de suceder, porque hay elecciones municipales, padre está de los nervios, fumando puro tras puro, y tanto él como madre llevan días con la radio encendida, atentos a cualquier novedad.

En la calle se respiran aires de revolución. La gente está cansada de someterse a los caprichos de una monarquía que favorece solo a la aristocracia, harta de represión, hambrienta de libertad, sedienta de modernidad. «España vive anclada en el pasado, estancada, atrapada en unos ideales caducos –dice Julia–. Basta ya de tanto despotismo y oligarquía». A mí la política me aburre. Quizá sea tan importante como afirma mi prima, pero ¿qué voy a hacer yo para cambiar el rumbo de la historia, si no puedo modificar ni el de mi propio destino? Julia siempre proclama que todos, ¡yo también!, debemos aportar nuestro granito de arena para hacer de este un país libre. En fin, lo que tenga que ser será, con o sin mi ayuda. ¡Bastante tengo yo con lo mío!

No paro de pensar en ese tal Alberto. Seguro que es un estirado, un pretencioso. ¿Qué voy a hacer, Dios mío?

Desearía salir corriendo, escapar, desaparecer sin dejar rastro. Mi prima dice que no ha nacido el hombre capaz de hacerla entrar en vereda. No piensa casarse jamás y mucho menos por la Iglesia. No le tiene miedo a nada ni a nadie. Pero yo no soy Julia, ¡ya me gustaría!

Domingo, 12 de abril de 1931
Esta mañana, en cuanto bajé de la cama, percibí que una enorme tensión contaminaba la atmósfera hogareña. Madre lloriqueaba, padre farfullaba y ambos permanecían pendientes del sonido radiofónico y de la voz del locutor. Yo me he limitado a observar en silencio, sin atreverme a preguntar. Las expresiones de sus semblantes no presagiaban nada bueno. Sin embargo, cuando nos dirigíamos a la panadería, he sentido lo contrario.

Madrid ha amanecido distinto hoy. Hay un ambiente festivo. Emilio, el de la frutería de al lado, descargaba la mercancía con una sonrisa de oreja a oreja y nos ha dado los «Buenos días» con entusiasmo. Madre le ha respondido tan cortés como escueta.

El quiosco de la esquina de Marqués del Duero con Recoletos estaba abarrotado de titulares que vaticinaban el triunfo de la República. Tal fue el brusco tirón de brazo que me propinó doña Elvira, que me quedé a medias leyendo los enunciados, pero me moría de curiosidad, o sea que en un descuido suyo me escapé a comprar el *Heraldo de Madrid*, con la esperanza de que más tarde Julia me aclarase algunas cuestiones. En nuestra panadería no se comentaba otra cosa. La mayoría de las clientas parecían tan consternadas como madre, pero no todas. Claro que las hemos atendido por igual. Padre siempre dice que el dinero no tiene ideales ni religión. El dinero es dinero y punto.

Lunes, 13 de abril de 1931

Hoy ha venido Julia. Madre la ha hecho pasar a la habitación, como de costumbre. Yo ardía en deseos de contarle mis penas, pero su actitud me ha frenado. La he visto tan eufórica, tan locuaz. Que si la República esto, que si la República lo otro. Que si el rey se va a tener que largar por las buenas o por las malas. Que si a partir de ahora viviremos en un país libre y moderno... Me ha costado horrores interrumpir su discurso político. Hablaba y hablaba sin que yo pudiera entender casi nada.

Al final, durante una breve pausa de su monólogo, le he contado lo de mi compromiso con Alberto de sopetón, haciendo hincapié en lo desgraciada que soy. Pensaba que me estrecharía entre sus brazos, que me consolaría y buscaríamos, juntas, una solución. No ha sido así. Me ha mirado con ojos desorbitados y ha dicho:

–¿Es que no puedes ver más allá de tu propio ombligo? ¡Ha vencido la República, Adela! Es un gran acontecimiento para España, un momento histórico, una victoria sin precedentes, ¿y a ti solo te preocupa ese estúpido novio que tus padres te han buscado? ¡Pues no lo aceptes! Nadie puede obligarte a nada, somos libres, ¡libres! Crece de una vez y toma tus propias decisiones, ¿a qué esperas? ¡Hazlo! Lucha por lo que quieres.

–No es tan fácil para mí, ¿sabes?

–Nada es fácil para nadie, Adela, pero tu vida es tuya. Ya no eres una niña, no tienes por qué hacer todo lo que te pidan tus padres. ¡Rebélate!

–¿Y cómo demonios voy a hacer eso? ¡Yo no soy como tú!

Se me ha quebrado la voz y me he echado a llorar como una tonta. En ese instante padre ha irrumpido en la estancia sin llamar ni pedir permiso.

–¿Qué pasa aquí? –ha gritado–. ¡Deja a mi hija en paz!

Julia se ha plantado delante de él, con la cabeza bien alta, y le ha soltado:

–¡Viva la República!

Yo me sentía como una idiota y, entre hipidos, he visto que padre enrojecía hasta las orejas. Entonces ha alzado la mano como para darle una bofetada, pero se ha echado atrás en el último segundo. Y ella erguida, sin mover ni un músculo, desafiante. Al final todo ha quedado en un «¡Sal de mi casa y no vuelvas!». Julia ha cumplido la orden sin dilación.

–¡Y tú cálmate de una vez! –me ha dicho–. ¡Entre tu madre y tú vais a volverme loco! No quiero que veas a tu prima nunca más, ¿me oyes? ¡Nunca! Es una maleducada con la cabeza llena de pájaros y discursos revolucionarios.

Semejante sermón no ha hecho más que acentuar mi llanto. Me he echado de bruces sobre la cama y padre ha cerrado la puerta con tanta furia que por poco la echa abajo.

¿Qué más me puede pasar? Después de no sé cuántas horas he reunido el valor necesario para incorporarme y acercarme a madre, que escuchaba la radio con gesto grave. Me he acurrucado a su lado, en el sofá, y ella me ha abrazado. El locutor explicaba que los periodistas le habían preguntado a un tal Aznar-Cabañas, nada más entrar en el Palacio de Oriente de Madrid esa misma mañana, si habría crisis de Gobierno. A lo que él, un tanto sorprendido por una pregunta cuya respuesta resultaba tan evidente, había contestado: «¿Que si habrá crisis? ¿Qué más crisis desean ustedes que la de un país que se acuesta monárquico y se despierta republicano?».

Martes, 14 de abril de 1931

La Segunda República española se ha proclamado oficialmente. Padre está de un humor de perros. Madre ha dejado de llorar, pero hoy, por primera vez en treinta años, las persianas de su panadería han permanecido echadas a pesar de ser laborable. Es como si estuviéramos de luto.

A primera hora de la tarde, sumida en la melancolía que siento desde hace días, me he quedado pasmada mirando a través de la ventana de mi habitación. Había un tremendo ajetreo en la calle. De repente, he reparado en la presencia de mi prima entre la muchedumbre. Julia, como si hubiera percibido mis ojos clavados en su nuca, ha alzado la cabeza, ha sonreído y ha lanzado manotazos al aire, en un explícito gesto que me invitaba a bajar.

«¡Ya no está enfadada!», me he dicho con alivio mientras le hacía señas para que me esperara. Me he puesto la chaqueta y los zapatos en un santiamén y, tras coger el bolso, he salido del cuarto con resolución, inventando a marchas forzadas una mentirijilla piadosa. Con un padre ausente y una madre distraída no ha sido tan difícil.

–Voy a acompañar a doña Aurora a misa –le he dicho.

Como nuestra vecina, tan anciana, no anda muy fina, en el caso improbable de que le pregunte y no sepa de qué va, a madre no le extrañará. Ella, con la mirada perdida, ha respondido:

–Está bien, pero ve con cuidado y huye de los altercados. El mundo se ha vuelto loco, hija.

He intentado correr escaleras abajo, pero, entre los tacones y la falda de tubo, me las he visto y deseado. Ahí estaba Julia, mi Julia, ¡qué alegría volver a verla! Vestía pantalones, camisa y calzado plano. Me ha abrazado sin mediar palabra, me ha agarrado de la mano y ha tirado de mí. Yo no sabía adónde íbamos, pero enseguida me he dado cuenta de que no estábamos solas. Le he preguntado quiénes eran esas personas.

—El pueblo, Adela, el pueblo. La gente normal: obreros, jornaleros, artesanos, empleadas de la fábrica textil, estudiantes. Es una fiesta popular, una fiesta revolucionaria para celebrar la victoria de la República. El movimiento ha empezado a primera hora de la mañana en Éibar, un municipio de Guipúzcoa, y se ha ido extendiendo al resto de España.

Una gran masa humana se dirigía hacia la plaza de la Cibeles. Hemos llegado justo a tiempo de presenciar cómo unos funcionarios socialistas izaban una bandera en lo alto del edificio de Correos y Telégrafos. La bandera era de tres colores: rojo, amarillo y morado. Julia se ha puesto a aplaudir con fervor, ella y la mayoría de los allí congregados. Después se ha tapado la boca con las manos y se le han llenado los ojos de lágrimas. Ha sido tanta su emoción que me ha contagiado. He sentido que el corazón me palpitaba con una intensidad desconocida.

—¡Viva la República! —han clamado al unísono.

Un desconcertante cosquilleo me ha recorrido la columna vertebral, ahora comprendo por qué se enfadó tanto ayer mi prima. Esto es algo grande. Esto es algo inmenso.

Cada vez se concentraba más gente en la plaza, y Julia y yo, arrastradas por la multitud, nos hemos metido por la calle de Alcalá para dirigirnos a la Puerta del Sol con todos los demás.

—¡Corre, Adela! ¡Dicen que está Manuel Azaña! —me ha apremiado Julia.

–¿Quién? –he respondido a voz en grito.

Era imposible comunicarse de otra forma en medio de tal algarabía.

–¡Manuel Azaña, el líder del Grupo de Acción Republicana! ¡Corre!

Y hemos corrido como locas. En efecto, allí estaba, asomado al balcón del Ministerio de la Gobernación, saludando a un público enfebrecido.

Ha sido impresionante. La experiencia más intensa y conmovedora de mi vida. Estoy agotada, entusiasmada, confusa… y tan excitada que dudo que logre pegar ojo esta noche.

3

Íngrid

Trudy me pidió que no dejara que sus flores murieran y me lo tomé al pie de la letra. Mientras Laia, la fisioterapeuta, la sometía a la tortura de realizar unos ejercicios que ella detestaba, yo cumplía a diario con la misión que se me había encomendado. Es más, disfrutaba haciéndolo y lo convertí en mi causa. Volqué mi cariño en ese paraíso en miniatura que mi abuela había creado a la entrada de su casa y al que yo bauticé como Jardín de la Alegría. Incluso adquirí sacos de tierra y jardineras nuevas, con la intención de sembrar semillas de otras variedades de plantas.

Aprovechaba los ratos en los que había otra persona pendiente de Trudy –mamá, Laia o la asistenta– para salir de compras o leer el diario de Adela. Así soy yo, o todo o nada, sin medias tintas. Si algo no me llama la atención, lo ignoro, no existe para mí. Pero si despierta mi interés, por el motivo que sea, entrego el corazón, el alma y la propia vida si hace falta. Y si algo había despertado mi interés hasta alcanzar niveles máximos era la historia de esa tal Adela. Tenía nociones de lo que representó para España la República, pero que lo narrara alguien que lo había vivido en primera persona era impresionante. Me intrigaba. Anhelaba saber más de ella, pero no me atrevía a preguntarle a Trudy, no de momento, quizá más adelante.

Digamos que soy apasionada, y la misma pasión que unas veces me arrastra al infierno, otras me eleva al cielo. Como cuando tomé la decisión de irme a México a completar mis estudios de Antropología Cultural. Acababa de participar en un voluntariado en Tulum durante los meses de verano, tenía veinte años, hacía dos que vivía en un piso compartido en el barrio de Gracia y tuve que esperar uno más para llevar a cabo mi plan –porque estaba matriculada en la Universidad Autónoma de Barcelona para el curso siguiente–, sin embargo, lo hice.

Los cambios no me dan miedo, al contrario, creo que ayudan a crecer, y los obstáculos no solo no me disuaden, sino que acentúan mi empeño. Además, siempre he sido muy independiente.

Solicité una beca y me la concedieron. La idea inicial era terminar la carrera en Ciudad de México y regresar. Pero la brújula viró el rumbo una vez más cuando Clara se cruzó en mi camino. Estudiábamos juntas. Ella buscaba compañera de apartamento y yo un lugar para vivir que se ajustara más a mis necesidades que el albergue en el que me alojaba. Conectamos de inmediato. Cualquier tema sobre el que conversábamos –política, medio ambiente, espiritualidad…– ponía en evidencia nuestras afinidades. Éramos almas gemelas. Y la honesta amistad que se afianzó entre nosotras no tardó en dar paso a un vínculo más estrecho.

Resultaba agradable percibir el sol en la espalda mientras pensaba en Clara. Añoraba sus caricias, sus besos. Echaba de menos los debates en los que nos enzarzábamos por el puro placer de llevarnos la contraria. Pero, por encima de todo, extrañaba nuestras reconciliaciones. Nuestra manía de rodar por la cama –o el suelo– hasta que nuestros cuerpos se fundían en uno. Recogí la regadera y demás bártulos de jardinería y los guardé en el armario que Trudy usaba para esos menesteres.

Cuando entré en casa, vi que Laia estaba a punto de irse. Era una mujer cercana a la treintena, delgada, enérgica.

Cada día nos bombardeaba con miles de instrucciones acerca de lo que Trudy debía hacer o no hacer, pero hablaba tanto y tan deprisa que apenas podíamos seguirla. Al salir, cerró la puerta con tanto brío como si zanjara una discusión tras pronunciar la última palabra.

–¿Qué tal? ¿Cómo te ha ido?

–La odio. ¡La odio! Y que conste que lo digo desde el cariño.

Sentada en un extremo del sofá, con el caftán de color violeta que le había ayudado a ponerse a primera hora de la mañana, deslizó las yemas de los dedos por debajo de los ojos, gesto que hacía siempre que sospechaba que el sudor humedecía su cara. Resopló.

–Es su trabajo, y lo hace muy bien, por cierto.

–Lo sé, Íngrid, lo sé. Déjame ejercer mi derecho a la pataleta, anda. Es lo único que me queda.

–¿Hola? ¡Qué melodramática, Trudy!

–No me hagas caso, cielo. –Emitió un suspiro largo–. ¿Cómo está mi Jardín de la Alegría?

–Mejor que nunca. Te costará reconocerlo.

–Hace calor, ¿no?

–Ya te digo, parece verano. ¿Enciendo el ventilador? –pregunté, y lo puse en marcha sin esperar respuesta. Trudy miró al techo y aquel armatoste empezó a girar haciendo más ruido que aire–. ¿Te recojo el pelo?

–Depende. ¿Voy a conocer por fin a tu novia? –Tomó un mechón de su melena plateada y jugueteó con él–. Quiero que me vea guapa.

La coquetería es –y lo seguirá siendo– la fiel compañera de Trudy. ¿Por qué no la llamo abuela, abu o yaya? Porque me pidió que me refiriera a ella como Gertru o Gertrudis. Lo de Trudy vino después, cuando tuve edad suficiente para entender que mamá había sido el fruto de su *affai-*

re con un tal Michael. Sí, en efecto, mi abuela es madre soltera. Mi abuelo era un motero que estaba de paso, con su flamante Harley-Davidson, y cayó rendido a sus pies en cuanto la conoció. La pasión los mantuvo entretenidos un par de años. Cuando él decidió reanudar su viaje, ella no trató de retenerlo, ni siquiera al descubrir que la había dejado embarazada. Michael fue el primero en llamarla Trudy. Quién iba a imaginar que el resultado de una historia tan suculenta fuese el muermo de mi madre.

Qué rara es la vida.

—Tú estás guapa con el cabello suelto o recogido. —Fui hacia ella, le estrujé la cara, le besé la frente y me senté a su lado—. Eres la viejita más linda del mundo.

—¿Y…?

—Ya veremos. —Le guiñé un ojo—. Creo que tiene la mañana libre, pero no estoy segura. Voy a preguntarle, aunque tardará en contestar porque ahora debe de estar durmiendo —dije mientras sacaba el móvil del bolsillo y empezaba a teclear con los pulgares.

—¿Cómo puedes escribir a esa velocidad? —Me dio unas palmaditas en el muslo y acaricié su mano, sin decir nada. Yo vestía un *short* vaquero deshilachado y un top amarillo que dejaba el *piercing* del ombligo al descubierto—. Qué piernas más largas y bonitas, ¡qué envidia! Has heredado la esbeltez de tu madre, por fortuna.

—¿Me estás comparando con Lucía, la picapleitos de pacotilla?

Solté el móvil y salí disparada del sofá como si me hubiese impulsado un muelle. La cara de Trudy era un poema. Encogió los hombros y apretó los labios. Se notaba que se arrepentía, pero no podía desdecir lo dicho. La miré sin parpadear.

—Lo siento, se me ha escapado.

–¡No me parezco a ella! –dije ofuscada.

Se hizo un silencio incómodo. Corrí escaleras arriba y me metí en el cuarto de la abuela, que yo había ocupado. Sabía que era absurdo reaccionar así, que carecía de lógica, pero no podía evitarlo. Me asaltaron imágenes de un pasado dulce. Mi padre y yo en el parque de la Ciudadela, correteando detrás de una pelota, con una Lucía radiante como espectadora. O los tres comiendo juntos, un domingo cualquiera, en casa. Ella y yo nos partíamos de risa con las absurdas bromas de papá. Escenas felices de cuando éramos una familia perfecta.

Hasta que pasó lo que pasó.

Mi madre lo echó todo a perder. Ella tuvo la culpa. Ella y solo ella. O al menos eso creía yo a pies juntillas mientras daba vueltas en círculo por la habitación, como una fiera enjaulada.

Me detuve en seco, respiré hondo y, ya más calmada, regresé al salón.

–Íngrid, yo…

–No, no te disculpes. Tú no has hecho nada. Soy yo la que debería pedirte perdón por haber reaccionado así.

Me acuclillé ante ella, le besé las manos y, al levantar la vista, observé la humedad de sus ojos.

–Tu madre y tú a veces olvidáis que estoy en medio –dijo. Desvié la mirada, sin abrir la boca–. Daría mi vida por ti si hiciera falta y lo sabes. Pero ella… ¡Ella es mi hija! Y la quiero. Tanto si lo entiendes como si no.

Pues no. No lo entendía.

Su gesto adusto delataba que iba en serio, pero a mí no me apetecía tener esa conversación. Me senté en el suelo con las piernas cruzadas y fingí consultar el móvil para esquivar el tema tabú. Me dolía que nadie fuera capaz de ponerse en mi piel. Me fastidiaba que hasta Trudy pretendiera que olvidara un asunto tan grave y no tuviera en cuenta mis sentimientos.

–Venga, hoy es un gran día: voy a presentarte a Clara. Me ha respondido, dice que me llamará a las seis de la tarde, que para ella serán las once de la mañana.

Varios minutos antes de la hora acordada, me senté delante del ordenador en el escritorio de Trudy. La videollamada no se hizo esperar.

–¡Hola, mi amor! –Tocó su pantalla y yo la mía.

–Hola, peque, ¿cómo estás?

La primera vez que la llamé así se enfadó conmigo. Luego le conté que ese era el apelativo cariñoso con el que mi padre me llamaba y desde entonces no le importa que lo use con ella. Y es que Clara es menudita y delgada como una niña. Piel canela, ojos oscuros, cabello negro, liso y largo hasta más abajo de la cintura. Bella, muy bella.

–Bien, pero te extraño.

–Yo también. No imaginas cuánto…

–¿Dónde está tu abuelita?

–Espera, amor, que quiero hablar primero a solas contigo. Luego bajaré al salón para que la veas y la saludes. Hoy hemos reñido, ¿sabes? Y ahora me siento mal.

–¿Qué pasó, güey? ¿No habrá sido por lo de siempre?

–Sí, pero ya le he pedido disculpas.

–Entonces, ¿sigues igual con tu madre?

–No quiero hablar de eso, Clara.

–Está bien. Ten paciencia con tu abuelita. Es una anciana y merece tu respeto.

–Pues será mejor que no la llames así o te odiará.

–¡Cierto! ¡Lo olvidé! –Se echó a reír, mostrando una hermosa hilera de dientes blancos y perfectos–. Lo tendré muy presente, mi amor. En la facultad me preguntaron por ti. ¿No asistes a las clases *online*?

—Hago lo que puedo, peque, pero mi prioridad es Trudy. Debo ayudarla a salir de la cama, ducharse y vestirse, además de las tareas de casa. Viene una chica a limpiar, pero la que cocina y pone lavadoras soy yo.

—¡Pobrecita! La tienen esclavizada —se burló—. Órale, muéstrame el cuarto de Trudy, que tengo curiosidad.

Me levanté y paseé por la estancia. Enfoqué las paredes, la cama, el techo. Luego volví a sentarme.

—¡Ay, qué linda! Me encanta. ¿Aquello es una cachimba?

Miré hacia donde apuntaba con el índice.

—Afirmativo.

—¿Y boletos de conciertos? ¿Sí? —dijo, señalando el panel de corcho.

—Sí. Ha ido a montones. De los Rolling Stones, de Led Zeppelin, de Bruce Springsteen y un largo etcétera. Mi abuela es tan *heavy* como *hippie*. Es única.

—¡Preséntamela ya, güey!

—Voy.

Sostuve el portátil abierto y bajé despacio. A Trudy se le escapó una risita nerviosa al verme. Se mostró ilusionada, impaciente. Apoyé el dispositivo en la mesa pequeña frente a ella.

—¿Cómo estoy? —me preguntó en voz baja y acto seguido se dio cuenta de que Clara aparecía ya en pantalla y la estaba viendo. Se echó a reír, juntó ambas palmas y las apretó contra su boca.

—¡Se ve hermosa, Trudy! Es un gusto conocerla.

—Encantada, Clara. ¡No imaginas las ganas que tenía de conocerte! Íngrid habla de ti sin parar.

—¿Qué tal se encuentra de la cadera?

—Duele bastante, pero estoy un poco mejor cada día.

—Me alegro mucho, Trudy. Lo importante es que evolucione hacia la recuperación aunque el proceso sea lento.

–Gracias, querida. ¡Mírame! Charlando contigo como si estuvieras aquí. Nunca había hecho una videollamada. ¿No es increíble?

Las observaba con deleite. No podía parar de sonreír. Ahí estaban mis dos personas favoritas, conversando como si lo hubieran hecho toda la vida. Trudy gesticulaba, con un ligero temblor de manos y de labios. Risueña. Feliz.

–Con lo moderna que es usted...

–Tutéame, bonita, me considero muy joven de espíritu.

–¡Por supuesto, cómo no! –concedió Clara.

–A saber lo que esta diablilla te habrá dicho. –Se dio la vuelta hacia mí con expresión pícara y entornó los párpados–. Pienso vengarme.

–¡Ay, sí, por favor! Cuéntame cosas de cuando Íngrid era chiquita, Trudy.

–No, no, no. –Alejé la pantalla de mi abuela.

–¡No seas pendeja, güey! –protestó mi novia–. Deja que relate sus historias, es lo que hacen las abuelitas, mi amor.

–Está bien –acepté a regañadientes.

Volví a colocar el portátil delante de Trudy, a la que se le iluminó el semblante.

–Era una chiquilla adorable. Pura inocencia. Improvisaba una coreografía en cualquier momento y lugar. Lo mismo te bailaba *Que la detengan* de David Civera en el andén del tren de cercanías que *Ave María* de Bisbal en la sala de espera del pediatra. Me parece estar viéndola. Tengo muy nítidas las escenas de esa Íngrid de siete años. Carecía de todo sentido del ridículo, al contrario que Lucía, que siempre fue una criatura tímida, retraída, introspectiva.

Había pasado de hablar de mí a hacerlo de su hija de forma espontánea, sin apenas ser consciente. No dije nada.

–¡Qué linda la imagino!

–¡Divina! Su padre estimulaba su faceta artística. Su madre, no. Estaba convencida de que animarla a seguir por ese camino equivalía a permitir que su hija fuera una muerta de hambre. Debía estudiar y forjarse un futuro real, no lleno de fantasías de ensueño. ¡Así es mi Lucía! Pragmática como ella sola.

–Espero que me la presenten un día de estos.

–¿Sí? ¿De verdad? A ella también le gustaría, Clara.

–Bueno, peque –interrumpí–, supongo que tendrás cosas que hacer, que a esta mujer se le va el santo al cielo.

–Un ratito más, mi amor, ¡Trudy es tan chida! Pásamela, no seas mala.

–No, si al final me voy a poner celosa –me aparté resignada.

–¿Te ha contado las pintas que gastaba a sus dieciséis años? –continuó. Clara negó con un gesto, aunque no era del todo cierto. Se notaba que disfrutaba con las historias de Trudy y su divertida forma de narrarlas–. En pleno invierno se le ocurrió raparse ambos lados de la cabeza y se dejó una cresta teñida de azul –contó mientras se tocaba el cabello y señalaba las zonas del cráneo a las que hacía referencia. Se oían carcajadas procedentes del otro lado de la pantalla–. ¿Te la imaginas? Llevaba un aro de esos de toro en la nariz que…

Desvié mi atención hacia el ruido del motor de un coche que se había detenido cerca. Oí el chirrido que hacía la verja al abrirse y el sonido de la llave en la cerradura. Cerré el ordenador de golpe.

–Basta por hoy.

–Pero ¿por qué has hecho eso?

–Hola –dijo mamá después de cerrar la puerta. Trudy la miró, sorprendida, y mi madre me miró a mí–. ¿Qué os pasa? ¿Habéis visto un fantasma?

–Hola, cariño. No te hemos oído llegar –titubeó mi abuela.

Se quedó ahí plantada unos segundos, tratando de adivinar qué sucedía. Puso en el suelo las bolsas de supermercado que cargaba, se quitó el elegante *blazer* azul marino –que dejó al descubierto una camiseta blanca de rayas azules horizontales y un pantalón blanco– y lo colocó sobre el respaldo de una silla. Se acercó a Trudy y se agachó para besarle las mejillas. Luego se fijó en que yo sujetaba el portátil en la mano.

–¿Has hablado con Clara? –me preguntó, clavándome sus ojos azules.

Cogió un mechón castaño claro y se lo remetió por detrás de la oreja antes de inclinarse para asir de nuevo las bolsas de las compras.

–Sí –contesté.

–A mí también me gustaría…

Se quedó con la palabra en la boca.

Solté el ordenador, cogí el tabaco y salí al jardín. No la soportaba. Ser consciente de que mi actitud incomodaba a Trudy me mortificaba, pero no sabía cómo gestionarlo. Lie un cigarrillo, lo encendí y le di una calada larga e intensa en un desesperado intento de calmar la furia interior que me invadía cuando ella estaba cerca. Exhalé el humo despacio y caí en la cuenta de que Clara no tenía ni idea de por qué había interrumpido la conexión de forma tan abrupta. Busqué mentalmente las palabras adecuadas para disculparme, extraje el móvil del bolsillo y las tecleé, ante la mirada indiferente de las buganvillas de mi abuela.

4

Madrid, 17 de abril de 1931

La jornada se iniciaba temprano para quienes habían amasado una modesta fortuna entregándose, en cuerpo y alma, al pequeño negocio familiar que doña Elvira había heredado y del que estaba muy orgullosa: El secreto de Adela.

Era la panadería más antigua del barrio de Salamanca y presumía de poseer una cartera de clientas fieles nada despreciable, algo que lograba gracias a un ingrediente misterioso que la abuela de Adela, su dueña anterior, añadía a la receta tradicional para conseguir una textura distinta. Los panes y bollos que antaño elaborara doña Adela, después doña Elvira y ahora Adelita tenían fama de ser los más tiernos de todo Madrid. Doña Adela había guardado con celo el secreto durante años, hasta que llegó el momento de revelárselo a su hija. Doña Elvira hizo lo mismo y Adelita haría lo propio. Aquella jovencita no imaginaba hasta qué punto el nombre de tan emblemático establecimiento iba a convertirse en una metáfora de su propia existencia.

Desde que la cría había dado por finalizados sus años de escuela, se levantaban los tres a la misma hora. Adela no había sido muy estudiosa y, en el fondo, su madre se alegraba. No le habría gustado nada que su niña se empeñara en emprender un camino de hombres, como las hijas de algunas conocidas. Su Adelita no, gracias al cielo. Tenía vocación de mujer tradicional, con habilidades domésticas y anhelos de matrimonio e hijos. Además, como panadera poseía un verdadero don no solo para amasar el pan y darle ese toque suyo tan personal, que no era poco, sino también, y en especial, para seducir a la clientela.

Antes de salir del dormitorio, Adela se detuvo frente al espejo de cuerpo entero. Lucía un alegre vestido de fondo marrón salpicado de florecillas blancas, con un discreto escote en forma de pico y abotonado por delante de arriba abajo. Era de manga corta y le cubría las rodillas. El cabello ondulado, del mismo color chocolate que los ojos, descansaba sobre los hombros y ella se lo atusaba sin cesar para comprobar que estuviera en su sitio. Se sabía guapa y era coqueta, muy coqueta. Se sonrió, decidida a tomar las riendas de su vida. Se había levantado de muy buen humor, con ganas de comerse el mundo.

No podía decirse lo mismo de su madre, que trajinaba entre cacharros con el semblante mustio y la misma bata de guatiné que Adela recordaba hasta donde le alcanzaba la memoria.

—Buenos días, madre.

Doña Elvira colocó la cafetera sobre el fogón encendido y respondió sin mirar, concentrada en su quehacer.

—Buenos días, mi niña.

La joven vertió leche en un cazo y se disponía a calentarla cuando la mujer reparó en su indumentaria.

—Pero ¿qué te has puesto, criatura? Ese vestido…

—¿Qué le pasa? A mí me gusta. Es primavera y hace buen tiempo.

Soltó el recipiente y se sentó. Sus pantorrillas quedaron a la vista.

—Hija, no me parece adecuado que enseñes tanta carne.

—No exagere, madre. Se me ven los tobillos apenas y llevo medias. Descuide, cogeré una chaqueta antes de salir.

–De una muchacha casadera se espera un mínimo de decoro.

–Si se refiere al compromiso con ese don nadie, no pienso aceptarlo –replicó.

Doña Elvira chistó y se tocó los labios con el índice derecho.

–Baja la voz, insensata.

–No pueden obligarme. Vivimos en un país libre.

–Válgame Dios... Hablas igual que tu prima.

–¿Lo dice porque es republicana? Pues sepa usted que entiendo y comparto lo que defiende.

–Virgen santa. –Se persignó compulsivamente tres veces seguidas–. ¿Quién eres tú? Nó te reconozco.

–He crecido, madre, eso es todo.

–¿Quieres callarte de una vez? Que te va a oír –murmuró nerviosa, mirando hacia la puerta–. Luego hablamos.

Su cara de jaqueca inminente indujo a la chica a aceptar una tregua momentánea.

–Está bien, pero no voy a rendirme.

–Y ve a ponerte algo encima si no quieres que tu padre te obligue a cambiarte. Tengamos la fiesta en paz, que es muy temprano.

Obedeció con desgana y, al pasar por delante del cuarto de baño, vio a don Enrique afeitándose con la puerta abierta de par en par. Pensaba en voz alta y refunfuñaba. Adela se quedó en la esquina, agazapada, para observar y escuchar sin ser vista, como solía hacer cuando era pequeña.

El cabeza de familia parecía sentirse viejo, cansado, enfadado con su propio reflejo. ¿Qué había sido de su vida? Trabajo, trabajo y más trabajo. Tenía una esposa y una hija maravillosas y le daba gracias a Dios por ello, pero ¿eso era todo?

Mientras embadurnaba la brocha húmeda en el jabón, se cuestionaba la veracidad de los rumores insistentes que circulaban de boca en boca sobre Alfonso XIII. Decían que había huido a Francia sin abdicar la Corona. No se atrevía a poner la radio –cada vez que lo hacía su Elvira se echaba a llorar– y estaba deseando leer algún periódico. Sujetó la navaja, se acercó al cristal tanto como su barriga prominente le permitió, y con una hábil maniobra rasuró su rostro hasta no dejar más que el bigote, perfilado a la perfección. De paso se preguntó por qué demonios le crecía tanto pelo y tan fuerte en la barba y ni uno solo en la cabeza. Como si eso importara un carajo en esos momentos, ¡qué cosas se le ocurrían! Dio su tarea por finalizada y se limpió la cara con la toalla.

El primer café con leche se lo tomaban los tres juntos antes de salir de casa. La panadería no quedaba lejos. Tras subir la persiana hasta la mitad, entraban en el local y cerraban por dentro. Adela y Elvira se iban a la trastienda, mientras don Enrique revisaba la caja y el libro de cuentas. Después, con la excusa de ir al banco, el hombre dejaba a su mujer y a su hija solas gran parte de la mañana. Libre al fin, compraba el diario y aterrizaba en un bar cercano, donde se reunía con otros parroquianos.

Don Enrique pensaba que su mujer ignoraba lo que él hacía cuando no estaba en la tienda, pero a doña Elvira no se le escapaba una. Sabía que en aquella guarida rebosante de testosterona él y sus amigotes debatían sobre política o deportes, leían las noticias, las comentaban y, a menudo, discutían. Allí se fumaba su puro, se tomaba su carajillo y, después de uno de esos almuerzos suculentos que tanto el médico como su esposa le habían prohibido, se dirigía de nuevo al negocio familiar para ocuparse de la contabilidad, los pedidos, las llamadas a los distribuidores y todas esas tareas que consideraba más masculinas que femeninas, mientras sus mujeres se encargaban del resto. Ellas desayunaban en la panadería y establecían turnos: cuando una atendía al público, la otra amasaba y horneaba, y viceversa.

Aquella mañana, sin embargo, don Enrique se sintió indispuesto y decidió quedarse en casa. Se lo comunicó a doña Elvira, con temor pueril en la mirada, cuando estaban a punto de irse –antes no se atrevió–. Ella torció el gesto y dio un portazo al salir, con un «Qué débiles son los hombres» en los labios. A él no le dio tiempo a pedirle a su hija que le comprara el periódico ni a confesar que notaba unas punzadas extrañas y muy molestas en el costado izquierdo, a la altura del pecho, y un no menos inquietante hormigueo en el brazo. Aunque tampoco quería preocuparlas demasiado. Seguro que si se sentaba un rato tranquilo y respiraba hondo se le pasaría.

Cogidas del brazo, Adela y doña Elvira emprendieron el camino que recorrían a diario, saludando aquí, sonriendo allá. Idénticas caras, idénticos gestos. Las mismas clientas pesadas en aquella nueva España republicana.

–¡Ay, doña Elvira! –dijo doña Bernarda, que exhaló un profundo suspiro y meneó la cabeza–. ¿Qué futuro le espera a la juventud? Usted y yo no lo veremos, pero ¿qué será de ellos? Y tu Adelita es casi una niña, ¡pobre criatura!

–Confiemos en Dios. Aquí tiene su pan, calentito, como a usted le gusta.

La mujer sacó unas monedas, se las entregó y volvió a colocarse el monedero debajo del brazo antes de coger la bolsa de tela que le ofrecía la panadera.

–Muchas gracias. ¡Hum! ¡Este olor cura las penas!

–Que tenga un buen día.

–Y ustedes también, queridas. ¡Hasta mañana!

–Si Dios quiere, doña Bernarda.

Doña Elvira se acercó a Adela para ayudarla a sacar una bandeja de panes recién horneados.

Mientras se entregaban a esta labor, de espaldas a la puerta, oyeron el tintineo que anunciaba la entrada de una nueva clienta. La mujer, de curvas generosas disimuladas por un elegante abrigo de paño marrón, se había recogido el cabello, castaño claro, en un moño informal y sujetaba un bolso bajo el brazo.

–Enseguida la atendemos –informó doña Elvira.

–No tengan prisa.

Se dieron la vuelta a la vez.

–Dichosos los ojos –dijo la madre.

–¡Tía Encarna! –exclamó la hija.

Adela corrió hacia ella sin disimular su alegría. Era consciente de que esos arranques de afecto incondicional provocaban profundas oleadas de celos en su madre, pero no le importaba.

–Aquí está… ¡Mi sobrina preferida! –dijo, estrechándola entre sus brazos.

–Si soy la única. –Se retiró lo justo para observarla de soslayo–. ¿Me ha traído algún libro, tía?

–Por supuesto, lo prometido es deuda.

Abrió el bolso, extrajo un ejemplar y se lo entregó.

–*Fortunata y Jacinta*, de Benito Pérez Galdós. ¿Me gustará?

–Te encantará.

Adela esbozó una gran sonrisa, se sentó con la novela en el regazo y la hojeó.

–Tú también le llenas la cabeza de pájaros, como Julia. ¿De qué le va a servir tanto leer? –protestó Elvira, saliendo de detrás del mostrador–. Lo que debe hacer una chiquilla de su edad es aprender a ser buena esposa, ama de casa y madre.

–Mira que eres quisquillosa y anticuada –dijo la recién llegada en tono condescendiente.

Intercambiaron besos en las mejillas.

–Anticuada no, tradicional. La que se pasa de moderna eres tú y anda que tu hija…

–Precisamente ella es el motivo de mi visita. –Doña Encarna clavó los ojos en su sobrina primero y después en su hermana, que dirigió la vista al suelo y se ocultó de nuevo tras el mostrador, sin responder–. Julia me ha contado que tu señor esposo la echó de vuestra casa y le ha prohibido volver. ¿Es eso cierto? No te escabullas, que te conozco.

–Sí –musitó doña Elvira azorada.

Acto seguido, sacó el paño que guardaba en el bolsillo del delantal y se afanó en limpiar la vitrina para evitar el contacto visual.

–¿Y tú estás conforme? ¿Te parece adecuado que trate así a un miembro de la familia, a sangre de tu sangre?

–No. Por supuesto que no, Encarna –lamentó abatida–. Pero ¿qué quieres que haga? ¿Acaso no sabes lo tozudo que puede llegar a ser mi Enrique? No es fácil llevarle la contraria.

–Es un tirano y un cascarrabias, tía –espetó Adela–. ¡Yo no pienso dejar de ver a Julia!

–Niña, esa lengua –la reprendió su madre–. ¡No te permito que hables así de tu padre!

–¿Dónde está, por cierto? Es preciso que aclare las cosas con él de inmediato.

Doña Encarna alzó el mentón, desafiante.

–En casa, no se encuentra bien –aclaró sin soltar el trapo. Su tono delataba que buscaba compasión.

–Mira por dónde, qué casualidad…

Encarna hizo ademán de encaminarse a la trastienda, pero su hermana le obstruyó el paso.

—¿Es que no me crees?

Un timbre estridente rompió la tensión que flotaba en el ambiente. Adela se levantó de un salto y respondió al teléfono. Colgó tras emitir un par de monosílabos.

—Era padre. Dice que le acerque el periódico.

—¿Ahora? —Doña Elvira resopló y puso los ojos en blanco—. Si vuelvo a nacer, quiero ser un hombre. Anda, ve. ¡Y no tardes!

—No se vaya, tía, regreso en un santiamén. Y, por favor… —juntó las palmas, como si rezara, y miró a ambas—, ¡no se maten en mi ausencia!

Encarna discutía con Elvira día sí, día también, la mayoría de las veces por culpa de Enrique. Adela defendía a su tía con fervor. Siempre había fantaseado con que ella fuese su verdadera madre. La idolatraba. Conocía cada detalle de su historia, de una vida que no había sido un camino de rosas, y eso la hacía experimentar una fascinación aún mayor. La veía como a una heroína capaz de vencer cualquier adversidad.

La muchacha salió pitando antes de que su progenitora se arrepintiera. Cualquier excusa era buena para librarse del yugo materno durante un rato. Encontró a don Enrique con la nuca apoyada en el respaldo del sofá y los párpados cerrados. Le costó abrir los ojos.

—Ya estoy aquí, padre. ¿Cómo se encuentra?

—Regular, me duele la cabeza. —Adela le entregó el *ABC* y se sentó a su lado—. Gracias, hija.

Leyó los titulares con gestos desaprobatorios y, aunque sabía que a ella no le interesaba la política, expresó sus pensamientos en voz alta, como solía hacer.

—¿Cómo es posible que un país pierda el control de la noche a la mañana de un modo tan fulminante y que la monarquía lo permita?

—Tiene usted los mofletes encendidos, padre.

—Ya sabía yo que Alfonso XIII no daría la talla. Al final todo se ha ido al traste. Alfonso XII sí que fue un buen rey. Yo tenía diecinueve años cuando murió y jamás oí una mala crítica sobre él. Esa sí que era una monarquía sólida, digna de confianza. Murió de tuberculosis cuando su sucesor aún estaba en el vientre de su madre y, claro, a ella no le quedó más remedio que asumir la regencia hasta que Alfonso XIII cumplió los dieciséis.

—Debería calmarse, padre, se lo ve muy alterado.

—Estoy furioso, hija, furioso. ¡Bah! Voy a echarme agua en la cara a ver si se me pasa el disgusto.

Al incorporarse, don Enrique se tambaleó. Ella se levantó a su vez, asustada, pero él la tranquilizó con un gesto, se quedó inmóvil un instante y luego se fue hacia el cuarto de baño. Adela lo siguió, preocupada de verdad. La cara de su padre era un pimiento morrón. Observó cómo se mojaba las mejillas, las sienes, la calva y el cogote. Luego se secó con la toalla que había colgada a su derecha, jadeante por el esfuerzo. Se peinó los cuatro pelos que le quedaban, se alisó el bigote canoso murmurando «Estás muy viejo para estos disgustos, Enrique, estás muy viejo» y regresó al sofá.

—Padre…

—¿Y qué crees que ha hecho Alfonso XIII al instaurarse la República, eh?

—No lo sé, pero…

—¡Huir! Esa misma noche. —Se acomodó, con Adela pegada a él, recuperó el ejemplar del *ABC* y golpeó la portada con el dorso de su mano—. Aquí está el manifiesto que lo constata. Léemelo, anda, Adelita, léemelo.

Ella obedeció y, mientras leía, levantaba de vez en cuando la vista para vigilar su reacción. El tono del rostro de don Enrique pasó del rojo al granate en décimas de segundo.

Cuando finalizó la lectura, él le arrebató el diario con furia.

—¡Maldito cobarde! —Lanzó el periódico por los aires. El *ABC* aterrizó justo en el borde de la mesa y, tras permanecer unos segundos abierto por la mitad, se precipitó al vacío, convirtiendo el pulcro salón de doña Elvira en un caos de hojas de papel en blanco y negro esparcidas por doquier. Don Enrique apretó los labios y se le humedecieron los ojos. Asustada, Adela se puso en pie con la intención de poner orden a todo aquel desaguisado—. Deja, deja, ya lo hago yo —dijo, incorporándose.

Fue entonces cuando se desplomó.

—¡Padre, padre! —Se arrodilló a su lado, lo zarandeó y le palmeó las mejillas, pero no reaccionaba—. ¡Oh, Dios mío!

Adela se levantó de un brinco y se dirigió al teléfono de la pared. Marcó los dígitos, haciendo girar la rueda con dedos temblorosos, y, mientras esperaba a que alguien la atendiera, un millón de lágrimas emborronaron su horizonte hasta que lo perdió de vista.

5

Íngrid

Trudy acostumbraba a ver la tele echada en la cama. Después de cenar, yo metía los platos sucios en el lavavajillas, recogía la cocina y subía al dormitorio. Era mi momento para estar a solas conmigo misma y contactar con Clara, estudiar o leer el diario de Adela. De vez en cuando, sin embargo, mi abuela me pedía que me quedara un rato a hacerle compañía, no necesitaba insistir mucho para convencerme.

Aunque echaba de menos mi independencia, tenía clara mi prioridad, que era ella.

—¿Quieres que baje el volumen? —susurró una de esas noches.

—No hace falta, no me molesta el ruido.

Me acurruqué a su lado y percibí la calidez de su cuerpo menudo junto al mío. Abrí el cuaderno que sostenía en mis manos.

Jueves, 30 de abril de 1931

Mi padre está ingresado en el hospital. ¡Menudo susto nos ha dado! Sufrió un infarto y se ha debatido entre la vida y la muerte durante días. Qué mal lo he pasado. Mi madre histérica, yo desbordada por la situación y la panadería cerrada, desatendida. Gracias a Dios ya está fuera de peligro.

—Por esta vez se ha librado, pero los milagros no existen. Si se repite, lo perderéis para siempre —sentenció el doctor–. Tendrá que hacer una vida reposada, sin sobresaltos, sin disgustos innecesarios. Y saludable. Comida ligera, paseos tranquilos y poco más. La cardiopatía que padece es de las más severas. En vuestras manos está cuidarlo e impedir que haga tonterías.

Sentí escalofríos al escucharlo. Recordé mis rabietas, los gritos de Julia, el berrinche de madre.

Las horas interminables transcurridas en el hospital me han servido para reflexionar y comprender hasta qué punto él es nuestro pilar. Algo se me removió por dentro al tomar conciencia de ello.

Durante estos días he decidido sacar fuerzas de flaqueza y subir las persianas de la panadería para ocuparme de todo hasta que la salud de padre se restablezca y madre se atreva a moverse de su lado. A ella le ha sorprendido mi iniciativa, pero no me ha persuadido de lo contrario. Las cosas que hace un par de semanas me parecían gravísimas, ahora, de repente, se me antojan niñerías.

Con tanto ajetreo nos olvidamos de mi compromiso. El día señalado, a la hora acordada, la familia Aranda Olmedo se presentó en casa, donde no había nadie, y doña Aurora, en un rapto de lucidez, les informó de la situación.

En el hospital, madre empleó un tono innecesariamente severo para advertirme de que «el plan» seguiría su curso sí o sí. Justo entonces, padre abrió los párpados y balbuceó la palabra «agua». Madre y yo soltamos sendos gritos instantáneos, ella corrió en busca de la enfermera y yo le arrimé un vaso a los labios.

–Adelita, hija mía, qué alegría verte –murmuró después de dar un breve sorbo.

Me apretó la mano y descubrí una humedad traicionera en sus ojos.

–Padre… –fue lo único que alcancé a responder mientras le daba un beso en la frente.

Nunca lo había visto tan frágil, tan vulnerable.

Sábado, 2 de mayo de 1931

El jueves me metí en la cama sin cenar. Inquieta, pensativa. Ver a padre tan desvalido y a madre tan insistente con «el plan» me había descolocado. ¿Estaba siendo una egoísta? Detestaba la idea del compromiso, pero no podía darle otro disgusto a padre. Tardé horas en conciliar el sueño y, cuando lo logré, tuve una pesadilla en la que contraía matrimonio con Quasimodo, el jorobado de *Nuestra Señora de París*, la novela de Victor Hugo. No oí el despertador. Llegué tardísimo a la panadería y la mañana se me hizo eterna. En cuanto pisé el hospital, la vista se me nubló y caí redonda al suelo.

–Hija, ¿cuánto hace que no comes? –preguntó madre en cuanto abrí los ojos.

–No lo sé –respondí medio aturdida.

–Permítame saludar a la preciosa enferma, doña Elvira –dijo un hombre joven, alto.

¿Quién era aquel desconocido? Se sentó a mi lado y clavó sus ojos azules en los míos de un modo turbador. Era atractivo, varonil. Y olía muy bien.

–Alberto Aranda Olmedo, para servirle a Dios y a usted. ¿Se encuentra mejor?

Se me encendieron las mejillas. Era… ¡¿Qué estaba haciendo allí?! Un médico apresurado irrumpió en la estancia.

–Hagan sitio, por favor. Vamos a ver… ¿Qué le ha pasado? ¿Se ha desmayado?

Emitía una pregunta tras otra sin dar tiempo a responder. Pidió quedarse a solas conmigo. El reconocimiento fue rápido pero exhaustivo.

–Demasiadas emociones –concluyó.

Y una posible anemia, aunque no podría confirmarlo hasta tener los resultados del análisis de sangre. Cuando se marchó el facultativo y apareció de nuevo Alberto en mi campo de visión, se me aceleró el pulso. ¿Qué me estaba pasando? ¡Si lo acababa de conocer!

–Hasta mañana, Adela. Ha sido un placer verte –susurró a modo de despedida y me guiñó un ojo–. No le des más disgustos a doña Elvira, que ya tiene bastante con tu padre.

Me gusta. Me gusta de verdad. Es tan guapo…

Martes, 5 de mayo de 1931

A padre le han dado el alta y hemos vuelto a casa. Aunque continúa débil y debe guardar cama, son buenas noticias. Además, he recibido una carta de Julia que me ha hecho muy feliz:

Mi querida Adela:

Siento en el alma lo que le ha pasado a tu padre, pero eso no cambia mi enfado con él, ya sabes por qué. Por ti y por tu madre, que es una santa, deseo que se recupere lo antes posible. Pero lo que opino del susodicho me lo callo para no herir tus sentimientos y por el cariño y respeto que te tengo.

Desde que se proclamó la República, no he parado. Participo de forma activa en un sinfín de proyectos. No creas que soy la única, otras féminas se han unido a esta causa que ha dejado de ser patrimonio exclusivo de hombres y eso me llena de orgullo. He hecho buenas migas con varias de ellas. Las que me caen mejor son

María José y Milagros, ya te las presentaré. Las chicas podemos hacer mucho más que casarnos y tener hijos, eso es algo que siempre tuve claro, pero ahora más que nunca.

El tiempo de la opresión ha quedado atrás, Adela, el país avanza en libertad y nosotras no podemos quedarnos rezagadas. El mes que viene se celebrarán elecciones generales en España con el objetivo de crear una nueva Constitución, que, entre otras maravillas, reconocerá el derecho a voto de las mujeres, ¿te imaginas? ¡Las mujeres podremos votar!

Te echo de menos, querida. Necesito verte.

Tu prima que te adora,

Julia Castillo Gutiérrez

Julia y sus ideas revolucionarias. ¡Cómo la admiro! Las mujeres como ella son imprescindibles para ayudarnos a avanzar y a ser libres. Para mí anhelo una vida más tradicional, hogareña. Sin embargo, apoyo su causa. Por cierto, el próximo domingo celebraremos mi compromiso con Alberto. Es cierto que me siento atraída por él, pero todavía no estoy segura de si daré mi consentimiento.

—En serio, Trudy, la tal Adela me pone de los nervios.

Cerré el cuaderno y resoplé.

—¡Era una pánfila! —solté al momento—. ¿De qué la conocías? ¿Era prima de tu madre o qué?

Entonces, me di la vuelta hacia ella y descubrí que estaba dormida. Me llevé una mano a la boca.

—¡Ups!

—¿Mmm?

Entreabrió los párpados y gimió.

–Perdona, perdona… Sigue durmiendo. Buenas noches, abuela –le dije.

La besé en la frente.

Me incorporé con cuidado, le quité el mando, apagué la tele y caminé hacia la escalera.

–Me cae mejor Julia, qué quieres que te diga –musité–, pero voy a darle una oportunidad a Adela.

«Tal vez me sorprenda», pensé.

6

Madrid, 10 de mayo de 1931

El sol brillaba con generosidad aquella mañana y Adela relucía tanto como el propio astro rey. Doña Elvira, a pesar de la preocupación por su marido, también parecía feliz, relajada. La puerta de la parroquia de Nuestra Señora de las Maravillas se les quedó pequeña al atravesarla. La muchacha se había recogido el cabello en un moño discreto y aceptó a regañadientes el atuendo algo sobrio sugerido por su madre para evitar discusiones: una blusa de seda color crema abrochada hasta el último botón, una falda marrón de vuelo por debajo de las rodillas y chaquetilla blanca de punto. Calzaba zapatos de tacón, pero no muy altos.

Vislumbró a Alberto enseguida –imposible no hacerlo–, destacaba entre la multitud por su buena planta y el porte distinguido. Lo acompañaban sus padres y su hermano.

–Qué joven es ella, madre.

La figura esbelta de doña Marta Olmedo llamó de inmediato su atención. El peinado le cubría gran parte de un ojo y dejaba el otro al descubierto. Vestido entallado color burdeos. Atractiva, elegante, con un toque atrevido.

–Lo es, hija, lo es. También lo sería yo si tú no te hubieras hecho esperar durante tantos años.

Sus palabras sonaron a reproche y la joven detectó que una repentina ráfaga de celos se había adueñado de su madre.

–Y qué moderna.

–Demasiado, para mi gusto. Sin embargo, es buena persona y con eso me basta. Don Ricardo es de otra pasta...

–¿Y el chico?

–Es Rodrigo, el menor.

–Se parece a doña Marta.

El aspecto de su futura suegra había deslumbrado a Adela por completo. A medida que se acercaban, aumentaba su fascinación. Y cuando estuvieron frente a frente quedó en evidencia, de manera instantánea, que la admiración iba camino de ser mutua. Fue la primera a la que saludó.

–Mi hijo no exageró en absoluto al describirte, más bien creo que se quedó corto –dijo doña Marta, que luego la besó con cariño en las mejillas.

–Tu madre siempre tan espontánea. Alberto, procede a las presentaciones –ordenó don Ricardo, marcando territorio.

La mirada que doña Marta cruzó con su marido reflejó un atisbo de resentimiento. La mujer resolvió mantenerse en un segundo plano, como solía hacer. Un rictus de amargura ensombreció su semblante, pero nadie, excepto Adela, pareció reparar en ello.

El primogénito esbozó una sonrisa nerviosa.

–Doña Elvira –bajó ligeramente la cabeza–, Adela –repitió el gesto–, os presento a mi familia: mi padre, Ricardo Aranda; mi madre, Marta Olmedo, y el pecoso es Rodrigo, mi hermano.

Intercambiaron cumplidos y besos y encaminaron sus pasos hacia la plaza del Dos de Mayo, donde tomaron el aperitivo sentados en una terraza. Adela apenas se atrevía a mirar a Alberto. Charlaba con doña Marta y, de vez en cuando, con Rodrigo, que debía de tener un par de años más que ella a lo sumo y era estudiante de Medicina. Aunque tímido, Rodrigo no pudo disimular la buena impresión que le causó la que iba a convertirse en prometida de su hermano. De hecho, ambos sentían curiosidad el uno por el otro.

El plan del día consistía en un primer encuentro para romper el hielo y después una comida en casa de los Cifuentes Gutiérrez, con don Enrique aún convaleciente. Adela había preparado por la mañana el caldo y el sofrito de la paella, que permanecía a la espera de que alguien añadiera el arroz. Doña Elvira nunca quiso tener empleados, ni en casa ni en la panadería. Se lo podía permitir, pero no quería. No confiaba en nadie. Se encargaba ella misma de las tareas domésticas con ayuda de la niña.

Desde el salón, Alberto aspiró y elogió el olor procedente de la cocina.

–¿Es paella?

Don Enrique, que se había levantado de la cama y se había sentado junto a su yerno en el sofá, apenas abría la boca. Se mostraba vulnerable, acobardado. No lograba olvidar el mal rato que pasó aquella mañana, cuando sintió como si un puñal le atravesara el pecho. No quería que nada ni nadie alterasen su paz.

–Todo el mérito es de la niña, Alberto –se apresuró Elvira a responder–. Tiene unas manos de oro para la cocina y la repostería.

El pretendiente se echó a reír y Adela protestó bajito, un tanto azorada.

–Anda que si ahora no me sale buena…

Doña Elvira puso la mesa. Se desenvolvía con la soltura de una buena anfitriona.

–Me sorprende cómo mira a su esposa, don Enrique, después de tantos años juntos –dijo Alberto.

–Como el primer día. –Se le humedecieron los ojos–. Y

así espero que mires tú a mi hija –dijo, propinándole unas palmaditas en el muslo.

El joven esquivó la indirecta y se fijó en Adela, que trajinaba entre fogones, consciente de que hablaban de ella.

–Sería imposible no amar algo tan bello –alegó.

–La belleza no dura para siempre –afirmó don Enrique, retándolo.

–Hace calor aquí, ¿no? –Alberto carraspeó.

–Abre un poco, Elvira, que la juventud se sofoca con facilidad –dijo don Enrique ante la turbación del joven.

–¿Y si te enfrías? No quiero más sustos.

–Hace un día espléndido, mujer –exclamó don Ricardo–. ¿Me permite? –Señaló la ventana y ella asintió, no muy convencida.

Doña Marta, que hasta ese momento había permanecido en silencio y cabizbaja, se dirigió a la cocina y se sentó en una silla. Adela apagó el fogón.

–Ya está. –Se sentía observada y se quitó el delantal con parsimonia–. Ahora tiene que reposar.

–Siéntate a mi lado, que no muerdo –dijo doña Marta, palmeando la silla contigua, a modo de invitación.

–Lleva un vestido precioso…

Adela hizo ademán de acariciar el tejido, pero se echó atrás.

–Toca, toca, verás qué suave. –Doña Marta se inclinó para acercar la boca a su oído y añadió–: Me lo he hecho yo misma.

–¿Sí? –Los ojos de Adela expresaron admiración.

Doña Marta chistó, acercándose el índice a los labios.

–Yo era modista antes de casarme, ¿sabes? Ricardo detesta que lo cuente. Se avergüenza de mí, el muy cretino, ni que él fuese un marqués –dijo, bajando el tono y desviando la mirada.

–Menuda tonte… ¡Perdón!

Don Enrique y don Ricardo se habían conocido en el Bar de Pepe, donde se reunían cada mañana y emprendían elocuentes debates con pretensiones de cambiar el mundo. Día tras día fueron intimando y entre ellos surgió una amistad estrecha, avalada por ideales similares y creencias idénticas. De esa simpatía mutua nació la idea del posible compromiso entre Adela y Alberto. Ricardo, arquitecto, estaba al frente de una de las empresas de construcción más potentes de España. Tanto Marta como él procedían de familias humildes, igual que Elvira y Enrique, pero habían llegado a amasar una fortuna considerable gracias a su trabajo y esfuerzo.

–No, no te disculpes, razón no te falta. A mí me apasiona coser. Es algo que me relaja y no veo qué hay de malo en ello. Además, no solo coso. Creo un diseño, dibujo el patrón, corto la tela y confecciono el modelo. Pero, mira, para evitar discusiones con mi esposo prefiero ocultárselo. Los hombres y sus manías, chica. –Doña Marta puso los ojos en blanco–. Y a nosotras no nos queda otra que callar y aguantar.

–No se preocupe usted –susurró Adela–. Su secreto está a salvo conmigo. Venga, vayamos a comer.

Todos los comensales felicitaron a la cocinera.

La sobremesa se alargó durante horas, que transcurrieron con placidez en una sucesión ininterrumpida de charlas relajadas y paralelas. Marta dialogaba con Elvira y Adela sobre moda, peluquería y sociedad. Ricardo y Alberto hablaban por encima de asuntos de política, pero se esforzaban en no disgustar a Enrique y evitaban los temas más peliagudos.

Rodrigo permanecía callado y apartado la mayor parte del tiempo, como si prefiriese mantenerse al margen. De vez en cuando se levantaba y paseaba por la estancia, meditabundo, con las manos metidas en los bolsillos. O se detenía delante de la ventana, con los ojos clavados en algún punto indefinido del más allá.

Adela decidió acercarse a él para darle conversación.

—¿Te aburrimos? —preguntó la muchacha, que trataba de averiguar en qué dirección vagaba su mirada.

—No, no es eso —se justificó—. Lo que pasa es que tengo un examen mañana y estoy inquieto.

—¿No has estudiado? —inquirió ella, frunciendo el ceño.

—Sí, he estudiado muchísimo, pero nunca es suficiente.

—¿De qué es el examen? —se interesó Adela.

—De Anatomía —respondió Rodrigo, recolocándose las gafas; luego resopló.

—¡Uf! No te envidio.

—Ya lo imagino.

—¿Por qué no te vas? —propuso y, en cuanto terminó de decirlo, se arrepintió—. Bueno, no es que quiera echarte, pero…

—¿Si me voy no pensarás que soy un maleducado?

—Al contrario. Pensaré que eres un chico responsable que se toma muy en serio sus estudios —afirmó, enseñando las palmas de las manos.

—Mi hermano es un hombre afortunado…

—Gracias.

Adela se sonrojó.

—¿Interrumpo algo?

Alberto se acercó y se interpuso entre ambos.

—Claro que no —titubeó el benjamín—. Le estaba diciendo a Adela que estoy pensando en irme a casa.

—Una idea genial. El pecoso desea irse —dijo, elevando el tono.

–Mañana tengo un examen y debería estar repasando –se disculpó ante todos.

–Si es así y los anfitriones no tienen inconveniente… –alegó don Ricardo.

–Vas a ser un gran médico, hijo, no me cabe la menor duda. Ve tranquilo y cumple con tu obligación. –Don Enrique asintió.

–Que no te dé apuro, Rodrigo. Se nota tu gran sentido del deber –añadió doña Elvira.

Doña Marta se levantó, pero un gesto de don Ricardo la instó a sentarse de nuevo. Era evidente tanto que él no aprobaba su carácter impulsivo como que ella se esforzaba en agradar a su marido.

Pero habló de todas formas:

–Rodrigo, hijo, ¿no deberías esperar unos minutos? –Lo miró con fijeza y asintió con movimientos contundentes de cabeza.

Él comprendió, bajó la barbilla a modo de respuesta y se sentó.

Alberto y Adela se apartaron del resto, en un intento de disfrutar de un ápice de intimidad. Como todos estaban interesados en que ambos se conocieran y se gustaran, se esforzaron en conversar entre ellos cuatro para darles espacio.

–Te cae bien el pecoso, ¿no? –dijo él.

–Sí, ¿por qué? Y no lo llames así, se nota que le molesta.

–Te mira con unos ojos…

–¿Y qué? ¿Mirar es pecado? –sentenció enfurruñada–. Tu hermano es un hombre correcto y respetuoso.

–Si vamos a ser novios…

–Eso aún está por ver –dijo ella con una sonrisa que ponía en evidencia lo mucho que lo deseaba.

Doña Elvira alzó la cabeza en dirección a los jóvenes.

Aunque cuchicheaban, Adela sabía de sobra que su madre los vigilaba, sin apenas disimular.

–Perdóname –suplicó Alberto–. Es que eres tan hermosa. Esta mañana, en la plaza, los hombres se giraban a tu paso y he deseado matarlos a todos. ¡No lo soporto! Te quiero solo para mí.

–Eso será si yo te acepto –respondió Adela, apartando la vista de su pretendiente.

–Mírame –ordenó. Ella obedeció–. Dime que no te gusto y me iré ahora mismo.

Por primera vez, Adela se atrevió a sostenerle la mirada y se sintió desnuda, desarmada ante sus increíbles ojos azules y su personalidad arrolladora. No era fácil resistirse. Al cabo de un instante, él se incorporó, se sirvió un vaso de agua de la jarra que había sobre la mesa y se la bebió de un trago.

–Don Enrique, ¿me concede usted la mano de su hija?

Alberto lo soltó así, de sopetón. Aunque todos lo esperaban y no fue del todo una sorpresa, los presentes enmudecieron por unos segundos.

–Adelita, mi niña –dijo don Enrique, cauto–, ¿me das tu consentimiento?

–Sí, padre, se lo doy.

Entonces Alberto se sentó de nuevo junto a la chica, sacó una pequeña caja del bolsillo interior de su chaqueta de tela, la abrió y le mostró su contenido: un anillo de oro con un reluciente zafiro azul.

–¿Quieres casarte conmigo? –preguntó, seguro de sí mismo.

–Sí, quiero –musitó ella, con un ligero rubor en los mofletes.

Con delicadeza, él extrajo la alianza del pequeño lecho de terciopelo rojo sobre el que descansaba y la colocó en el dedo anular derecho de Adela, cuya sonrisa bobalicona iluminó la estancia. Los demás aplaudieron. Se estrecharon manos, se besaron mejillas, se intercambiaron abrazos. Doña Elvira enjugó alguna que otra lágrima traicionera con el pañuelo de seda que llevaba en el escote.

—¿Y ahora puedo sacar a mi prometida a pasear? —inquirió el novio.

La madre de la novia se escandalizó:

—¿Los dos solos? ¡Ni hablar!

—Querida...

Don Enrique miró a su esposa, con el cejo fruncido.

—Mujer. —Marta manoteó en el aire, tratando de quitarle importancia al hecho—. ¡No seas tan anticuada!

—Me ofende, doña Elvira —protestó Alberto.

Don Ricardo también se mostró contrariado:

—Le doy mi palabra de que mi hijo es un caballero, señora.

—Bueno, está bien —se resignó—. No era mi intención molestar a nadie. Tenéis que entenderme.

—¿Puedo, padre? —preguntó Adela ansiosa.

—¡Por supuesto que sí! Salid a tomar el aire y a divertiros. ¡Ya quisiera yo! Si pudiera dar marcha atrás...

—¿A qué hora se la devuelvo, don Enrique?

—A las diez.

—Virgen santa. —Doña Elvira se persignó.

—Descuide, seremos puntuales.

Rodrigo se acercó a la pareja y les dio la enhorabuena:

—Os deseo toda la felicidad del mundo. —Primero palmeó la espalda de Alberto, que a modo de respuesta cabeceó, y después se dio la vuelta hacia Adela—: Bienvenida a la familia, cuñada.

—Gracias, cuñado —respondió ella sin dejar de sonreír.

El benjamín de los Aranda abrió la puerta y salió primero mientras Adela se ponía la rebeca sobre los hombros y cogía el bolso. Alberto sujetó la hoja y le cedió el paso. La muchacha experimentó en su pecho una emoción inexplicable al descender la escalera. Cuando salieron a la calle, comprobó que se estaba poniendo el sol y refrescaba. Respiró hondo y percibió el peso de su brazo sobre los hombros.

Era una sensación extraña y desconocida, pero muy reconfortante. ¡Tenía novio! «Y es el más guapo y bien plantado de todo Madrid», pensó orgullosa mientras paseaban.

–Eres preciosa y quiero hacerte feliz. –Alberto la apretó contra él. Ella nunca había sentido el contacto de alguien que no fuese de su familia. Nunca había salido con ningún chico–. ¿Qué te pasa? Te has quedado muy callada.

–No sé qué decir.

–¿No estás contenta?

–Sí que lo estoy. Mucho. Es que me da vergüenza que vayamos así, tan agarrados. ¿Qué va a pensar la gente?

–Que soy un hombre afortunado.

–Qué tonto eres…

–¿Cómo me has llamado? ¡Te vas a enterar!

Tiró de ella entre risas y la arrastró hasta un pasadizo lóbrego. Se apoyó de espaldas contra la pared y la atrajo hacia sí con un brío impetuoso, desconcertante para Adela, que quedó atrapada entre sus brazos, sus cuerpos pegados por completo.

Entonces se inclinó y la besó. Ella se opuso por un instante ínfimo y luego se dejó hacer. Los labios de él provocaron en los suyos una vibración deliciosa, irresistible. No tenía ni idea de que se pudieran hacer esas cosas con la lengua. Ignoraba que el temblor en las piernas y el cosquilleo en el vientre tuviesen un nombre: deseo.

Cuando despegaron sus bocas, oyeron pasos que se acercaban. Alberto selló sus labios con el dedo índice y durante unos segundos apenas respiraron. A juzgar por el murmullo de voces y risas, cada vez más nítido y cercano, debía de ser un grupo de jóvenes, contentos y borrachos. Pasaron de largo.

La alegre pandilla no vio a la pareja que se ocultaba en aquel callejón oscuro, pero ellos sí pudieron vislumbrar el panorama con claridad. Eran dos chicos y dos chicas.

–¡Viva la República! –gritó uno de ellos con una voz pastosa que delató su embriaguez.

Sujetaba una botella medio vacía con una mano y con la otra se agarraba al hombro de su amigo, que alzaba el puño en el aire. Detrás iban ellas, canturreando. Una contoneaba las caderas y la otra ondeaba una bandera roja, amarilla y morada.

–¡Malditos rojos! –Alberto soltó a su novia con un gesto brusco.

–¡Viva la República! –repitió la joven abanderada.

–¡Vete a casa a fregar platos, furcia! –gritó su prometido.

Adela enmudeció. Una amarga ponzoña discurrió por sus venas. ¿Era ese su Alberto? ¿Así se comportaba el hombre con el que iba a compartir el resto de su vida?

Vio alejarse la silueta inconfundible de aquella joven a la que su novio insultaba con tanta saña y la invadió el desasosiego.

7

Domingo, 19 de julio de 1931

Las cosas han cambiado considerablemente en los últimos meses. Unas para bien, otras para mal.

Padre se encuentra bastante recuperado. Sin embargo, jamás volverá a ser el mismo. Madre me acompaña a la panadería a primera hora de la mañana, pero regresa a casa con él en cuanto abrimos al público. Y yo me quedo sola, despachando. Emilio, el frutero, que ha resultado ser un tipo la mar de atento, se asoma cada dos por tres para ver si necesito que me eche una mano. Y a mí me da una gran tranquilidad saber que está ahí.

Se podría decir que Alberto se ha metido en el bolsillo a sus futuros suegros con una facilidad asombrosa. Están tan contentos con él que no reparan ni en mi indumentaria. En cuanto termino de acicalarme y hago acto de presencia en el salón, lista para salir, suelta un «Pero ¡qué bella está mi novia!» y ellos me miran con aprobación, satisfechos del veredicto. Ya no me da vergüenza que paseemos cogidos del brazo ni que nos ocultemos en callejones oscuros para besarnos. Tampoco emito queja alguna cuando sus dedos inquietos hurgan entre las arrugas de mi vestido y buscan mis carnes.

Nos casaremos la próxima primavera, si Dios quiere. Mis padres compraron el piso de arriba de la panadería y lo reformaron, con la intención de convertirlo en mi futura casa, pero Alberto considera que lo más apropia-

71

do es que vivamos en la mansión Aranda. Doña Marta está encantada con la idea, y reconozco que yo también. ¡Me siento afortunada! Y Alberto y yo regentaremos nuestro propio negocio, como hicieron mis padres.

Ayer me llevé una gran sorpresa. Estaba en la panadería, leyendo un artículo sobre Lilí Álvarez, la primera mujer tenista española, cuando apareció Julia. Entró tan sigilosa que no me enteré.

–Pero ¿qué haces tú leyendo el *ABC*?

¡Qué bote pegué! Entre el susto y la alegría casi me dio un síncope. Me levanté de un brinco y corrí a achucharla. Hacía un siglo que no nos veíamos y la encontré guapísima. ¡Llevaba vestido! Un precioso vestido amarillo de mangas a la sisa, cintura entallada –ajustada por un ancho cinturón blanco– y falda de vuelo.

Me contó que ya es maestra y va a participar en las Misiones Pedagógicas, una iniciativa para terminar con el analfabetismo en España. Hablaba sin descanso, con ese entusiasmo tan suyo, hurgando sin temor en temas que mis padres siempre esquivan. También me informó sobre las elecciones generales, cuyo objetivo no es otro que aprobar la Constitución de la República Española. Se quedó hasta la hora de cerrar e incluso me ayudó a recoger la trastienda. Pareció muy sorprendida cuando le hablé de mi compromiso con Alberto y nuestros planes de boda.

En esas estábamos cuando apareció mi novio como por arte de magia. Con cara de pocos amigos, escuchó y observó a Julia, que le daba la espalda. Al verlo, me ruboricé con tanta intensidad que mi prima se dio la vuelta. Las imágenes de aquella noche, cuando ella paseaba con un grupo de amigos gritando «¡Viva la República!» y él la insultó, emborronaron mi mente y me paralizaron. Fue un momento de lo más extraño. Ambos se observaron de hito en hito.

Cuando volví en mí, logré balbucir algo parecido a una presentación:

—Cariño, esta es mi prima Julia; Julia, este es Alberto, mi prometido.

Ella, con la espontaneidad que la caracteriza, hizo ademán de besarle las mejillas, pero él dio un respingo hacia atrás y extendió el brazo derecho para marcar las distancias. Contrariada, pero sin amedrentarse, Julia le respondió con un varonil apretón de manos.

—Encantada de conocerte, Alberto. Adela no para de hablar de ti, solo tiene palabras de admiración hacia su novio —se apresuró a decir, con una sonrisa abierta.

—¿Ah, sí? Pues yo no puedo decir lo mismo, ni siquiera sabía que tuviera una prima —mintió.

Acto seguido, ambos se volvieron hacia mí.

—Aun así, me alegro de conocerte y espero que seáis muy felices —añadió Julia.

Luego dio un portazo y salió disparada. Ahora no sé si está enojada conmigo, con Alberto o con los dos. Aunque intenté disimular, eso ocupó mis pensamientos durante el resto del día.

¿Qué podía hacer? Me sentía culpable e impotente a partes iguales, porque amo a mi novio, sí, pero también quiero a mi prima, la quiero como si fuese una hermana. Y que ellos no se gusten me parte el corazón.

Por la noche, era tal mi tristeza que no pude conciliar el sueño. Oía trajinar por la casa y sabía que padre estaba acostado. O sea que me levanté y fui a la cocina. Le conté a madre lo que había sucedido por la mañana en la panadería y no se mostró sorprendida. Me escuchó con paciencia mientras calentaba leche. Luego la echó en un vaso, me la ofreció y se sentó a mi lado. Me explicó que padre había advertido a Alberto sobre Julia, a la que ven como a la oveja negra de la familia. Ambos se han aliado contra ella. ¡O sea que ninguno de los dos quiere que Julia y yo nos veamos!

Una horrible desazón invadió todo mi ser. Me quedé sin palabras.

Dicen los expertos que la leche posee un efecto sedante, así que me la tomé. Sumida en un mutismo absoluto, besé la frente de mi madre, le di las buenas noches y me fui a mi cuarto. En cuanto me metí entre las sábanas, las lágrimas resbalaron por mis mejillas en silencio. Fue como si me hubieran dado una bofetada. Madre vino a la habitación y se sentó en el borde de mi cama.

—No llores, mi niña, por lo que más quieras. —Pero yo no podía parar—. Las mujeres no somos libres, hija. Nos debemos a nuestros hombres, ellos son los que mandan, tienes que aceptar esta verdad cuanto antes, o nunca serás feliz. Yo también quiero mucho a Julia, es mi sobrina del alma. Pero tu padre es mi marido, ¿entiendes? Mi marido, dueño y señor. Dentro de poco serás una mujer casada y comprenderás a qué me refiero.

—No. No es verdad —protesté—. Las mujeres sí somos libres.

—Hablas por boca de Julia otra vez, Adelita. Es cierto que ejerce una gran influencia sobre ti. Ahora, más que nunca, debes ser complaciente con Alberto. Una vez casada ya descubrirás trucos para hacer tus triquiñuelas sin que él se entere. Aprenderás, como todas lo hemos hecho, a nadar y guardar la ropa, ¿me comprendes?

—Creo que sí —contesté.

Me sequé las lágrimas y me soné la nariz.

—No tienes por qué dejar de ver a Julia, ¡pero debéis

ser discretas! Puedo encubrirte cuando quieras. Y, si se lo pides, tu tía también lo hará. –Me guiñó un ojo–. Anda, tonta, no llores más. ¡Todo tiene remedio menos la muerte! Y no discutas con tu novio. Tiempo tendrás cuando sea tu marido.

Me aferré a su cuello con fuerza.

–Gracias, madre –musité entre hipidos, aliviada.

La charla con mi madre me tranquilizó y me quedé dormida casi al instante, pero no fue un sueño reparador. Me despertaba cada dos por tres. Las palabras «dueño y señor» resonaban en mi mente. ¿Era esa la vida que me esperaba? ¿Jamás iba a ser libre? Me negaba a aceptarlo. Tenía que haber un punto medio entre las ideas de Julia y las de mi madre, y yo lo encontraría.

Aún no sabía cómo, pero lo haría.

8

Madrid, 23 de agosto de 1931

Cuando el taxi se detuvo, a la altura de la calle Serrano, Adela alzó los párpados, entreabrió los labios y apoyó la palma en el cristal, sin poder apartar los ojos de aquel prodigio. Sentada a su lado, su madre dirigió la vista hacia el mismo punto y se inclinó tanto que la aplastó con su peso. Entonces don Enrique pagó la carrera y se dieron cuenta de que era el final del trayecto.

Boquiabiertas y sin pestañear, se apearon.

−¿Aquí viven los Aranda, padre? ¿Tan ricos son? −preguntó Adela.

−Así es, hija mía. Acostúmbrate, porque esta es la vida que te espera.

−Cuánta opulencia, por favor... ¿Es imprescindible? Si quisiéramos, nosotros también podríamos tener una mansión como esta, ¿a que sí?

Doña Elvira le dio con el codo a su marido, sin molestarse en ocultar cierto amago de envidia en el tono de su voz. Él le concedió la razón para evitar una discusión incómoda.

El jardinero abrió la verja y don Enrique, cogido del brazo de su esposa, cruzó el umbral con el mentón erguido. Adela seguía a sus padres distraída, observando cuanto la rodeaba con interés pueril.

Correteaba como una chiquilla, contemplaba con estupor los pececillos rojos del estanque, olisqueaba una orquídea aquí, unos jazmines allá. El calor era insoportable, pero no le importaba. Llevaba el vestido rosa pastel que le había regalado su tía en el último cumpleaños. Cabello suelto, sandalias blancas, bolso de mano y una sonrisa perpetua.

Tras llamar al timbre, la sirvienta no tardó en abrir ni medio minuto.

—Buenos días, ¿son ustedes los señores Cifuentes?

—Para servirle a Dios y a usted —respondió don Enrique, y su mujer le propinó otro codazo indescifrable.

—Adelante, la señora los espera en el salón. Acompáñenme.

Al pasar por su lado, Adela intercambió una mirada cómplice con la muchacha. Aún no lo sabía, pero Manolita y ella iban a ser grandes amigas. Debía de tener unos dieciséis años, y vestía el uniforme de los domingos: un vestido azul marino de mangas largas, sin escote y entallado, que le llegaba por debajo de las rodillas; el atuendo lo completaban un delantal, una cofia y unos guantes, todo de color blanco, unas medias oscuras y unos zapatos negros de tacón moderado. Ella serviría los suculentos manjares que Carmen, la cocinera, había guisado.

—¿Has visto? —Doña Elvira no salía de su asombro—. ¡Tienen servicio!

—Sí, lo he visto. Además, ya lo sabía. Nosotros también podríamos tenerlo, pero tú nunca has querido. ¡Y no me des más codazos ni estirones —se quejó él—, que me estás poniendo de los nervios!

—Lo siento, cariño, no pretendía…

—Bueno, bueno, ya está, no pasa nada —dijo Enrique, dándole unas palmaditas en el brazo que enlazaba el suyo.

Ella se quedó callada, pensativa.

—Bienvenidos a mi hogar —saludó doña Marta, besándoles en las mejillas—. Adela, estás guapísima. Doña Elvira hecha un pincel, como siempre. Don Enrique, me alegro de que su salud le haya concedido una tregua y pueda honrarnos con su presencia.

—Es usted muy amable, se lo agradezco. ¿Nos tuteamos? —propuso—. Al fin y al cabo, vamos a emparentarnos.

—Por mi parte, encantada.

—Es una excelente idea, consuegro —dijo don Ricardo, que acababa de entrar seguido de sus hijos. Los cuatro varones intercambiaron apretones de manos, abrazos y palmadas en la espalda. Luego saludaron a las féminas.

—Estás radiante —comentó Alberto, repasando a su novia de arriba abajo.

Permanecieron en pie y enseguida se hicieron dos corrillos, el de los hombres y el de las mujeres.

—Señora…

—Voy enseguida, Manolita. ¿Me disculpáis?

—Por supuesto —dijo doña Elvira.

Adela la siguió con los ojos.

Doña Marta depositó en un jarrón con agua las flores que le entregó la doncella, retrocedió unos pasos, estudió el resultado y las recolocó a su gusto. Eran rosas rojas y azucenas blancas, cortadas de su jardín. Un centro perfecto para una mesa puesta con gran esmero. Se notaba que anhelaba impresionar a los invitados.

Giró sobre sí misma y se cercioró de que el salón entero presentara el aspecto deseado. Incluso pasó el dedo por los muebles con disimulo y no encontró ni una mota de polvo, por lo que sonrió satisfecha. Alisó una arruga apenas perceptible del mantel blanco, impoluto, adornado con primorosos bordados hechos a mano y rematado con puntilla en los bordes.

Escudriñó con minucioso detalle los lugares que ocuparían cada uno de los siete comensales, además de los platos con ribetes dorados y las copas de cristal. Su gusto era refinado pero moderno, y eso se reflejaba en la decoración del salón, amplio y soleado. La criada había cumplido las órdenes y permanecía expectante.

–Está todo perfecto, Manolita, estoy orgullosa de ti. ¡Cómo te pareces a tu madre! Me siento afortunada.

–Muchas gracias, señora –respondió la chica, bajando la cabeza con respeto, azorada por los elogios.

–Ya puedes servir los aperitivos.

La muchacha asintió y desapareció.

–Mujer, qué lujo –dijo doña Elvira, con las mejillas sonrosadas. Rechoncha y de menor estatura que la anfitriona, tampoco podía competir con ella ni en estilo ni en elegancia. Doña Elvira era clásica, austera y convencional, al contrario que doña Marta, que seguía de cerca las últimas tendencias de la moda en París–. Esto parece un palacio, más que una casa. ¡Y con servicio doméstico! Impresionada me tienes.

–No me puedo quejar. Si algo le debo a Ricardo es que gracias a él vivo como una reina.

–¿Quién es el hombre que nos ha abierto la verja? –quiso saber Adela.

–¿Antonio? Es el jardinero, chófer, electricista, fontanero… ¡Qué haría yo sin mi Antonio! Es el marido de Carmen, la cocinera. Y ambos son los padres de Manolita. Son leales, discretos, trabajadores. ¡He tenido una suerte! Para mí es como si formaran parte de la familia.

–¿Viven aquí?

–Sí, en la casita de atrás.

Manolita depositó en la mesa uno a uno los platitos de jamón, queso y aceitunas que llevaba en la bandeja.

–¿Nos sentamos? –propuso doña Marta–. Os advierto que nuestras comidas son tradicionales. O sea que si esperabais probar alguna *delicatessen* de la alta cocina francesa, este no es el momento ni el lugar, desde luego. Carmen guisa como los ángeles, eso sí.

—Donde se ponga un buen cocido madrileño… —reflexionó don Enrique, que arracimó los dedos de la mano derecha, se los llevó a los labios, los besó y cerró los ojos, con una expresión de éxtasis que arrancó carcajadas a todos los presentes menos a doña Elvira, que miró de reojo a su marido, frunció los labios y meneó la cabeza de un lado a otro.

—Tú tendrás que conformarte con arroz hervido y lenguado a la plancha —aclaró la anfitriona.

—¿Hoy también? —protestó.

—Lo siento. Son órdenes de arriba.

Le guiñó un ojo a Elvira.

—¿Tú te crees que esto es normal? ¡Me tratan como a un niño! —Malhumorado, don Enrique buscó la complicidad de su amigo—. ¡Es como estar muerto en vida! No se lo deseo ni a mi peor enemigo. No me dejan fumar, ni beber, ni comer, ni otras cosas que no diré por no faltar el respeto a las damas aquí presentes.

Cuando soltaba su retahíla de reproches podía llegar a resultar muy pesado. Los demás esperaron a que amainara el temporal sin mediar palabra, procurando no echar más leña al fuego.

—Mira que me lo prometiste —lamentó doña Elvira.

—Padre…

—Está bien, ya me callo —respondió don Enrique, que a continuación guardó silencio y bajó la barbilla.

Doña Elvira respiró hondo, aliviada, segundos antes de elogiar el color de las cortinas y la majestuosidad de la lámpara del techo, para cambiar de tema. Doña Marta le siguió la corriente.

La mesa era alargada. Los Aranda ocuparon sendos extremos, a un lado se sentaron los consuegros y al otro los chicos y, entre ambos, Adela. Alberto le preguntó a don Enrique si habían tenido algún problema para encontrar la dirección y Adela aprovechó para entablar conversación con Rodrigo.

—Tú eres casi médico. ¿Hacemos lo correcto? —susurró para que su padre no la oyera.

—Sin duda. El infarto es muy reciente y se podría repetir con un fatal desenlace. Es muy importante que haga vida sana —le respondió, también en voz muy baja.

—Es que se pone de un humor insufrible.

—Es normal, siente su libertad coartada y eso a nadie le gusta. El paso del tiempo permitirá que pueda volver a comer de todo con moderación.

—¿De verdad o lo dices para consolarme?

—De verdad.

Hablar con Rodrigo la tranquilizaba. Sentía que podía confiar en él.

—Te lo agradezco —musitó.

—Tengo que contarle algo a mi hermano —interrumpió Alberto—. ¿Me cambias el sitio?

—Claro —respondió ella, cediéndole su silla.

La sensación de que Alberto se empeñaba en apartarla de Rodrigo, sin que entendiera por qué, perturbó a Adela. ¿Acaso no confiaba en ella? ¿O no confiaba en él? Las dudas ensombrecieron su semblante y le quitaron el apetito. Pese a todo, cuando la criada apareció con la humeante sopera de porcelana que desprendía aquel olor tan exquisito, Adela se dio cuenta de que su prometido vigilaba a la muchacha equivocada. Rodrigo solo tenía ojos para Manolita. Y no es que lo hiciese con descaro, sino con la espontaneidad de quien no domina el arte del disimulo. ¿Cómo era posible que nadie se diera cuenta?

Mientras la criada, situada a su izquierda, le llenaba el plato, él levantó los ojos y la miró de soslayo, estudiándola, moviendo la cabeza al compás de cada gesto de la muchacha. Respiraba su aroma como si fuese oxígeno, incluso entornaba los párpados para saborearlo como quien cata un buen vino.

–Gracias –logró balbucir el joven cuando ella terminó de servirle. Fue el único en dárselas.

La sirvienta se dirigió hacia la cocina. Adela hizo ver que se le caía la cuchara al suelo y, con esa excusa, la siguió. Los comensales estaban demasiado concentrados en los manjares para quejarse y ella se moría de curiosidad por saber qué se cocía entre fogones.

Se acercó sigilosa y desde varios metros de distancia escuchó las voces con claridad.

–Rodrigo me ha dado las gracias, madre. ¿Se lo puede usted creer? –dijo Manolita–. ¡Y se ha ruborizado! He tenido que contener la risa. Se fijaba en mí de un modo extraño.

–¡Ay, hija mía, qué inocentona eres! –La voz de Carmen retumbó contundente, dejando muy claro quién sujetaba la sartén por el mango, nunca mejor dicho–. Es un hombre. Te mira porque ya no eres la criatura endiablada que correteaba por su jardín. Has crecido. Ahora eres una mujerona hecha y derecha, al menos de cuerpo, porque de cabeza sigues siendo una cría, a la vista está. Pero tú ni caso, Manolita. –Mientras hablaba se oían cacharrazos, el chorro intermitente de agua de un grifo que a ratos se abría y luego se cerraba–. La historia está llena de criadas que sucumbieron a los encantos de su señor y acabaron con una criatura y las maletas en la calle. ¡Ten cuidado! Por mucho que hayáis jugado juntos de pequeños, existe una gran diferencia entre vosotros. Él es el señorito Rodrigo y tú la sirvienta.

Adela apareció en el umbral a tiempo de ver cómo Carmen sacudía el índice derecho una y otra vez delante de su hija. Luego continuó con su trajín. Empleaba la misma energía en fregar los cacharros que en remover la leche merengada que hervía en un cazo. Una deliciosa mezcla de aromas culinarios impregnaba el ambiente. La estancia disponía de un pequeño ventanuco y de un gran ventanal en la pared contigua. De ese modo se generaba una agradable corriente que mitigaba, en gran parte, el bochorno estival.

Estaban de espaldas, y no se atrevió a interrumpirlas.

–¿Me oyes? Nosotros somos pobres pero honrados, no lo olvides nunca.

–Ya lo sé, madre. Me ha caído en gracia, eso es todo.

–Bueno, anda, que hay mucho por hacer.

Entonces repararon en su presencia.

–¡Señorita Adela! –dijo Manolita, que abrió los párpados con desmesura y se mordió el labio inferior.

–Perdón por la intrusión y la torpeza, es que se me ha caído –se disculpó, mostrando el cubierto–, que no digo yo que el suelo no esté limpio, que lo está, si hasta reluce y todo. –A cada nuevo vocablo que salía de su boca se repetía por dentro que lo estaba empeorando–, pero…

–¡Faltaría más! –dijo Carmen.

A la velocidad del rayo le arrebató la cuchara, la tiró a la pila y le entregó una limpia. Adela insinuó un tímido «Gracias» y vio que el jardinero entraba en la cocina por la puerta trasera, justo antes de retirarse. De nuevo prestó atención a las voces mientras se alejaba.

–¿Se come en esta casa o qué? –preguntó Antonio.

–Pero ¿dónde vas con esas botas llenas de barro, hombre de Dios? ¡Me lo estás poniendo todo perdido!

–¡No te alteres, mujer! He estado regando y…

–¡Quita, quita! ¡Ve a cambiarte ahora mismo! Cuando te

presentes aquí con una indumentaria decente y un aspecto en condiciones, nos sentaremos a comer como personas y no como marranos, que esto no es una pocilga.

–*Ojú* –protestó el hombre–. Cómo está el patio…

Cuando Adela regresó a la mesa, doña Marta le estaba contando a doña Elvira la historia de Antonio y Carmen, que llevaban diecisiete años trabajando para ellos. Él tenía veinte cuando la dejó embarazada, pero ella solo dieciocho, por lo que, al enterarse, su padre casi la mata de una paliza. Los obligaron a casarse y era tanta la vergüenza que sentían los suyos que los invitaron a abandonar su Almería natal antes de que a Carmen se le abultara la tripa. Emigraron a Madrid; topar con los Aranda nada más llegar a la capital fue como si les hubiera tocado la lotería.

Jamás regresaron al humilde pueblo pesquero del que procedían y lo único que echaban de menos de sus raíces era el mar. Carmen cuidaba de la casa de su señora como si fuera la suya propia. Además, doña Marta era tolerante, comprensiva y muy generosa.

Sin escatimar en elogios, los invitados saborearon los sabrosos guisos de Carmen y la sosegada sobremesa dio pie a conversaciones relajadas entre las féminas, por un lado, y entre los varones, por otro.

A don Enrique le faltó tiempo para tocar el tema prohibido por excelencia. Lo hizo con cautela, bajando la voz, como quien confiesa un secreto.

–Por cierto, ¿cómo va el país?, ¿qué ha sucedido en los últimos meses? Decidme que Alfonso XIII vuelve a ocupar el lugar que le corresponde y ha enviado al exilio a Niceto Alcalá-Zamora, por favor.

–¿Quieres eso o la verdad? –preguntó Ricardo.

–Alcalá-Zamora ha nombrado a Manuel Azaña presidente del Consejo de Ministros –dijo Alberto.

—En tiempos de Alfonso XII esto no hubiera ocurrido. Para dirigir un país hay que tener un buen par de… Ya me entendéis.

—Cuánta razón tienes, Enrique —continuó su consuegro—. Si el propio jefe del Estado sale corriendo a la primera dificultad que se presenta, ¿qué se puede esperar? El pueblo ha reaccionado, como es lógico, ¿y qué ha hecho? Ponerse en contra de la monarquía, ocasión que el pintamonas de Azaña y cuatro listillos más han aprovechado para lavarle el cerebro a las masas. Y ojo, que Azaña viene pisándole los talones a Alcalá-Zamora, vamos, que le va a faltar tiempo para quitarle el puesto de presidente del Gobierno.

Cifuentes guardó silencio y absorbió con gula la información que sus contertulios esparcían con minuciosidad, como migajas de un pan que ansiaba devorar.

—¿Presidente del Gobierno? ¿Qué Gobierno? —puntualizó Alberto. Padre e hijo fumaban puros habanos y se habían servido sendas copas de anís. Don Enrique se conformó con beber sorbito a sorbito el agua natural que contenía la suya. Entre suspiro y suspiro, inhaló el aroma característico del alcohol y aspiró el humo que flotaba en el ambiente—. Estamos en manos de improvisados. El republicanismo no es más que un sentimiento que unos cuantos soñadores ilusos han extendido, pero no tiene ninguna base sólida, ni estructura, ni organización. Cuatro días van a durar.

—No sé qué decirte, yerno, mucho me temo que esto puede acabar en guerra.

—Pues que así sea, ya veremos quién gana.

—Hablas con el ímpetu y la soberbia de la juventud, como es natural, pero uno es perro viejo y sabe de sobra que las cosas no son tan fáciles. Una guerra civil es lo peor que le puede pasar a un país. Hermanos contra hermanos, padres contra hijos. ¡Dios no lo quiera!

—A esa gentuza los deseos de Dios le traen sin cuidado, son todos unos ateos —espetó don Ricardo—. Como aprueben la Constitución que tienen prevista estamos perdidos. Pretenden que el Estado sea laico, que a las mujeres se les permita votar, que reconozcan como válidos tanto los matrimonios civiles como el divorcio, la igualdad de clases y no sé cuántas tonterías más. —Gesticulaba de un modo exagerado, con los ojos enrojecidos—. ¡Adónde vamos a ir a parar, Enrique!

Alberto chistó.

—Baja la voz.

—El chico tiene razón, será mejor que cambiemos de tema porque este me enerva —murmuró el consuegro.

—¿Se encuentra bien, don Enrique? —preguntó Rodrigo, que regresó al salón tras haberse librado de tan acalorada tertulia con la excusa de ir al baño.

—Sí, sí, tranquilo, hijo. Bicho malo nunca muere —respondió Enrique para destensar el ambiente, riéndose de su propia ocurrencia y contagiando a los demás.

El benjamín de los Aranda se sentó a su lado y él, visiblemente conmovido por la preocupación del joven, le echó un brazo por encima.

En el otro lado de la mesa, Adela se cansó de disimular y soltó un soplido de aburrimiento. Su madre le lanzó una mirada reprobatoria y doña Marta, captando el mensaje, retiró la silla y propuso:

—Me gustaría enseñaros algo. Seguidme.

Se levantaron las tres a la vez. Abstraídos en su charla, los hombres no prestaron atención.

—Nos tienes en ascuas —dijo doña Elvira al tiempo que se agarraba del brazo de su hija.

Doña Marta las condujo a través de lo que a Adela se le antojó el pasillo más largo del mundo. Se detuvo ante una puerta cerrada, giró la cabeza a un lado y a otro para comprobar la ausencia de testigos, se sacó una llave del bolsillo, la introdujo en la cerradura, le dio varias vueltas y abrió. Luego se plantó en el vano ceremoniosa.

—Este es mi escondite secreto —dijo a la vez que un brillo especial y muy sutil se encendía en sus ojos.

Era un salón de costura diáfano, sin nada que envidiar a los frecuentados por las damas de postín. Grandes ventanales iluminaban la estancia con luz natural y los maniquíes lucían prendas a medio confeccionar.

La muchacha se paseó por la sala y lo observó todo con avidez. Mientras, su madre se mostraba confundida.

—¿Un taller de costura con empleadas a tu cargo? ¿O es que impartes clases de corte y confección? —dijo doña Elvira.

—Ni lo uno ni lo otro, coso por afición.

Doña Elvira se quedó parada, sorprendida.

—¿Y a qué se debe?

—Diseño y confecciono mis propios vestidos, me gusta hacerlo. ¿Me guardaréis el secreto? Ricardo y Alberto saben que tengo un cuarto de costura, pero piensan que es Carmen quien lo usa. Los hombres no son tan listos como se creen.

—Pero las mujeres de tu posición…

—Provengo de una familia humilde y mi madre era modista.

—Vaya, eres una caja de sorpresas.

—Es un salón impresionante —dijo Adela—. Y tengo la sensación de que sus manos son de oro. Me encantaría que me hiciera un vestido.

—Adelita, hija…

–No la regañes, Elvira. De hecho, por eso os he traído aquí.

Marta les dio la espalda con diligencia, abrió la portezuela superior de uno de los armarios y extrajo varias revistas de moda.

–Siéntate –le dijo a su nuera, que obedeció de inmediato. Seguidamente, depositó las publicaciones sobre su regazo–. *Voilà*. –Sus invitadas desconocían el significado de dicha expresión–. Elige.

–¿Que elija qué?

–¿Cómo te gustaría? ¿De tul, seda o gasa? ¿Con velo o sin velo? Blanco, por supuesto. Ahora está de moda el estilo victoriano, que sin duda es lo que más te favorecería, porque, si ya pareces una princesa, imagínate ese día. Se llevan las líneas lánguidas, así, con caída –explicó Marta, señalándose las caderas–, y las mangas abullonadas.

Adela y su madre habían enmudecido. La chica repasaba las páginas con parsimonia, contemplando las maravillosas ilustraciones, y de vez en cuando levantaba la cabeza para observar a la mujer que estaba a punto de convertirse en su suegra. Se sentía incrédula, extasiada, con lágrimas contenidas que pugnaban por brotar.

Elvira presenció la escena sin mediar palabra, con las palmas pegadas una contra otra, como si rezara.

–¿Va usted a diseñar mi vestido de novia?

–Y a confeccionarlo, si os parece bien. Será mi regalo.

Adela se levantó, dejó caer las revistas y rodeó con los brazos el cuello de Marta con tanto ímpetu que la hizo trastabillar. Se fundieron en un abrazo intenso.

–Es un detalle increíble –afirmó en cuanto logró articular sonidos.

–Lo mereces. ¡Eres tan buena! Me siento orgullosa de que vayas a ser mi nuera. Alberto es muy afortunado.

Sentada en el otro sillón, doña Elvira se abandonó a la emoción que la embargaba, sin saber qué decir. A falta de abanico, se dio aire con la falda para tratar de aliviar el sofoco. Luego extrajo de su escote el pañuelo que llevaba en el canalillo, se enjugó las lágrimas y se sonó la nariz. Emitió un suspiro de felicidad, largo y profundo, y pensó que, si tuviese que morir en ese instante preciso, no le importaría en absoluto.

9

Íngrid

La primera persona a la que le confesé que me gustaban las chicas fue Trudy. Yo tenía trece años, el corazón destrozado y la cabeza hecha un lío. Mi confusión no giraba en torno a mi orientación sexual, porque había sabido que me atraían las mujeres desde muy pequeña. El caos mental me lo provocaba el entorno. Lo que la sociedad me transmitía hiciera lo que hiciese llevaba implícito el mensaje de que lo «normal» era que me fijase en los chicos. Total, que me pasaba media vida languideciendo de tristeza y la otra media sintiéndome un bicho raro.

Trudy reaccionó como era de esperar en ella: sin darle importancia. Además, creo que lo sospechaba, porque no perdía la ocasión de contarme anécdotas relacionadas con sus amigos del colectivo, y lo arriesgado que había sido para ellos «salir del armario» en su juventud. Trudy es, ha sido y será, hasta el fin de sus días, una mujer adelantada a su época. De hecho, a mí me fascina con qué desenvoltura y autonomía se ha movido siempre, teniendo en cuenta que le tocó vivir en tiempos de Franco.

«Hay una cita de Virginia Woolf que dice: "No hay barrera, cerradura ni cerrojo que puedas imponer a la libertad de mi mente". Yo opino lo mismo, Íngrid. Sentirse libre por dentro es el primer paso para conquistar la libertad externa», me dijo una vez. Interioricé aquellas palabras y me las repito mentalmente cuando me invade la sensación de que alguien trata de exigirme o prohibirme algo.

Sospecho que no debió de ser nada fácil para mis bisabuelos aceptar la existencia bohemia que Trudy escogió. Eran muy conservadores, soñaban con que su hija se casara con algún buen partido y les diera unos cuantos nietos nacidos bajo la bendición del matrimonio. Sin embargo, lo que en realidad sucedió fue que Trudy estudió Bellas Artes –la carrera menos apropiada, según Rosa y Santiago– y después de licenciarse les anunció que iba a tomarse un año sabático en Ibiza para decidir qué hacer con su vida. Regresó embarazada al cabo de una década. Sí, en efecto, era alocada. Eso es lo que me fascina de ella. No sé si lo de la cordura en nuestra familia se va saltando una generación o qué, porque mamá es tan convencional como sus abuelos. Y yo tengo más cosas en común con mi abuela de las que jamás tendré con mi madre.

–Tienes el pelo muy largo, Trudy, y precioso –dije, frotándole el cabello con la toalla y friccionando el cuero cabelludo con sumo cuidado. Ella estaba sentada en un taburete sobre el plato de ducha, desnuda aún y mojada–. Me encanta que lo lleves así, al natural, sin tintes ni historias.

–Usé henna durante mucho tiempo, pero luego me cansé. Con el paso de los años una se va volviendo más práctica… ¡o perezosa! –confesó, encogiéndose de hombros y esbozando una sonrisa.

Cualquier otra abuela hubiera sentido pudor de mostrarse en cueros delante de su nieta, pero Trudy es Trudy. Siempre ha vivido la desnudez con naturalidad. Es más, la primera vez que visité una playa nudista, siendo aún una niña, fue ella la que me llevó.

–Venga, guapa, ponte de pie.

Mis manos sujetaron las suyas con firmeza para ayudarla a erguirse. Cuando la noté estable la solté, ella se agarró a la barra de la pared y le sequé todo el cuerpo. Por suerte, la casa disponía de dos cuartos de baño, uno arriba y otro en la planta baja, que era donde estábamos en ese momento. Antes de que saliera de la ducha me agaché, con sus bragas en las manos, ella metió un pie y luego el otro y yo se las subí y coloqué en su sitio. Le acerqué el andador. Solía terminar de vestirse sentada en la cama. Con lo que más cómoda se encontraba era con sus caftanes, los tenía de todos los colores y estilos.

—Háblame de tus aventuras ibicencas, Trudy.

—Fue la etapa más feliz de mi vida. —Me clavó sus ojillos vivarachos, negros como una noche sin luna—. Sé que no es políticamente correcto decir algo así, porque después fui madre, pero estoy siendo honesta.

Deslicé el peine por su melena para deshacer los enredos. Luego cogí dos mechones a ambos lados de su cara, los estiré hacia atrás y los sujeté con una pinza. Por último, le puse uno de sus cientos de pares de pendientes de cíngara.

—Conmigo no tienes que justificarte —le dije, acercándole de nuevo el andador. Desde hacía unos días dábamos paseos cortos por el jardín—. Vamos.

—Lo sé, cielo, y te adoro por ello. —Sujetó con fuerza el armazón con patas y caminamos hacia la puerta con lentitud—. La maternidad te enriquece en otros aspectos, qué duda cabe. Pero la sensación de plenitud y libertad que experimenté durante los años que pasé en Ibiza no la he vuelto a sentir. Al menos no con la misma intensidad.

—Lo que no entiendo, por lo que tú me has contado, es que tus padres te dieran permiso siendo como eran.

—Es que no me lo dieron —dijo, mirándome de soslayo—. Me escapé, chiquilla mía.

Mi abuela era una rebelde. Se había criado en el seno de una familia acomodada. Lo tenía todo, jamás le negaron nada. Era una consentida, una niña de papá, pero no le bastaba. Ella quería vivir experiencias nuevas. Había oído hablar del movimiento *hippie* que se inició en San Francisco en los sesenta y sentía una gran curiosidad por ese modo de vida. En general, los jóvenes que iban a parar a Ibiza lo hacían desencantados de la situación política de sus respectivos países. Había chicos y chicas de múltiples orígenes. Se agruparon en lo que llamaban comunas y Trudy se unió a una de ellas. Se enamoró de esa vida de inmediato. Vivían en una gran casa, en el campo, y cultivaban la tierra. También montaban mercadillos en los que vendían fruta, verdura y artesanía fabricada con sus propias manos.

Salimos al jardín. Se detuvo en seco, levantó la cabeza y reparó en las hortensias azules y los geranios rojos.

–¡Íngrid, mis flores están preciosas! –Abrió mucho los ojos y la boca–. Qué bien me las cuidas, cariño, ¡gracias! Acércate, anda.

Obedecí y me dio un beso tan sonoro en la mejilla que el eco me retumbó en los oídos.

–¿Puedo hacerte una pregunta indiscreta? –dije con curiosidad.

–Claro. Pero que tú me la hagas no garantiza que yo te conteste. –Me guiñó un ojo–. Aunque me da que sí responderé.

–¿Cómo estás tan segura de que mamá es hija de Michael? Porque, según tengo entendido, practicabais el amor libre.

–¡Menuda pregunta! Es que lo de Michael fue diferente. Cuando nuestros caminos se cruzaron, él, que era estadounidense, llevaba tantos años dando tumbos por Europa como yo viviendo en Ibiza, y sentimos enseguida que éramos almas gemelas. Ambos habíamos salido huyendo de algo. Él, de la guerra de Vietnam; yo, de la dictadura franquista y el yugo paterno. Nos entendíamos a las mil maravillas. Nos convertimos en inseparables. Y, sí, doy fe de que es el padre de mi hija porque mientras estuve con él no me acosté con nadie más.

–¿Por qué no seguisteis juntos, si tanto os amabais?

–¿Se puede atrapar el viento en una caja? ¿Se le pueden cortar las alas a un espíritu libre?

Nos habíamos sentado en el banco que había bajo el toldo. Entorné los párpados y apoyé la cabeza sobre su hombro, dispuesta a permitir que nuestra piel absorbiera la vitamina D que el astro rey nos brindaba.

–¿Te arrepientes de algo?

–No. Pero sé que hice sufrir a mis padres y me pesa. Al principio, incluso desconocían mi paradero. Después de un tiempo de locura y desenfreno me invadió el sentimiento de culpa y le escribí una carta a mi madre. Desde entonces, mantuvimos correspondencia, aunque nunca le di mis verdaderas señas, usaba la dirección de una amiga y le hice prometer que no intentaría buscarme. En una de sus misivas me confesó que estaba enferma y me vi obligada a volver. Cuando abandonó este mundo, Lucía era muy pequeña. Mi padre nos dejó al año siguiente, sin haberme perdonado –explicó suspirando y con la mirada puesta en un horizonte lejano–. Ella murió de cáncer y él de pena. Sé que cometí errores y lo asumo. Pero escogí vivir a mi manera y de eso no, no me arrepiento.

–¿Te acuerdas de cuando mis amigas te apodaban la Abuela Heavy? –pregunté de repente.

Trudy soltó una risotada más propia de una bruja maléfica que de una dulce ancianita.

–¡Sí, me encantaba! Hacían que me sintiera diferente, única, especial.

–¡Es que lo eres! Es increíble todo lo que has vivido, Trudy, deberías sentirte orgullosa.

—¡Y lo estoy! ¿Qué te crees? —dijo, arqueando las cejas.

De nuevo instalada en Barcelona, Trudy llevó una vida más ordenada, pero jamás dejó de ser fiel a sus principios y a sí misma. Tuvo la suerte de poder vivir a su manera, en gran parte, porque sus padres le dejaron una buena herencia. Aun así, se dedicó a pintar y a impartir clases de dibujo y pintura mientras cuidaba de su hija. No fue la madre disciplinada que mamá hubiera deseado, desde luego, pero se las apañó.

Tenía treinta y seis años cuando Franco murió. La dictadura dio paso a la democracia y las cosas empezaron a mejorar despacio, muy despacio. Se inició una etapa de reivindicaciones en las que participó cuanto pudo. Hizo de la lucha feminista su causa por excelencia. Siempre con su hija a cuestas, llevándola a las manifestaciones, a los conciertos…

—¿Y es cierto que la primera vez que los Rolling Stones actuaron en España lo hicieron en Barcelona?

—¡Ya lo creo! Fue en la Monumental, en la plaza de toros, el 11 de junio de 1976. Jamás olvidaré esa noche. ¡Mick Jagger lo dio todo! Cada dos por tres saludaba en castellano, ¡incluso en catalán! Casi al final de la actuación empezó a tirar confeti por el escenario y a mojar con agua a los espectadores de las primeras filas. Fue increíble.

Donde hubiese una causa justa que defender, ahí estaban Trudy y Lucía, Lucía y Trudy. Se la colocaba a horcajadas sobre los hombros y, hala…, ¡a protestar!

El acto más peligroso al que asistieron fue en defensa de los derechos de gais, lesbianas y transexuales, convocado por el grupo activista gai FAGC el 26 de junio de 1977. Asistieron cinco mil personas, que desfilaron por la Rambla con las travestis en primera fila. Salió en la prensa. Marcó un antes y un después en la lucha. Qué orgullo siento al pensar que el primer acto de esas características que se organizó en el país se celebró en Barcelona y que mi abuela y mi madre estuvieron allí. Pero no todo fue perfecto. Cuando se presentaron los grises tuvieron que salir corriendo. Hubo heridos y arrestados. Aun así, estoy segura de que mereció la pena. ¡Ya me hubiera gustado a mí estar ahí! Le habría sacado más provecho que mi madre, seguro. Aunque, por otra parte, no me extraña que ella sea tan responsable, seria y cumplidora… ¡Para compensar las locuras de Trudy!

–¿Entramos?

Me puse de pie y la animé a hacer lo propio con un gesto.

–Sí, cariño. –Me imitó–. Cómo me enrollo, ¿no? Discúlpame. ¡Me emociono al rememorar el pasado! Me estoy convirtiendo en la típica anciana pesada, Íngrid, ¡qué desastre!

–Pero ¿qué dices, Trudy? Yo jamás me canso de escucharte. Adoro tus historias y lo sabes. Por cierto, ¿qué hay de esa tal Adela? Estoy enganchada a su diario, ¿sabes? Ya empiezo a entenderla mejor. Vive encorsetada, atrapada en las ideas que le han inculcado sus padres, pero en el fondo tiene más ansias de libertad de las que aparenta, ¿verdad?

Una desconcertante pausa silenciosa se instaló entre nosotras. Me daba cuenta de que a Trudy se le transformaba la expresión cada vez que mencionaba a Adela, pero no quería incomodarla.

–Así es, Íngrid –respondió al fin–. Algunas personas nacen libres y otras se pasan la vida tratando de escapar de su propia prisión de convencionalismos.

Nos sentamos en el sofá. Tomé el mando del televisor y lo encendí. Lo hice como por inercia, fue un acto mecánico. Entonces Trudy lo cogió y lo apagó de nuevo.

–Perdona, cielo, es que prefiero hablar contigo. Disfruto

tanto que voy a llegar a pensar que caerme por la escalera es lo mejor que me ha sucedido en los últimos años.

–¡Trudy! Que me vas a hacer llorar. –La abracé con fuerza.

–Estoy dividida en dos. Una parte de mí desea que mi recuperación sea lenta, lenta…, para retenerte a mi lado. Y la otra me considera egoísta, me hace sentir culpable por ser un estorbo, una carga, alguien que te aleja de la persona a la que quieres.

–¡Basta! Me gusta cuidarte. Me hace feliz estar contigo y Clara lo entiende. Me apoya al cien por cien. Es más, si no lo hiciera la mandaría a freír espárragos.

–¡Pero si es un amor! ¿Dónde vas a encontrar a otra mejor?

–¿Y ahora me vas a decir quién es Adela? –insistí.

–En otro momento, Íngrid, en otro momento. Tú sigue leyendo.

Al final de la tarde, cuando calculé que mi madre debía de estar a punto de aparecer, le dije a Trudy que me iba a la habitación a terminar un trabajo del máster. Era verdad y a la vez una excusa para evitar a mamá. Aunque de poco me sirvió. Apenas había entrado en materia cuando unos toques en la puerta me hicieron perder la concentración.

–¿Sí?

–Íngrid, ¿puedo pasar? –dijo mi madre desde el otro lado.

«Menudo fastidio», pensé.

–Adelante –la invité con desgana.

Mientras mamá cruzaba el umbral, indecisa, continué aporreando el teclado, muy metida en mi papel de persona estresada que dispone de escaso tiempo libre y debe gestionarlo de un modo eficaz. Se sentó en el borde de la cama. Yo le daba la espalda.

–No podemos seguir así –musitó.

–¿Por qué no?

–Te echo de menos, Íngrid. Tú y yo siempre estuvimos muy unidas.

–La vida nos separó, Lucía. Ocurrieron cosas terribles y luego crecí. Ahora somos dos adultas con maneras de pensar diametralmente opuestas que caminan por senderos muy diferentes y distantes. Y punto.

–No me llames Lucía, soy tu madre. ¿Sabes? No somos tan diferentes como crees. Las dos echamos de menos a papá.

No respondí. Seguía tecleando cuando se levantó de súbito y me cerró el portátil.

–¿Puedes al menos prestarme atención durante un segundo? –inquirió, elevando el tono.

–Pero ¿tú de qué vas? –contesté, arrastrando la silla con brusquedad.

Me incorporé también. Nuestros rostros quedaron a la misma altura, enfrentados.

–No quiero discutir –dijo, retrocediendo un paso–, solo hablar y aclarar las cosas.

–No estamos en uno de tus juicios, señora abogada.

–Han pasado muchos años, Íngrid, ya es hora de perdonar y olvidar. Tú perdiste a tu padre y sé que fue muy doloroso, pero yo perdí al hombre de mi vida, ¿entiendes?

–Eres tú la que no entiende nada, mamá. Déjame tranquila, que voy muy retrasada con el máster.

Me volví a sentar y reanudé el trabajo. Deseaba que se fuera, pero se quedó ahí plantada, en medio del dormitorio. La conciencia, que sonaba en mi cabeza como una voz impertinente, lejana y tenue, me decía que ella tenía razón, que no podíamos seguir así para siempre, pero yo me negaba a escucharla. Llevaba tanto tiempo interpretando el papel de hija que odia a su madre con toda el alma que me había quedado encasillada en el personaje y no sabía cómo demonios deshacerme de él.

—La semana que viene tengo algunas tardes libres y vendré a cuidar de tu abuela. Si quieres, podrías aprovechar para terminar las tareas universitarias o quedar con tus amigas.

Me apoyó la mano en el hombro con suavidad. Al mirarla, vi súplica en sus ojos. Me fijé en las ojeras, propias de quien no duerme bien. Tardé en responder, pero la verdad era que necesitaba salir, cambiar de aires.

—Me parece buena idea.

Volví la vista a la pantalla y mis dedos recuperaron el movimiento sobre el teclado.

—Vale, cariño —titubeó—. Hablamos.

—Muy bien.

La observé por el rabillo del ojo. Caminó hacia la puerta y la abrió con lentitud. Se notaba que no quería irse.

—Hasta mañana, Íngrid —dijo antes de cerrar.

—Hasta mañana.

10

Íngrid

Tras la interrupción de mi madre releí las últimas líneas de mi trabajo cuatro veces, pero no lograba concentrarme. Me retrepé en el respaldo de la silla y resoplé, llevándome las manos a la cabeza. Mi análisis acerca del modo de vida de los papúes de Nueva Guinea iba a tener que esperar.

Apagué el ordenador y pensé en Adela, ¿qué vínculo había entre mi abuela y ella? ¿Por qué había conservado sus escritos con tanto cuidado y mimo? La chica de los diarios no guardaba parecido alguno con Trudy, eso desde luego. Era demasiado inocente. ¿Por qué se había prometido con Alberto? ¿De verdad estaba enamorada o solo lo hacía para complacer a sus padres? ¿Y Julia? ¿Cómo podían ser tan diferentes dos jóvenes de la misma época?

Eché mano de una de sus cartas y me dispuse a leerla:

Madrid, 30 de diciembre de 1931

Querida Adela:

Antes de contarte mi viaje a Ayllón, debo confesarte (porque si no lo suelto reviento) que tu novio me parece un grosero, por decirlo de forma suave, y que tú te mereces algo mejor, prima.

El entusiasmo por participar en las Misiones Pedagógicas flotaba en el ambiente. Yo lo tuve claro desde el principio, mi madre no tanto, aunque acabó sucumbiendo a mi capacidad persuasiva, por supuesto. Ella y todos los demás. Ahí estábamos, dispuestos a ilustrar un país en el

que casi la mitad de la población es analfabeta. Ansiába-
mos llegar a esa pequeña aldea segoviana y averiguar qué
aventuras nos deparaba. Armados con libros, gramófono,
proyector de cine y entusiasmo.

Durante el trayecto no podía quitarle los ojos de encima
al conductor. Ni yo a él, ni él a mí. Se llama Mario, ron-
da la treintena y no es que sea exactamente guapo, sino
resultón. Las gafas redondas, de montura metálica, no le
restan ni un ápice de atractivo. Le dan un aire intelectual.
Desde el primer instante, advertí ese brillo especial en su
mirada, tú ya me entiendes, y yo me sentí cautiva de una
extraña admiración, prisionera de la disparatada idea de
que me entendía con Mario a las mil maravillas, y de que
encajaba con exactitud en mi imaginario del hombre per-
fecto. Sí, Adela, sí. Es él. Tuve una semana entera para
descubrirlo.

En cuanto la camioneta se detuvo en medio de la plaza,
un grupo de chiquillos de indumentaria humilde se arre-
molinó alrededor. Mario, mi madre y yo fuimos los prime-
ros en descender y estirar las piernas. El conductor se di-
rigió a la parte trasera del vehículo y abrió la puerta para
que los demás ocupantes hicieran lo propio. Mi madre y
yo echamos un vistazo alrededor y enseguida nos vimos
rodeadas por niños de diversas edades. Algunos iban des-
calzos, otros llevaban alpargatas roídas. Parloteaban sin
tregua, alzando tanto la voz que resultaba difícil compren-
der qué decían. Nos tironeaban de la falda, nos interroga-
ban, se reían. Una campesina de piel atezada nos clavó la
mirada y nos inspeccionó sin mediar palabra. Debía de ser
bastante más joven de lo que aparentaba su rostro ajado,
porque con un solo brazo sostenía a una criatura de esca-
sos meses de vida y, con el otro, un capacho. Le hice una
carantoña al pequeño y la mujer sonrió con timidez. El

delantal, jaspeado por miles de cuadros diminutos, blancos y negros, le cubría casi toda la ropa, tan desgastada... Un pañuelo blanco, atado debajo de la barbilla, le protegía la cabeza del sol. Saciada la curiosidad, se dio la vuelta sobre sus talones y retomó su trayectoria, alejándose del escenario de la novedad.

Los niños tardaron un rato más en darse por satisfechos. Ellos nos presentaron a don Severiano, el maestro de la única escuela, que observaba la escena, divertido. Lucía una gorra tipo boina, abrigo largo y negro, abierto, y bufanda de cuadros anudada al cuello. Alto, recio, con edad de estar a punto de jubilarse. Con los dedos regordetes de la mano derecha se rascaba la barba, canosa y abundante, tenía el codo apoyado sobre el brazo izquierdo, con el que, a su vez, se rodeaba el estómago. Un mostacho blanco camufló la sonrisa franca, no exenta de picardía, que le dedicó, ¿adivinas a quién? A tu querida tía Encarna. Sí, sí, entre Severiano y Encarna hubo chispa desde el minuto uno. No se lo preguntes a tu tía porque jamás lo admitirá. Pero créeme a mí. Ya sabes que no tengo pelos en la lengua.

Don Severiano nos ofreció su hogar y aceptamos. El viejo caserón de paredes desconchadas pedía a gritos una buena mano de cal. El profesor era consciente de ello y se disculpó por el mal estado de la estancia, que, sin embargo, resultaba espaciosa y estaba equipada con lo imprescindible. El maestro era desastroso como amo de casa y pésimo en tareas de mantenimiento, circunstancia que no impidió que se granjeara nuestra simpatía. La falta de comodidades fue suplida con creces por una grandeza de espíritu y una generosidad tan grandes que logró meternos a todos en su bolsillo durante los siguientes días.

Es evidente que Severiano y Encarna han hecho tan bue-

nas migas como Mario y yo. La semana ha transcurrido deprisa, pero con intensidad, repleta de aventuras. Y, aunque apenas hemos dispuesto de intimidad, dos historias de amor se han fraguado en esa aldea. Durante el viaje de vuelta, tu tía me confesó, con un extraño brillo en los ojos, que don Severiano le ha prometido ir a buscarla a Madrid en cuanto se jubile, pero que ella no se lo cree.

En fin, Adela, ha sido una semana increíble. Enriquecedora tanto desde un punto de vista cultural como personal. Maravillosa. Inolvidable.

Tu prima que te adora,

Julia Castillo Gutiérrez

SEGUNDA PARTE

11

Madrid, 15 de mayo de 1932

A los diecinueve años, Adela contrajo nupcias con su prometido Alberto, de veintisiete, cuando España disfrutaba aún de los albores del primer bienio de la Segunda República y florecía como la propia primavera.

Se casaron por todo lo alto. Ella hubiese preferido una ceremonia sencilla, pero doña Marta insistió en que el día de su boda debía ser inolvidable, o sea, que no tenía la menor intención de reparar en gastos. Don Ricardo fue incapaz de hacer objeción alguna, pese a que lo consideraba un despilfarro innecesario. También fue doña Marta la que decidió que su hijo y su nuera se fueran a vivir con ellos después de la boda. Los padres de Adela, por su parte, no habían escatimado a la hora de invertir en la rehabilitación de la zona superior del establecimiento que daba vida a la panadería, para que hiciera las veces de vivienda. El apartamento era diminuto, pero a Adela se le antojaba perfecto. Aunque viviesen en la mansión, ese siempre sería su lugar especial, propio y, sobre todo, íntimo. Se accedía a él por la escalera del fondo de la trastienda.

La firme decisión de Ádela de seguir trabajando después del matrimonio había provocado grandes disputas entre la pareja. Como buen Aranda, hubiera preferido que su esposa se quedara en casa, pero la joven no cedió. Amaba su oficio y no estaba dispuesta a renunciar a él. Alberto tampoco entendía lo del piso de la panadería. ¿Por qué? ¿Para qué? Pero tanto en ese asunto como en el otro que le provocaba dolores de cabeza, habían intervenido sus suegros, defendiendo a la chica, y no se atrevió a contradecirlos.

El vestido de novia, inspirado en las creaciones de *Marie Claire* de los años veinte, había sido diseñado y confeccionado por doña Marta, con ayuda de Manolita, y era espléndido: blanco, de seda, finísimo, con caída y largo hasta los tobillos, además de entallado, con mangas a la sisa y cintura baja. Adela lucía una sonrisa radiante, le brillaban los ojos y era el centro absoluto de la atención de todos. El velo era lo que le daba el toque más original y exótico, ya que simulaba un fular, a modo de turbante, que le ceñía la cabeza, incluida la frente, se sujetaba a un lado de la nuca y caía hasta casi tocar el suelo. Era lo que más le gustaba a doña Marta y lo que menos a doña Elvira.

El acto se ofició en la iglesia de las Maravillas y el convite se celebró en la residencia de los Aranda, entre el suntuoso salón y el jardín paradisíaco, que, bajo los cuidados de las rudas manos de Antonio, guiadas por las órdenes de doña Marta, había adquirido un aspecto bucólico de edén multicolor. La señora, que había contratado a cinco criadas nuevas, jóvenes pero cualificadas, invitó a lo más selecto de la alta sociedad madrileña.

Mientras Alberto atendía a los invitados, Adela se acercó a la cocina para decirle a Carmen que faltaban copas y, acto seguido, lo buscó de nuevo con la mirada, como un cachorrillo a su dueño. Ahí estaba él, con ese porte distinguido, tan atractivo, tan Aranda. Ahora era su marido, ¡su marido! Y eso lo cambiaba todo. Lo miró como si no lo reconociese y sintió en su pecho que sí, que era él, que no se había equivocado, que a pesar de ese carácter complicado, que en algunas ocasiones lograba amargarle la existencia, Alberto era su hombre, el mismo del que se había enamorado como una boba nada más verlo en el hospital cuando ingresaron a su padre.

Respiró hondo, sin apartar la vista de él. El destello húmedo de sus ojos tenía tanta fuerza que Alberto se dio la vuelta y fue como si tirara de él con una cuerda invisible.

—Si me disculpáis, creo que mi esposa me reclama —alegó.

El corrillo de hombres se dispersó entre murmullos y risas en medio de la humareda que desprendían los puros habanos y el aroma de licor. Alberto se alejó de ellos y se detuvo frente a Adela.

—Si sigues mirándome así me voy a fundir —murmuró.

—Ahora eres mi marido —afirmó con orgullo.

Él cogió su cara entre las manos y le besó la comisura de los labios.

—Ya está bien, hombre. —La enérgica reprimenda de don Enrique sobresaltó al novio y provocó que la novia se ruborizara—. Deja eso para la intimidad.

—Lo siento —dijo Alberto, y de inmediato comprendió que su suegro bromeaba.

—Ven aquí, muchacho.

Se estrecharon con fuerza. Adela se destensó, se echó a reír y recuperó el usual tono sonrosado de sus mejillas. Después se subió ligeramente el vestido y corrió con inocentes saltitos hasta llegar al lado de doña Elvira.

—Madre…

—Hija, estás bellísima, no puedo dejar de mirarte. Si no fuera por ese velo tan…

—El velo es perfecto y Adela está divina, imponente —defendió doña Marta.

—Solo me falta algo para ser del todo feliz —suspiró la novia.

—Lo sé, mi niña, lo sé.

Doña Elvira había tratado de convencer a su marido de

lo importante que era que Julia y Encarna estuvieran allí en un día tan señalado. Lo había intentado de mil maneras, con distintas palabras, en diferentes momentos. Adela había hecho lo propio con Alberto, pero el tema provocó interminables contiendas acaloradas que ganaron ellos, dando por zanjado el asunto.

Doña Marta se disculpó y salió al jardín. Miró hacia la verja con la mano en la frente para protegerse del sol y se dirigió al jardinero. Lucía un vestido verde de raso que marcaba su figura espléndida y multiplicaba por diez su elegancia natural. Elegancia que no perdió ni por un instante, pese a llevar el peso de la fiesta. El gramófono instalado en el salón emitía música sin cesar. Ella misma había seleccionado los discos, que iban de la copla española a los clásicos de Mozart o incluso el charlestón, el ritmo que la hacía sentirse viva.

Manolita no cesaba en su trajín. Iba y venía, de la sala a la cocina y de la cocina a la sala, ya fuera con una bandeja llena de aperitivos o con una de copas de champán. Al pasar por su lado, Adela cogió un canapé y, en un desesperado intento de evaporar la única nube de tristeza que empañaba su felicidad de recién casada, se acercó a su cuñado y trató de mirar a través de sus ojos para entender el porqué de su alelamiento. Apoyado contra la pared y sin perderse detalle, Rodrigo perseguía cada movimiento de la sirvienta, cuyo uniforme azul marino, cubierto por un delantal blanco, marcaba ese día las curvas de la muchacha de un modo singular. A pesar de su delgadez, los pechos abultaban más que nunca, con una voluptuosidad inesperada, y las caderas parecían a punto de hacer estallar las costuras.

Sintiéndose observada, la doncella encaminó sus pasos hacia ellos con turbadora determinación.

—¿Desean otra copa los señores? —dijo con retintín, parecía enfadada. Luego se alejó, taconeando con paso firme.

Rodrigo no captó la ironía, pero Adela sí, aunque desconocía los detalles escabrosos de la historia de esa bomba de relojería a punto de explotar.

Entonces la vieron tambalearse y salieron disparados hacia ella. Rodrigo la sujetó a tiempo de evitar que cayera desplomada al suelo, pero el contenido de la bandeja no corrió la misma suerte.

—¿Te encuentras bien? —preguntó, ayudándola a erguirse—. Creo que deberías descansar.

—¿Descansar, yo? ¿Es que no ve el trabajo que hay? No se preocupe por mí, señorito, se me pasará enseguida —respondió, alisándose el delantal, y continuó su camino.

Carmen, que al oír el estruendo se había asomado, se acercó con una escoba y un recogedor y se apresuró a recoger los cristales rotos. Inquieta por la salud de la chica, Adela recuperó la bandeja vacía del suelo y las acompañó a la cocina.

—¿Y a ti qué demonios te pasa, si se puede saber? —la regañó la madre en cuanto salieron del salón. Manolita no entendía cómo, pero su madre todo lo veía, era como Dios—. Te ha dado un vahído, te he visto con estos. —Se señaló los ojos con los dedos índice y corazón en forma de uve.

—No es nada, madre. Solo estoy algo fatigada.

—¿Fatigada? ¡Fatigada, dice! ¡Pues no nos queda nada, guapa! Échate agua en la cara y espabila, anda. Y no flirtees con el señorito, ¡mira que te lo tengo dicho! No te vayas a creer que no me he dado cuenta de cómo te mira, ¡te come con los ojos! Le ha faltado tiempo para ir a cogerte.

—Porque... Porque el señorito es médico —titubeó—, se ha dado cuenta de que estaba a punto de desmayarme.

–No es médico, solo estudiante. Y a mí ningún hombre que no sea tu padre me ha agarrado de esa manera –dijo Carmen.

Cuando se enojaba apretaba los labios y murmuraba bajito, dando cacharrazos, o cortaba el pollo con hachazos exagerados, invirtiendo el doble de energía y ruido en cada movimiento.

Las criadas que había contratado doña Marta para la ocasión le tenían miedo. Entraban en la cocina cabizbajas, preguntaban con un hilo de voz dónde ponían esto o si se llevaban aquello y ella les respondía con gritos furibundos. Los gritos propios de quien no puede entender que los demás sean incapaces de adivinarle el pensamiento. Estaba fuera de sus casillas.

–Gracias, doña Adela –le quitó la bandeja con un gesto enérgico–, ya me ocupo yo de la niña. Vuelva usted a la fiesta, que es su gran día.

La novia obedeció con desgana. Intuía que aquello no se había acabado ahí. No obstante, mientras el drama se cocía entre fogones, en el salón de invitados la esperaba una sorpresa descomunal.

–¿Era esto lo que te faltaba?

Doña Marta se acercó y le cogió las manos.

Adela dirigió la vista hacia donde su suegra señalaba con la cabeza y dejó escapar una especie de aullido. Se tapó la boca con las manos y por unos breves instantes todos guardaron silencio mientras se observaban unos a otros. Alberto fulminó a su madre con la mirada y ella le respondió con un gesto de súplica. Don Enrique también endureció el semblante y clavó la vista en su esposa al comprender de inmediato que tamaño ardid solo podía ser el fruto de la conspiración de varias mujeres. Acalorada, con las mejillas del color de las amapolas, doña Elvira abrió el abanico y lo batió con energía antes de acercarse a su marido y cogerlo del brazo. Encarna, Julia y un joven que debía de ser Mario acababan de hacer acto de presencia.

–Querido, hoy es un día especial –susurró Elvira, con los labios muy pegados al oído de su marido y sujetándolo con firmeza. Él observaba a los intrusos que merodeaban alrededor de su cachorro como el león que vigila a un depredador rival–. Mira la carita de la niña, ¿no deseas su felicidad?

Julia ignoró a su tío y sonrió a su prima desde la distancia. Apabullado, Mario permaneció en un segundo plano, callado, y, sin saber muy bien qué hacer, carraspeó y se recolocó las gafas. Encarna se dirigió a su hermana sin preámbulos y se fundió con ella en un abrazo que duró varios segundos. Julia hizo lo propio con Adela, que, sin poder contenerse ni un minuto más, dio rienda suelta a las lágrimas que llevaba reprimiendo todo el día.

–Prima, deseo con toda mi alma haberme equivocado al juzgar al que ahora es tu marido y espero que te haga muy muy feliz. Te lo mereces –le dijo Julia a una emocionada Adela, que se limitó a asentir–. Adela, este es Mario.

El joven le dio la enhorabuena con timidez y se retiró. Las pupilas gélidas de Alberto buscaron complicidad en las de don Enrique y este, con las facciones algo más relajadas, lanzó un manotazo al aire.

–¡Bah, mujeres! ¡No hay quien pueda con ellas! –dijo entre dientes justo antes de dar media vuelta y guiar sus pasos hasta el corrillo de señores, con su yerno pisándole los talones.

–Hijo, enciéndeme un puro y sírveme media copa de coñac –le dijo.

–¿Está seguro? –titubeó Alberto.

–Completamente. –El suegro, con las manos metidas

en los bolsillos del chaleco, irguió la cabeza–. A ver si se me quita esta sensación de pintamonas que tengo ahora mismo. Hoy has tomado la peor decisión de tu vida, muchacho –aseguró, propinándole a Alberto unas fuertes palmadas en la espalda–. Meter a la parienta en vereda y conseguir que no se te salga del redil es más difícil que domar a una mula, créeme.

Los varones le concedieron la razón entre risotadas.

En cuanto le dio el primer sorbo a la copa y la primera calada al habano, doña Elvira se plantó delante de él con los brazos en jarras.

–¡Enrique! –dijo con voz chillona.

Sin inmutarse, él exhaló el humo en la cara de su mujer, que sufrió un ataque de tos bastante aparatoso.

–¿Sí, querida?

La mirada retadora que clavó el señor Cifuentes en el semblante de doña Elvira fue de tal calibre que le heló el alma. Furiosa, la mujer optó por sellar los labios y dirigirse hacia el corrillo de las damas. Al verla tan sofocada, Julia salió al rescate.

–¡Bah, hombres! ¡No hay quien pueda con ellos! –refunfuñó Elvira.

–No todos son iguales –dijo su sobrina, rodeándola con un brazo–. Anda, venga, que quiero presentarle a alguien.

–¿Otro novio?

–Le aseguro que no es uno más, tía.

El joven conversaba con Adela y doña Marta, que parecían encantadas con él. Rodrigo sintió curiosidad y se les acercó también. Ambos hombres congeniaron de maravilla.

–Mario, te presento a mi tía Elvira. Tiene un gran corazón.

En décimas de segundo, doña Elvira supo que, en efecto,

Mario no era uno más. Su aspecto era el de un hombre joven pero maduro, de ideas claras y con la cabeza encima de los hombros. Julia lo miraba con admiración, algo que no se le escapó a su tía ni a su prima, como tampoco les pasó inadvertida la ternura con la que él observaba a Julia. Esos detalles bastaron para que Elvira le plantara un par de besos sonoros en las mejillas.

—Bienvenido a la familia. —Esbozó una gran sonrisa.

—Gracias —musitó él.

La llantina de la que había sido presa Adela hizo que la nariz y los mofletes se le pusieran rojos, pero, aun así, todos alabaron su belleza. El destello que desprendían sus ojos reflejaba una dicha rotunda.

Tenía la garganta tan seca que no podía ni hablar y fue a la cocina a pedir un vaso de agua. Allí, la felicidad brillaba por su ausencia y los porrazos que propinaba Carmen se incrementaban por momentos. Se quedó en el umbral, sin atreverse a cruzarlo.

—Chiquilla, ¿qué haces? —dijo Antonio, que entró por la puerta de atrás justo cuando su mujer sacaba la bandeja del horno, humeante, y la soltaba sobre el mármol con tanta ira que su contenido tembló—. Estás muy nerviosa hoy, ¿no? Como sigas con ese brío, dando esos trastazos, hasta los pollos asados van a salir volando. ¿Se puede saber qué es lo que te pasa? —inquirió con el ceño fruncido. De sus manos colgaban los cuerpos inertes de cuatro conejos, agarrados por las orejas.

—¿A mí? ¿A mí qué me va a pasar? ¡A mí no me pasa nada! A la niña le pasa.

—¿A la niña? Qué tonterías dices, Carmen, la niña está como una flor. —Adela se apartó para dar paso a una Manolita cada vez más pálida—. ¿Lo ves? Ahí la tienes, como una rosa. —Antonio la señaló. Lívida, la muchacha clavó la vista en aquellos animales muertos que se bamboleaban ante ella. Carmen la vigilaba por el rabillo del ojo–. Aquí tienes los conejos. ¿Te los desuello ahora o más tarde?

–Tranquilo, déjalos ahí y que los desuelle ella –afirmó con una dureza inquebrantable.

–Pero ¿cómo los va a desollar ella? –dijo perplejo–. De eso me ocupo yo.

Con los ojos en blanco, Manolita anticipó en su estómago el espasmo que le iba a provocar la arcada, se tocó el vientre con una mano, se tapó la boca con la otra y, apresuradamente, salió al patio por la puerta trasera, seguida de sus padres y de la novia fisgona. Afuera vomitó hasta que su cuerpo se vació y no le quedó más que el alma.

Abrumada por los gritos, los portazos y un estruendo de cristales estrellados contra el suelo, que retumbaron en toda la casa, Adela corrió al salón principal en busca de su suegra y le habló al oído. Se hizo un silencio sepulcral.

A doña Marta se le congeló la sonrisa, víctima de un repentino mutismo que le duró apenas unas décimas de segundos, las que necesitó para recuperarse del pasmo.

–Tranquilos, no pasa nada, seguid disfrutando de la fiesta –exclamó con fingido aplomo y se dirigió al patio trasero, seguida de Adela.

Carmen estaba fuera de control, presa de un ataque de histeria y al borde de un síncope.

–¿Qué sucede?

–Está encinta, señora. ¡La niña está encinta!

–¿Qué? Pero ¿cómo…? ¡Manolita!

Antonio, que ya de por sí era un hombre de pocas palabras, se había quedado petrificado, convertido en estatua de hielo, con la decepción prendida en una mirada gélida que no apartaba de su chiquilla, la niña de sus ojos.

–No, no lo estoy. –De sus desorbitadas pupilas, enmarcadas por unos profundos surcos que rompían la palidez de su cutis, empezó a brotar un torrente de lágrimas–. ¡No lo estoy! ¡No lo estoy! –se defendía Manolita, negando con la cabeza.

–Le da asco la carne muerta, como me pasaba a mí, que cada vez que limpiaba el pollo o el pescado me entraban unas náuseas que me moría y echaba hasta las tripas. ¡Lo *mismitico* que le pasa a ella! –espetó la madre con desespero–. ¡Cómo has podido ser tan tonta! Tan lista y a la vez tan tonta.

Ahora entendía Adela qué era lo diferente que había notado en la chica.

–Cálmate, Carmen, por favor, déjala hablar. A ver, Manolita, ¿has tenido alguna falta? –preguntó doña Marta mientras se esforzaba en mantener la compostura, aunque se la notaba bastante afectada.

–No, señora, ninguna.

–¿Estás segura?

–Padre, por lo que más quiera, deje de mirarme así.

Con su dignidad herida de muerte, el jardinero se tragó el orgullo, contuvo las lágrimas, dio media vuelta y se alejó, como de costumbre, sin pronunciar ni medio vocablo. Carmen y doña Marta no hicieron nada para detenerlo y permanecieron a la espera de la respuesta de Manolita.

–Bueno, sí, tengo un retraso –confesó con la voz tan tomada por el llanto que apenas se la entendía–. Pero no es la primera vez que me pasa, por eso no le di importancia –dijo, bajando la mirada y hundiendo el mentón.

–¿Lo ve usted, señora? ¿Lo ve usted? –Carmen no paraba de gesticular. Se llevaba las manos a la cabeza, miraba hacia arriba, luego avanzaba unos pasos, después retrocedía y ponía los brazos en jarras, murmurando sin cesar–: Ave María purísima… ¡Ave María purísima!

–De verdad que no lo entiendo, Manolita. ¿Quién es el padre? –preguntó doña Marta, tratando de encontrar una respuesta lógica a tal desaguisado–. Pero si tú nunca sales a la calle sola, ¡incluso el curso de Enfermería lo estás haciendo por correspondencia! ¿Tienes un novio secreto? ¿Has traído un hombre a casa a escondidas?

Las últimas palabras pronunciadas por la señora hicieron reaccionar a la temperamental andaluza. Una furia irracional la había cegado hasta ese instante, impidiéndole captar lo que acababa de comprender. Su aparición en el salón no se hizo esperar y fue apoteósica. Atónitas, Adela, Marta y Manolita corrieron tras ella.

–¿Quién ha sido? ¿Quién ha dejado encinta a mi niña? –preguntó Carmen, fuera de sí, a los presentes.

La mujer no se había puesto el uniforme de los domingos porque su sitio estaba entre fogones. Lucía una bata gris desgastada a la que tenía gran apego, un delantal blanco manchado con la sangre aún fresca de los últimos pollos que había guisado, zapatillas cómodas y un paño colgando de la cintura.

Carmen había sido una joven muy atractiva, eso aún se adivinaba en sus rasgos, pero el mal carácter había hecho estragos en su aspecto; le había dibujado arrugas prematuras, dada su juventud, y había esculpido en sus facciones un rictus de amargura. Con tanto disgusto y desasosiego, el moño en el que recogía su melena rizada se había desbaratado, de manera que las greñas le caían por las sienes, sin ocultar las canas incipientes. Daba miedo. Sin perder de vista sus pupilas dilatadas, todos guardaron silencio.

Un murmullo de voces se desató al oír semejante barbaridad. Los invitados empezaron a recoger sus chaquetas y a desaparecer. Descompuesta, doña Marta intentó evitar la estampida, pero no le quedaban fuerzas. Adela no daba crédito, ¿por qué se marchaban? ¡Era su boda! ¡El día más importante de su vida! El corazón le latía veloz. En menos de diez minutos desaparecieron todos, excepto los más allegados, habían desaparecido.

Carmen volvió a hablar, esta vez más calmada:

–Alguien de esta casa ha preñado a mi niña. Si ese alguien es tan hombre como se cree que dé la cara ahora mismo. –La ofendida madre continuó con su sentencia, observándolos uno por uno. Todos intercambiaron miradas, pero nadie habló–. ¡¿Quién ha sido el sinvergüenza?!

Con expresión grave, doña Marta clavó sus ojos en don Ricardo, que le devolvió el gesto arrugando el entrecejo. Doña Elvira puso cara de espanto y miró a don Enrique, que se apuntó la sien derecha con el dedo índice y lo retorció, como si quisiera agujerearse el cráneo. La novia, ya no tan radiante, miró hacia Alberto que, con la vista puesta en otra parte, dejó escapar una risita irritante y socarrona. La doncella mancillada escrutó el semblante del benjamín de los Aranda, pero Adela creyó que miraba a su recién estrenado marido. Rodrigo agachó la cabeza y se limitó a callar.

Desbordada por la situación, la recién casada se arremangó la falda y corrió a sentarse en el sofá. Manolita se desparramó sobre una silla, con el rostro bañado en lágrimas, y ocultó la cara entre las manos. Carmen y doña Marta estaban de pie en medio del salón, enfrentadas, como si estuvieran a punto de sacar sus armas y batirse en duelo. Mario y Encarna decidieron que lo mejor era quitarse de en medio y Julia aceptó a regañadientes. Emitieron una débil disculpa y se marcharon, no sin antes abrazar a la desolada novia. Don Enrique cuchicheó algo al oído de doña Elvira, ella asintió y se despidieron también.

–Estarás contenta –le dijo don Ricardo a su mujer, sin

molestarse en bajar la voz, con la enésima copa de anís en la mano–. Esto es lo que pasa cuando tratas a las sirvientas como si fueran de la familia.

–Déjame en paz, ¿quieres?

–Padre tiene razón y usted lo sabe, madre –añadió Alberto, mirándola con dureza–. Lo que habría que hacer ahora mismo –prosiguió el recién casado– es despedir a todo el servicio y contratar personal nuevo. Nos han dejado en ridículo delante de lo más selecto de la alta sociedad madrileña. ¿No os parece motivo suficiente?

–Para mí sí, desde luego –apostilló su padre.

–¡Ni hablar! –protestó doña Marta–. Esto es cosa mía.

Ofendida por los comentarios y dolida por el silencio de Rodrigo, Manolita se levantó y corrió escaleras abajo, con doña Marta detrás. Adela imaginó que iba a encerrarse en su cuarto. Una duda la corroía desde hacía algunos minutos y le cortaba la respiración.

–¿Te encuentras bien, querida? –Alberto se sentó al lado de Adela–. Siento mucho que nos hayan estropeado el día de nuestra boda.

–¿Has sido tú? –Ella lanzó el reproche que contenían sus ojos, como si de un dardo envenenado se tratara.

–Pero ¿cómo puedes pensar eso de mí? ¡Me ofendes!

–No me mientas.

–¿Con una criada, yo? Se nota que no me conoces.

–¿De verdad que no has sido tú? –insistió con un hilo de voz.

–¡Claro que no!

–Entonces ha sido Rodrigo, estoy segura –afirmó la chica.

–¿El pánfilo de mi hermano? No sé yo… –susurró y le beso el lóbulo de la oreja–. ¿Nos olvidamos de este asunto y vamos al dormitorio? Te recuerdo que es nuestra noche de bodas.

–Sube tú. Yo iré enseguida.

Adela se incorporó y bajó al sótano. Golpeó la puerta con los nudillos y entró, sin esperar respuesta. La doncella se deshacía en lágrimas sobre su lecho en posición fetal mientras doña Marta la observaba cruzada de brazos. Al cabo de unos segundos fue Rodrigo quien irrumpió en la estancia, con sigilo.

–¿Se puede?

–¿Qué haces tú aquí? –le preguntó su madre.

–Yo soy el responsable.

–¿De qué? ¿Qué tienes que ver tú con todo esto?

–¡Vete! –gritó Manolita, dándose la vuelta hacia él con las mejillas empapadas. Luego dirigió su mirada a doña Marta–. ¡Siento muchísimo lo que ha pasado, señora! ¡Estoy muerta de vergüenza!

–No, no me iré a ningún sitio y menos sin ti. Lamento haberme quedado callado, ¡ha sido una sorpresa! Perdóname –insistió el joven.

Doña Marta miró a Manolita, a Rodrigo y a Adela, en ese orden. Se hizo un silencio tenso, insoportable.

–¿Responsable de qué? –interrogó con los brazos en jarras–. ¿Qué está pasando aquí?

–No es lo que parece, madre. ¡La quiero! Y va a ser mi mujer.

Rodrigo se acercó a la cama de Manolita, la besó en la frente y se sentó junto a ella. Incapaz de asimilar la información, doña Marta se quedó pasmada en medio del cuarto junto a Adela. Solía ser comprensiva, pero eso era demasiado.

–Lo siento –le dijo Manolita a Rodrigo–. Siento haberte gritado, siento haberme quedado embarazada.

–Deja de disculparte y de decir tonterías. Estas cosas pasan, no es el fin del mundo –la animó, estrechándola con ternura y acariciándole el cabello.

–Mis padres no me lo van a perdonar en la vida, ¡en la vida!

–Tranquila, cariño, no estás sola, estoy aquí. Vamos a tener un hijo, ¿no es maravilloso? ¡Un hijo! Voy a casarme contigo pase lo que pase y digan lo que digan. Con el tiempo las aguas se calmarán y volverán a su cauce.

La pareja se fundió en un intercambio de besos y abrazos tan íntimo que Adela comprendió que habían olvidado que no estaban solos.

–Doña Marta, vayámonos –dijo la recién casada a su suegra, a quien sujetó por el brazo con toda la suavidad que pudo para salir del cuarto de la criada.

–¿Tú sabías algo?

–Lo sospechaba. No hay más que ver cómo se miran.

–Pero si Rodrigo aún no ha acabado sus estudios de Medicina y Manolita no es más que una niña. ¿Cómo ha podido ocurrir? ¡Y en mi propia casa! ¿Cómo he podido estar tan ciega?

–Ahora lo importante es que se aman y hay una criatura en camino. Enhorabuena, doña Marta. ¡Va usted a ser abuela!

–Ricardo va a matar a su hijo, ¡lo va a matar! Y a mí, por permitir que esto suceda delante de mis narices. ¡Dios mío, pero si es tu noche de bodas! ¿Qué haces aquí conmigo? ¡Sube de una vez, tu marido te espera!

Adela comprendió que doña Marta estaba al borde de un ataque de nervios y tuvo el impulso de abrazarla. Permanecieron unidas un buen rato, sin decir nada. Luego se separaron sin ganas y se miraron en silencio antes de encaminar sus pasos a sus respectivos dormitorios.

12

Íngrid

Mi madre no siempre fue esa mujer de rictus amargo que es ahora. Ya lo creo que no.

Hubo una época en la que se reía y, al hacerlo, se le achinaban los ojos y se le marcaban en las mejillas unos hoyuelos que papá y yo envidiábamos. Hubo una época en la que me perseguía haciendo payasadas y yo corría delante de ella, chillando enloquecida. Cuando me atrapaba rodábamos por la arena o por el césped y me sometía a la tortura insoportable de las cosquillas. Me reía tanto que al día siguiente amanecía con agujetas en el abdomen. Nos queríamos con locura y nos llevábamos de maravilla. Inseparables como uña y carne. Un *pack* indivisible.

La admiraba. Era la madre más inteligente y guapa del mundo. Se dedicaba a mí a tiempo completo y nos lo pasábamos bomba. Luego decidió terminar la carrera que había dejado a medias al quedarse embarazada. Por ello, empecé a pasar más tiempo con Trudy, pero la relación entre ellas no era precisamente idílica. Cuando mamá hablaba con papá sin saber que yo los escuchaba –circunstancia que se repetía con cierta frecuencia–, a menudo criticaba a mi abuela. Darme cuenta de que no estaban de acuerdo en nada me entristecía. Yo adoraba a Trudy y no entendía por qué mi madre no podía verla con mis ojos, pero era pequeña y callaba. No obstante, a medida que crecía, mamá se esforzaba menos en disimular sus reticencias, así que empecé a defender a mi abuela con una pasión que despertaba en ella unos celos tremendos.

Creo que ese fue el germen de nuestro distanciamiento. Trudy desplegó ante mí un universo de posibilidades infinito. En comparación con su amplitud de miras, la mentalidad de mamá resultaba cerrada y asfixiante. Mi abuela agrandaba mi mundo y ella lo empequeñecía con su necesidad enfermiza de tenerlo todo controlado, en especial a mí.

Oí los golpes intermitentes del andador de mi abuela sobre el suelo enlozado, acercándose. Ya se atrevía a recorrer sola pequeñas distancias. Me di la vuelta y la miré.

—Cada vez vas más segura, Trudy, es genial.

Continué colocando los cacharros en el lavavajillas. Abajo platos y cubiertos. Arriba tazas y vasos. Cerré la puerta y lo puse en marcha.

—¡Y que lo digas! Mi evolución está siendo más rápida de lo habitual, ¿verdad? —preguntó, pero yo no contesté. Ni siquiera había prestado atención a sus palabras—. Cariño, ¿va todo bien?

—Sí, sí, perdona. ¿Qué decías?

Se sentó a la mesa de la cocina. Yo enjuagué la bayeta y la pasé por el mármol, la encimera y los fogones. Resoplé.

—¿Qué te pasa, cielo?

—¿Por qué mi madre es así? ¡Tú la criaste! ¿Por qué no es como tú? —pregunté mientras ocupaba otra silla frente a ella. Luego tomé aire y suspiré.

—Íngrid, no tengo todas las respuestas, pero si algo he aprendido en esta vida es que debes aceptar a las personas a las que quieres tal y como son.

—Es que no me gusta cómo es. No me gusta ni un pelo.

—Perder a tu padre agrió su carácter, desde luego. Pero ya apuntaba maneras desde muy pequeña.

Entonces me contó que un día llegó a casa con ella y un grupo de amigos tras asistir a un evento. Mi madre, que tendría unos once años, se sentó donde estaba yo en ese momento, puso su mochila sobre la mesa y empezó a sacar lápices y cuadernos. «Lucía, ¿qué haces? ¿No ves lo tarde que es? Venga, a la cama», le dijo mi abuela, a lo que ella contestó: «Tengo deberes, mamá». «Por un día que no los hagas no pasa nada. Le escribiré una nota a la profesora justificándote». No replicó. Recogió sus bártulos y se fue al dormitorio, acompañada de su madre, que luego se quedó charlando con sus amigos un buen rato más. Cuando iba a acostarse le pareció ver luz en el cuarto de mamá y se acercó sin hacer ruido. Y allí estaba Lucía, sentada en su escritorio haciendo los deberes, con la misma expresión que pone ahora cuando se prepara para un juicio.

Trudy se hizo la sueca y se acostó, pero le asaltó cierta dosis de culpabilidad. ¿Había convertido a su hija en un una adulta con cuerpo de niña? ¿Cuándo habían intercambiado los papeles? ¿Se comportaba Lucía como una adulta porque ella actuaba como una cría? A partir de esa anoche la observó muy de cerca y, sí, la mayoría de las respuestas eran afirmativas. Se dio cuenta de que envidiaba a sus amigas por las madres que tenían.

–¿En serio, Trudy?

–¡En serio! Las otras madres horneaban galletas caseras, confeccionaban con sus propias manos los disfraces de carnaval y se pasaban semanas enteras organizando fiestas de cumpleaños a las que no les faltaba ni un detalle. Su objetivo único y exclusivo era ejercer de madres y esposas. ¿Cómo iba yo a competir con eso?

Trudy y Lucía vivían en la anarquía más absoluta, sin reglas ni horarios. A mi abuela le parecía lo mejor del mundo, pero mi madre se avergonzaba de ella.

Cuando llegó a la adolescencia fue aún peor. Lucía era tímida, retraída. No le contaba nada a Trudy. Fue la psicopedagoga del instituto la que le puso al corriente de la situación. Con ella sí se abría. La terapeuta le hizo ver a Trudy que a Lucía le pesaba el hecho de haber crecido sin una figura paterna, que detestaba ser hija de madre soltera, que se sabía criticada por ello y vivía en un mundo de fantasía en el que había inventado una madre que era todo lo opuesto a ella. Le recomendó que le hablara de su padre y que fuese lo más franca posible al respecto, pues ya tenía edad para comprender. Le explicó que su mutismo solo contribuía a que imaginara que su padre era un monstruo de la peor calaña.

Trudy se quedó de piedra. Desde ese día trató de acercarse a ella, de darle conversación. Le habló de Michael. Le contó lo que sabía de él, que tampoco era mucho. Desmenuzó su romance con pelos y señales y le dejó claro que no las había abandonado. Simplemente decidieron continuar por separado sus respectivos caminos, y solo después Trudy se dio cuenta de que estaba embarazada. Michael no llegó a saber que iba a ser padre. Nunca volvieron a verse ni a establecer ningún tipo de contacto.

Lucía escuchó la historia muy atenta, con el mentón tembloroso y los ojos húmedos. Trudy la animó a preguntar, pero no hubo manera. Desde ese instante su ostracismo pasó de parcial a absoluto. Vivía por y para los estudios. Era una alumna de sobresalientes. La mejor de su promoción. Y, de repente, su cuerpo inició una metamorfosis increíble.

En apenas unos meses, la chiquilla esmirriada y de aspecto anodino se convirtió en una muchacha preciosa. De la noche a la mañana el patito feo se convirtió en un maravilloso cisne. Y en el caso de una muchacha tan estudiosa como Lucía eso era un problema, porque los moscones empezaron a revolotear a su alrededor importunándola. Ella se esforzaba en espantarlos, pero no era fácil. No la dejaban en paz. Se volvió aún más seria, más borde, más estirada. Los trataba a patadas. Parecía que su destino era quedarse sola. Hasta que apareció mi padre, como un milagro, como una bendición.

–Sé que las comparaciones son odiosas, Íngrid, pero lo mío con Michael no fue más que una aventura. Tórrida, intensa, pasajera. Lo que tenían Joan y Lucía, sin embargo, era especial, único. Hacía creer en la existencia del amor de verdad, algo que yo siempre había puesto en duda.

–Si lo sabré yo, Trudy…

Recuerdo muy bien lo que había entre mis padres. Se pasaban la vida cuchicheando de esto o lo otro entre risas. Lo suyo era complicidad pura. Cuando mamá y yo esperábamos que papá volviera del trabajo y se oía la llave en la cerradura, la expresión de mi madre se transformaba. Dejaba lo que estuviera haciendo y se quedaba expectante. En cuanto él cruzaba el umbral de la estancia en la que estábamos con una sonrisa prendida en el rostro, un destello de luz iluminaba la mirada de mamá.

Competíamos por su atención. Papá venía hacia mí, me llenaba la cara de besos, me cogía en volandas y empezaba a decir montones de tonterías con las que me partía de risa. Acto seguido, le daba a mamá dos o tres piquitos que yo intuía que eran la promesa de algo más que vendría después, cuando se quedaran a solas. Y hablábamos, hablábamos y hablábamos, sobre todo de mis logros escolares y de anécdotas domésticas. Cuando ellos necesitaban comentar cosas de adultos, se iban a su dormitorio. Por regla general, yo les hacía creer que estaba concentrada en mis cosas, pero, a la mínima que bajaban la guardia, los espiaba: era uno de mis pasatiempos preferidos. Esa burbuja en la que estaban solo ella y él, él y ella, una burbuja en la que yo no cabía, me provocaba una amargura momentánea indescriptible –ahora sé que eran celos–, pero luego, cuando volvían a hacerme partícipe de su mundo, se me olvidaba el mal rollo y los adoraba de nuevo.

–Tenían una relación muy especial, Íngrid. Eran la envidia de sus amigos.

–¿Y cómo surgió la chispa entre ellos, Trudy? ¿Qué dio pie a que salieran juntos? Porque ella era estudiante y él profesor, ¿no?

–¿Es que tu madre no te lo ha contado?

–No.

–¡Pero qué sosa es!

–Solo sé que se conocieron en la Facultad de Derecho. Nada más.

–Deberías preguntárselo. Aprovecha cuando mantengáis esa charla que tenéis pendiente.

–Trudy…

–¿Qué, Íngrid? ¿Acaso no piensas reconciliarte nunca con ella? Tu madre te quiere tanto que ni te lo imaginas. Aún puede enseñarte muchas cosas, mi niña. Tiene un sinfín de cualidades que no deberías ignorar. Como la constancia, la tenacidad… Si se le mete un objetivo entre ceja y ceja, no se detiene hasta alcanzarlo. Posee un enorme sentido del sacrificio, una gran fuerza de voluntad. Se implica en lo que le importa. Se entrega, no al cien por cien, ¡sino al doscientos por cien!

–No conmigo. Cuando mi padre se fue, los perdí a los dos.

–Tu madre también te perdió a ti, ¿sabes? Y no solo porque la pena la consumía por dentro, sino porque tú renegaste de ella, no querías verla ni en pintura.

–Es la hora de la heparina, Trudy, vamos.

Me puse de pie y esperé a que mi abuela hiciera lo propio. Ella se irguió poquito a poco y se sujetó al andador.

–Cuando algo no te interesa, cambias de tema. Hasta en eso os parecéis. ¡Sois un par de idiotas muy testarudas!

Sabía que tenía razón, pero no lo reconocí. Cogí la caja de inyecciones y esperé a que Trudy estuviera sentada en el sofá con la barriga al descubierto. Le pellizqué la carne, clavé la aguja y la retiré en cuanto el líquido le atravesó la piel.

–Voy a salir a fumar, Trudy. Si necesitas algo tendrás que gritarme.

–No te preocupes, cielo. Estoy bien.

Mientras liaba el piti, sentada bajo el toldo, vi a mamá aparcar su coche. Se paró un momento con la vecina de enfrente, una buena mujer que solía preguntarnos por el estado de salud de mi abuela cada dos por tres. Al verme, levantó la mano y la agitó en el aire. Yo correspondí a su saludo y oí que decía:

–Qué guapa está tu hija, Lucía, es una mujer hecha y derecha, ¡y cómo se parece a ti! Debes de sentirte muy orgullosa.

–Lo estoy, Virginia, lo estoy –contestó mi madre.

Vi venir la pregunta que hizo a continuación:

–¿Ya tiene novio?

–¡Qué va! Amigos y nada más.

–Es muy joven. Lo que tiene que hacer ahora es divertirse. ¡Todo llegará!

–Bueno, Virginia, cuídese. Y gracias por preguntar.

–De nada, mujer. Cualquier cosa que necesitéis estoy ahí mismo, ¿vale?

–Se lo agradezco, es usted muy amable.

–Joder –murmuré tras escuchar la conversación.

Mamá abrió la verja, atravesó el jardín y vino hacia mí.

–Hola, Íngrid, ¿cómo sigue tu abuela?

–Amigos y nada más… –farfullé.

–Solo es una vecina cotilla, ¿qué iba a decirle? No iba a explicarle tu vida privada. ¿Qué le importa a nadie lo que tú hagas en la intimidad?

–Eres increíble… –Me incorporé, tenía el móvil en una mano y el cigarrillo en la otra. La miré a los ojos sin pestañear, negando con la cabeza–. Voy a estirar las piernas.

–Íngrid, espera…

–Tranquila, no tardaré.

Caminé calle arriba y, antes de girar por Chopin, alcé la vista y comprobé que las zapatillas deportivas continuaban donde siempre, colgando del cable de la luz junto a la casa abandonada. Se me escapó una sonrisa amarga al recordar que mi madre seguía sin entender el significado de aquello y cada vez que pasaba por allí preguntaba en voz alta cuándo se iba a tomar alguien la molestia de descolgarlas. ¿Cómo es posible que aún se avergüence de mi homosexualidad? Eso sí que me sacaba de mis casillas. Recuerdo perfectamente lo que dijo cuando le conté –instigada por Trudy– que era lesbiana:

–¿Cómo lo sabes, eh? ¿Has probado con algún chico?

–¡No! –respondí alucinada.

–Entonces, ¿cómo sabes que no te gustan?

–¿Y tú, mamá? ¿Has probado con alguna chica? –le pregunté yo.

–Dios, no. ¡Claro que no! –exclamó, con una cara de asco que jamás olvidaré.

–¿Y cómo sabes que no te gustan?

Se quedó sin saber qué decir. Días después habló conmigo, me pidió disculpas por su reacción y me ofreció su apoyo. Pero el daño ya estaba hecho. Hay palabras que se quedan grabadas a fuego en la memoria una eternidad.

Así era Lucía, mi señora madre. Con sus luces y sus sombras.

Dejé atrás la Font de la Guatlla y pasé junto al que fue mi instituto, en el que sufrí acoso escolar durante años por ser «diferente». Más recuerdos amargos de una etapa de mi vida que consideraba muerta y enterrada. Supongo que en el afán de sustituir los pensamientos negativos por otros positivos me asaltaron imágenes bonitas de papá, de cuando aún éramos una familia feliz.

Residíamos en la zona de Les Corts, en un piso soleado y amplio, donde mamá sigue viviendo. Cuando papá se afeitaba o, mejor dicho, se arreglaba la barba –nunca llegué a verlo afeitado del todo–, a mí me gustaba mirar aquel ritual. Me sentaba sobre la tapa del inodoro, apoyaba la cabeza sobre las palmas, los codos sobre los muslos, y lo observaba. Él deslizaba la cuchilla por las partes de las mejillas que quería libres de vello mientras se miraba en el espejo muy concentrado. Luego se pasaba un peine y con unas tijeritas se recortaba los pelos que sobresalían. Yo lo miraba boquiabierta, sin pestañear, sin perderme ni un detalle. Luego se echaba en la palma izquierda una loción, juntaba las manos y se las restregaba por la cara. Al final, se me acercaba para que lo oliera. Ese era para mí el broche de oro perfecto. Le rodeaba el cuello con mis bracitos y aspiraba aquel aroma con toda la fuerza de mis pulmones. «¡Qué bien hueles, papá! –Y le plantaba un beso–. ¡Me haces cosquillas con los pelitos!», añadía, cerrando los párpados y arrugando la nariz. Me cogía en brazos y daba vueltas y vueltas sobre sí mismo. Yo reía sin parar, envuelta en su inconfundible fragancia.

A la altura de la fuente de Montjuïc me di la vuelta y decidí regresar a casa, ya más serena. Respiré hondo. Aplasté la colilla antes de tirarla. Alcé la vista y mis ojos se toparon con un cielo de tonos violáceos y una tenue salpicadura de estrellas. Estaba anocheciendo y no veía el momento de quedarme a solas con Adela y su diario.

13

Lunes, 22 de mayo de 1933

Resulta que la vida matrimonial no es tan idílica como soñé. Amo a Alberto, pero se muestra menos cariñoso de lo que me gustaría. Es testarudo, tiene mal genio y se cree el dueño de la verdad absoluta. No es fácil llevarle la contraria. Su forma de resolver los conflictos y zanjar las discusiones es dar un portazo y desaparecer. Y eso no es lo peor. Lo peor es que no consigo quedarme embarazada. No hay manera. Mi vientre sigue liso como una tabla después de un año de casada.

Manolita y yo nos hemos hecho muy amigas. Rodrigo y ella se casaron el verano pasado y tienen una niña preciosa, Manuela, a la que quiero como si fuera mía. Pero Carmen y Antonio no han perdonado a su hija. Ni siquiera conocen a la criatura. Manolita es feliz, pero extraña a sus padres. Don Ricardo y Alberto tampoco han concedido a Rodrigo el indulto… Mi suegra y yo somos las únicas que los apoyamos al cien por cien. Alquilaron un piso pequeño y modesto y sobreviven gracias a la ayuda económica que les presta doña Marta a escondidas de don Ricardo y a la espera de que Rodrigo termine la carrera y pueda trabajar.

Manolita me contó cómo la sedujo Rodrigo. Una noche se coló en su cuarto a hurtadillas. Se acercó a la cama y se sentó en el borde. El crujido del somier la sobresaltó y abrió los ojos con espanto. El pequeño de los

Aranda se acercó el índice derecho a los labios y eso frenó el alarido que ella estuvo a punto de lanzar, pero no evitó su cara de susto y el ceño fruncido.

—¿Qué… qué hace usted aquí? —logró balbucir.

—Te quiero, Manolita.

—Pero ¿qué está diciendo?

—Te he querido desde siempre, desde la primera vez que te vi.

—¿Ha perdido el norte? ¡Usted no me puede querer! Es el hijo de doña Marta, ¡de mi señora! Y yo solo soy una criada, ¡su criada!

La hizo callar con un beso.

—¡Váyase! —dijo Manolita tras retirarse, nada convencida.

Ella siempre había soñado con el calor de sus labios, así que la intención de resistirse se evaporó sin remedio. Después de un sinfín de suaves y turbadores besos, Manolita retiró la sábana y la manta y acogió a Rodrigo. Se desnudaron el uno al otro con el mismo asombro que en sus juegos de niños. Perdieron juntos el pudor y la castidad. Se amaron en silencio hasta que la noche dio paso a un nuevo amanecer.

Ella estaba asustada y él hecho un lío, pero el destino movió sus hilos. Apenas un mes después, la vida se abrió paso en el vientre de la muchacha. ¿No es increíble? Hay mujeres que se quedan embarazadas solo con que un hombre las mire y otras no lo consiguen por más que lo deseen. Gran misterio para algunos, enorme pesadilla para mí. ¿Qué se supone que debo hacer? Mi marido y yo lo intentamos una y otra vez, pero no hay manera.

Mis padres se jubilaron en cuanto me casé. Ahora llevan una vida tranquila y se dedican a pasear y hacer pequeños viajes. Él quiere irse a vivir a Burgos, donde tiene la casa que heredó de sus padres, pero mi madre no se atreve a alejarse de mí. Siguen encantados con Alberto, ¡lo adoran! Nadie puede criticarlo en su presencia, lo defienden a capa y espada. A veces me siento culpable por no ser capaz de darle un hijo, pero él le resta importancia. Dice que ya llegará y que, si no llega, tampoco será el fin del mundo.

También he estrechado lazos con doña Marta. Ha hallado en mí una confidente. Soy como la hija que nunca tuvo. Es una mujer fuerte con una única debilidad: su esposo. Me ha contado que algunas noches él regresa apestando a perfume de mujer, pero ella hace ver que no se da cuenta. Lo ama con una intensidad que sería capaz de cualquier cosa para no perderlo.

A Julia la veo poco, pero nos escribimos y sé que le va muy bien con Mario. Y mi tía también tiene un pretendiente. Lo vi en una ocasión, hace meses, cuando vino la… ¿Cómo se llama? ¿La Cabaña? ¿La Choza? Yo no sabía que pasarían por Madrid, fue Julia la que me informó en una de sus misivas. Esto es lo que dijo, palabra por palabra.

Mi querida Adela:

Perdona este largo silencio. Cuando eres feliz, los días transcurren volando.

Yo también hago vida de casada. No te asustes, no hemos firmado ningún papel, no es nuestro estilo. Qué suerte he tenido, Adela. He encontrado al hombre que se ajusta con exactitud a mi ideal. ¡Tenemos tanto en común! Estamos tan de acuerdo en todo que echo de menos alguna bronca, algún roce. Pero, nada, no hay manera. ¡Me idolatra! Si vieras cómo me mira.

Hemos alquilado un pisito en Madrid, cerca del Re-

tiro, y vivimos juntos. Cuando estoy con él, las horas pasan volando. De hecho, tengo la sensación de que hemos pasado más tiempo en la cama que en la calle en estos últimos meses. Por eso apenas he podido escribirte ni ir a verte. La felicidad nos hace egoístas, prima. Espero que puedas perdonarme.

En cualquier caso, te escribo también para que sepas que ya está en marcha La Barraca, el grupo de teatro ambulante dirigido por Federico García Lorca y Eduardo Ugarte. Empezó la gira en verano y pasarán en breve por Madrid, aún no sé la fecha exacta, pero tú y yo estaremos entre el público. La obra representada será La vida es sueño, *de Calderón de la Barca. Haz lo que tengas que hacer, pero ¡no me falles! Yo iré con Mario, probablemente mi madre irá con Severiano. ¿De acuerdo, querida? Te esperaré. ¡Qué ilusión, qué ganas tengo!*

Tu prima que te adora,

Julia Castillo Gutiérrez

¡Eso, La Barraca! Acudí a mi cita sin problemas. Me he convertido en una experta en mentiras, mal que me pese. Con un marido tan celoso y controlador como Alberto no me queda más remedio que echarle imaginación.

A la primera que distinguí entre el público, ya desde lejos, fue a mi tía Encarna. Conversaba con un señor de barba blanca. No se tocaban, pero se percibía la cercanía entre ellos, cosa que me produjo una sensación extraña y me suscitó una curiosidad tremenda. Los observé durante un rato: reían, cuchicheaban, se miraban a los ojos. Mi tía, a su edad… ¡Qué cosas! Julia y Mario estaban sentados más atrás y me habían reservado un asiento.

Confieso que lo único que me atraía de ese plan era pasar un rato con Julia. Sin embargo, superó con creces mis expectativas. La representación fue increíble. Los actores eran tan buenos que parecía la vida real.

Algo se me removió por dentro. En cierta medida me sentía identificada con Segismundo. ¿Y acaso no era Alberto mi propio rey Basilio? En una ocasión Julia se volvió hacia mí y descubrió mi rostro bañado en lágrimas. Me apretó la mano y después de la obra nos fundimos en un largo y emocionante abrazo.

14

Madrid, 20 de febrero de 1936

En sus tres años de vida, la pequeña Manuela solo había conocido a sus padres, a su tía Adela y a su abuela Marta, y estas últimas no cejaban en su empeño de ablandar el corazón de los miembros más tercos del clan. De momento, la única dispuesta a ceder era Carmen, y no las tenía todas consigo. A Adela le daba a veces por pensar que, si ni siquiera las propias familias lograban olvidar viejas rencillas y convivir en paz, ¿cómo iba a hacerlo un país con tantas diferencias políticas?

Ajenas a la guerra hacia la que se abocaba España, aquella tarde, en la mansión de los Aranda, tres mujeres se disponían a alcanzar una pequeña victoria en medio de una gran batalla, la suya propia.

Adela golpeó con los nudillos, oyó el «¿Sí?» esperado y abrió la puerta.

–¿Me presta unas medias? –preguntó desde el umbral–. Se me acaban de romper las últimas.

–Claro que sí, mujer, pasa. Están en el cajón inferior.

Doña Marta se subió la cremallera de la falda de tubo, se miró al espejo, se la recolocó, alisó las arrugas y se arregló el cuello de la blusa de seda. Le sonrió a la imagen que le devolvió el reflejo, que todavía se parecía bastante a aquella Marta joven y hermosa de unas décadas atrás. Se ahuecó el cabello y simuló un saludo, para comprobar qué efecto causaba en los demás, como si estuviese ensayando la escena de una película. Adela la observó de soslayo y sospechó el disgusto ocasionado por las arruguitas que se le habían dibujado alrededor de los ojos al sonreír.

—Ay, querida, si me hubieras visto… ¡Yo era un bombón! Los hombres se daban la vuelta a mi paso —suspiró resignada.

—Sigue usted siendo la mujer más bella que conozco —dijo la chica con admiración justo antes de agacharse, abrir el cajón y emprender su búsqueda.

Doña Marta fue al armario a por los zapatos marrones de tacón y, cuando se los iba a calzar, descubrió una carrera en la media derecha.

—Vaya por Dios —se lamentó en voz alta y soltó el calzado, se deshizo de la media rota y le pidió otra a su nuera, que se la acercó y volvió al cajón.

Con la falda arremangada hasta la cintura, Marta se sentó en el borde de la cama y metió en la media nueva el pie, hasta el tobillo. Después se incorporó, se acercó al banquillo que descansaba junto al catre para esos menesteres, levantó la pierna, apoyó el pie, con la rodilla doblada, y la deslizó hacia arriba con extremada delicadeza. No era una tarea fácil, se rompían con facilidad.

Justo entonces se abrió la puerta de la habitación.

—¿Vas a salir? —inquirió su marido en un murmullo, y los ojos se le fueron hacia la todavía bien contorneada pierna de su mujer.

—Sí, vamos a ver a Manuela.

Concentrada en su quehacer, no levantó la vista. Mientras, don Ricardo se quitó la chaqueta y la colgó en el galán de noche sin apartar la vista del inesperado espectáculo. Se aflojó la corbata.

—¿Tan elegante?

—¿Acaso no lo voy siempre?

—Sí, supongo. Ya sabes lo que quiero decir.

—No, no lo sé.

—Que estás muy guapa.

Con la parsimonia del macho que se sabe dominante, don Ricardo se le plantó delante, marcando el territorio.

—Pero ¿qué te ocurre hoy? Hacía siglos que no me echabas un piropo.

Sus miradas se cruzaron durante unos segundos y él aprovechó la aparente turbación de su esposa para besarla. Ella mantuvo los labios sellados por un instante, haciéndose la fría, pero acabó correspondiendo a su beso.

Adela comprendió que don Ricardo no había reparado en su presencia y disimuló una risita. Estaba al corriente de los entresijos de tan tortuosa relación porque su suegra se lo había contado. Sabía que Ricardo tenía amantes ocasionales, y eso la desquiciaba. Sin embargo, prefería mirar a otro lado, no darse por enterada. Él siempre volvía. Marta no era feliz, pero había aprendido a conformarse. Saber que ella era la fija, la oficial, y las otras las pasajeras le servía de dudoso consuelo.

—Te esperaré despierto.

—¿Por qué no vienes? ¿No te parece que ya es hora de perdonar? Rodrigo es tu hijo y Manuela tu nieta.

—Yo solo tengo un hijo y se llama Alberto —exclamó.

Acto seguido salió y cerró la puerta con furia.

—¡Qué cabezota eres, Ricardo Aranda! —gritó ella, sin saber si podía oírla—. A veces no te soporto.

—Siento haber sido testigo de esta escena —musitó Adela, reincorporándose lentamente con las medias en la mano—, y lamento reconocer que es casi idéntica a la que hemos protagonizado Alberto y yo hace un rato.

—No te preocupes, cariño, ahora eres mi hija.

Terminaron de arreglarse y abandonaron el cuarto con un rictus de amargura dibujado en el semblante. Se miraron, se cogieron del brazo y descendieron juntas la escalera. Sin pronunciar ni una palabra, cada una sabía lo que estaba pensando la otra: «Son tal para cual. Idénticos. Cortados con la misma tijera».

Carmen las esperaba en el vestíbulo. Había discutido con su marido por el mismo motivo. Estaba sentada en una silla junto al recibidor y ataviada con un sobrio vestido negro, como si estuviera de luto. Se había hecho un moño, que era lo único que lograba domar su melena rizada. Se la veía cabizbaja, pensativa, mustia. Sobre su regazo reposaba un diminuto bolso, negro también, que sujetaba con las manos con tanta determinación como si temiera que alguien se lo arrebatara.

–Pero, Carmen, ¿y esa cara? Que no vamos a un velatorio –dijo doña Marta extrañada por verla así.

–Señora, estoy partida en dos. Mi Antonio no quiere que vaya, lleva dos días sin hablarme, y yo no sé qué hacer. Quiero ver a mi niña, pero no soporto que mi Antonio no me hable. Tengo una bola aquí… –confesó, señalándose el estómago–. ¡Esto no hay quien lo aguante! Es un sinvivir.

–¿Crees que para nosotras es fácil? –intervino Adela–. Los hombres de esta casa son unos testarudos, por eso debemos ayudarnos las unas a las otras. Mujer, anímese, ya hablaré yo con Antonio. Cuando conozca a Manuela, se le van a quitar las penas. Su nieta es la niña más graciosa y lista de todo Madrid. Además, ¡se parece a usted!

–¿A mí? ¿De verdad? –dijo a la vez que se le iluminaba la cara.

–Es tu vivo retrato –confirmó Marta.

–Hala, vamos, y que sea lo que Dios quiera –se apresuró a decir la andaluza, levantándose con el brío que tanto la caracterizaba.

Pero, un rato después, cuando se apearon del taxi delante del edificio en el que vivían Manolita, Rodrigo y Manuela, a Carmen le entró de nuevo el desasosiego.

—No puedo, señora, no puedo.

—Pero ¿cómo no va a poder, mujer? Si es aquí mismo —la animó Adela, señalando la portería que estaba al lado de un bar.

Las tres mujeres se detuvieron en medio de la calle y se miraron unas a otras. El semblante de la sirvienta había adquirido un aspecto cadavérico.

—No me encuentro bien…

—Ve tú, Adela —dijo Marta—. Carmen y yo nos tomaremos una manzanilla en este bar y subiremos dentro de un rato, ¿de acuerdo?

La muchacha asintió, aceptando la sugerencia. Cuando llamó al timbre, le abrió Manolita con una cesta de ropa limpia apoyada en la cadera. No esperaba visita.

—¡Pero, bueno, qué alegría! —exclamó y besó sus mejillas—. Mira con qué pinta me pillas. Pasa, pasa, Rodrigo está en el salón leyendo, como de costumbre.

—¿Y Manuela?

—Durmiendo la siesta, pero no tardará en despertarse.

Sentado en su sillón, y aprovechando que tenía la tarde libre, Rodrigo leía el periódico. Desde que amueblaron su modesto piso en Getafe, a las afueras de Madrid, él había elegido ese rincón como suyo sin que Manolita opusiera objeción alguna. El sillón en sí era feo, viejo y apenas pegaba con el resto del mobiliario, pero a él le gustaba porque estaba al lado del balcón y, con las persianas subidas, era el recoveco más iluminado —o el menos oscuro— de la sala. Cuando el sol acariciaba la butaca y el doctor Aranda no tenía guardia, ese era su sitio.

Rodrigo era poco aficionado a costumbres tan arraigadas entre el colectivo masculino como matar el tiempo en un bar, debatiendo sobre política o deportes. Pero, por encima de todo, era un hombre hogareño y el lugar en el que prefería estar era su casa. De puertas para adentro, todo lo que callaba él lo hablaba Manolita.

Era un apasionado de su trabajo, muy perfeccionista. Ser hijo de alguien tan influyente como don Ricardo Aranda le había abierto puertas y le había asegurado su plaza en el hospital incluso antes de acabar la carrera. Manolita, que ya se había graduado como enfermera, también trabajaría con él en cuanto la niña fuese al colegio. Ese trato de favor no era algo de lo que se enorgulleciera, porque siempre había preferido alcanzar sus logros por mérito propio, pero las cosas habían cambiado tanto para él en los últimos años que no podía andarse con remilgos.

El torbellino Manuela cruzó el salón ante las miradas atónitas de su madre y su tía. Rodrigo seguía ausente, hasta que una mano tan diminuta como atrevida le arrebató el diario de un solo tirón. La niña miró a su padre con ojillos desafiantes y el benjamín de los Aranda, sorprendido de que en un cuerpo tan pequeño se concentrase tanta fuerza y determinación, no pudo evitar dejar escapar unas risas.

–¡Pero, bueno! ¿Qué modales son estos? –preguntó simulando seriedad, aunque no le sirvió de mucho porque la chiquilla sabía que no la regañaba de verdad–. ¡Adela, no te he oído llegar! –Se levantó–. Espera un segundo, que ahora estoy ocupado. ¡Te vas a enterar! –dijo, yendo hacia su hija.

La cría salió corriendo, presa de una risa nerviosa, de esas que delatan travesura, inocencia y felicidad al mismo tiempo, mientras Rodrigo fingía que perseguirla le suponía un gran desafío. Manuela se acurrucó en una esquina y se tapó la cara con las manos para «desaparecer», aunque vigilaba por entre los deditos. Su padre se acercó con grandes zancadas, se agachó despacio y ella, que lo vio venir, soltó un chillido primero y una carcajada después, cuando la levantó en volandas. Rodrigo dio vueltas sobre sí mismo con los brazos alzados, haciéndola volar.

–Así se pasan la vida. Es más niño el padre que la hija –dijo Manolita con los brazos en jarras. Adela no podía dejar de sonreír. Le parecían la viva estampa de la felicidad–. Manuela, ¿te has salido de la cuna tú sola?

–*Tí* –respondió en brazos de su padre, enseñando sus dientecillos de leche, orgullosa de sus logros.

–¡Ella sola! ¿Has oído? Necesita una cama.

–¡Ya lo creo que la necesita! –dijo Rodrigo mientras le hacía cosquillas en el ombligo a la pequeña, que reía sin parar–. Vamos a comprarle a esta niña tan mayor, que no para de crecer, un dormitorio de señorita, ¡claro que sí! –Dejó a Manuela en el suelo, saludó a su cuñada con sendos besos y le guiñó un ojo–. ¡Qué agradable sorpresa! – Luego, Rodrigo esperó a que su mujer no estuviera delante para preguntarle a Adela–: ¿Qué ha pasado? ¿Dónde están?

–Ha habido un pequeño imprevisto, pero no te preocupes, no tardarán.

No fue fácil atrapar a Manuela, que correteaba por el pasillo arrastrando a su inseparable muñeco Pepo y parloteaba sin parar a su manera. Rodrigo le dio la merienda y Adela le puso su nuevo vestido azul celeste, a juego con el de su madre, regalo de la abuela Marta, diseñados y confeccionados por ella. Había usado la misma tela para ambos, pero, si bien el de la madre era entallado y le cubría las rodillas, el de la pequeña tenía falda de vuelo, terminada en volante, y se ceñía a la cintura por un lazo.

Mientras Manolita terminaba de acicalarse, Rodrigo se

entregaba a la difícil aunque divertida tarea de recogerle a su hija el cabello en dos coletas altas. Sentada sobre sus rodillas, la niña se deshacía en risotadas ante el esmerado empeño de su padre, que culminó su labor con dos lacitos azules, a juego con el vestido. La pequeña fue a contemplarse en el espejo del recibidor y soltó un chillido al verse. Se cogió los bordes de la falda cual princesa y empezó a dar vueltas, complacida. Los zapatos negros de charol, con su tira cruzada en el empeine, relucían tanto que no podía dejar de mirarse los pies.

–Y lo guapa que está mi niña –dijo Manolita al salir del baño–. ¡Oh, qué peinado más bonito te ha hecho papá! –La pequeña se tocó las coletas y los lazos–. ¿O ha sido la tía Adela?

–No, no, ha sido papá –afirmó Adela.

–¿Te has tomado la leche con galletas?

–*Tí*, mamá.

–Muy bien, ¡qué grande te vas a hacer!

Sonó el timbre y la joven dirigió una mirada de intriga a su marido, que fingió estar tan sorprendido como ella. Manolita abrió la puerta con la niña en brazos y emitió un sonoro alarido ante las atentas miradas de Rodrigo y Adela. Manuela se asustó, se echó a llorar y se lanzó a los protectores brazos de Marta, que la rescató y consoló, mientras Manolita y Carmen se entregaban a un llanto histérico, fundidas en un profundo abrazo. No se habían visto desde que Adela y Alberto contrajeron matrimonio, cuatro años atrás. Cuatro largos años de orgullo y tozudez.

Sin poder contener la emoción, Adela sacó un pañuelo del bolso y se ocultó como pudo en un rincón, sollozando. Rodrigo, que tenía los ojos húmedos pero contuvo las lágrimas, fue a por un vaso de agua y se lo ofreció.

–Gracias –musitó ella con la voz quebrada.

–¿Quieres contarme algo? –dijo Rodrigo, que, tras mirarla a los ojos, supo de inmediato que el llanto no era solo por lo que estaban presenciando.

–Sí, pero ahora no es el momento. Míralas, ¡juntas otra vez! Por fin alguna pieza encaja…

Por fortuna, Manuela no era una criatura irascible y quisquillosa. Una vez superado el disgusto inicial, sintió curiosidad por la zalamera mujer que achuchaba a su madre. Con esa particular manera de hablar que su abuela paterna entendía a la perfección, preguntó quién era. Le explicó, con naturalidad, que ella tenía dos abuelas, como todo el mundo: la abuela Marta y la abuela Carmen, que era esa señora tan simpática que había ido a visitarla. Carmen separó su cuerpo del de Manolita, se limpió las lágrimas y centró su atención en su nieta, que no se perdía detalle. Se agachó despacio y se quedó en cuclillas a su altura.

–Manuela, ¿tú sabes quién soy?

–*Tí*, la *abela Parmen*.

–¿Y le vas a dar un beso a la abuela Carmen?

La observó durante unos segundos, como si leyera en sus ojos, en su mirada, y debió de gustarle lo que vio, porque se enganchó a su cuello y la besó repetidas veces. Carmen dio rienda suelta a ese sentimiento contenido durante años. La abrazó, la besó, le dio vueltas, como si bailaran, sin dejar de reír y llorar al mismo tiempo. Tardó un buen rato en soltarla, ante la atenta mirada de los presentes.

Manolita corrió hacia Rodrigo y le dio repetidos besos en las mejillas.

–Gracias, gracias, gracias –musitaba mientras lo estrechaba con fuerza.

Luego hizo lo propio con Marta y con Adela, las cómplices imprescindibles. Después se dirigió a la cocina con la intención de preparar café. Cogió la bandeja de plata, esa que solo usaba en ocasiones especiales, y la llenó con un buen surtido de galletas elaboradas por ella misma. Mientras Marta le echaba una mano a su nuera, Carmen jugaba con Manuela y, al parecer, hacían buenas migas.

Rodrigo aprovechó para preguntarle de nuevo a su cuñada qué le pasaba.

—Es que me da vergüenza.

—No se lo diré a nadie, te lo prometo. Sea lo que sea, quedará entre tú y yo. Imagina que soy tu médico. Como tal, estaría obligado a guardar la confidencialidad de mi paciente, en este caso tú.

—Está bien.

—¿Se trata de un tema de salud?

—Algo así. —Adela bajó la barbilla y empezó a retorcer el pañuelo que tenía en la mano.

—Puedes venir a mi consulta si eso te hace sentir más tranquila.

—Es que... Es que yo quiero tener hijos, Rodrigo, lo deseo con toda mi alma. Y hacemos lo que se supone que hay que hacer, pero, nada, no me quedo encinta —confesó, sonrojándose de pronto.

—¿Y qué dice Alberto? ¿Habéis hablado del tema?

—Al principio se mostraba comprensivo. Si yo lloraba, me consolaba; me decía que no pasaba nada, que si Dios no nos daba hijos seríamos igual de felices. Pero mis llantinas se repiten cada dos por tres y está empezando a perder la paciencia. Yo quiero darle hijos, Rodrigo, lo deseo de verdad y no me sentiré una mujer completa hasta que no sea madre. Pero ¿por qué no me quedo embarazada? ¿Qué puedo hacer?

—En primer lugar, tú ya eres una mujer completa aunque no seas madre. En segundo lugar, cuando un matrimonio no logra concebir, las causas pueden estar tanto en el hombre como en la mujer, Adela. Debes tener esto claro. Así que habla con él y dile que quieres que vayáis juntos a un especialista.

–¿Quieres decir que puede que no sea culpa mía?

–Exacto –contestó, asintiendo con la cabeza.

–Gracias, Rodrigo. –Le acarició la mejilla, visiblemente aliviada–. ¡Eres tan bueno!

Manuela corrió hacia ellos, se les subió encima y deshizo la intensidad de ese instante, provocando las risas de sus abuelas y su madre, que contemplaban la escena, felices.

15

Madrid, 22 de abril de 1936

Don Enrique solía visitar a su hija a menudo y de paso aprovechaba para conversar con su yerno y su consuegro. Aquella tarde, cuando Adela lo vio al otro lado de la verja, agarrado a los barrotes, le hizo señas a Antonio. El jardinero, que regaba los rosales, saludó con un gesto, cerró el grifo, soltó la manguera y se encaminó hacia la puerta de hierro, sonriente. Se había acostumbrado a usar sombrero después de haber sufrido un terrible golpe de calor que lo había dejado fulminado en el suelo. Ahora jamás se lo quitaba, ni siquiera en ese atardecer en el que el sol no solo no resultaba molesto, sino que se agradecía la caricia tibia de sus rayos primaverales.

—Buenas tardes, don Enrique, pase usted, que ya lo esperan —dijo con su marcado deje almeriense y levantó durante unos segundos el sombrero en señal de respeto. Al contraste con la tez morena y arrugada, sus dientes parecían más blancos.

—Buenas tardes, Antonio, ¡qué bien cuida usted del jardín!

—Gracias. Se hace lo que se puede, hombre.

Adela corrió al encuentro de su padre y le dio dos besos.

—Adelita, hija, cada día estás más guapa —afirmó con los ojos brillantes.

Ella se colgó de su brazo, sonriente.

—¿Y madre? ¿Cómo está?

—Allí anda, con sus labores de ganchillo.

Don Enrique ascendió la hermosa escalera de mármol blanco en forma de caracol, sujetándose a la balaustrada con la mano derecha y al brazo de su hija con la izquierda. Cuando llegaron a la biblioteca, don Ricardo y Alberto se habían servido sendas copas de anís y le habían preparado a don Enrique su habitual coñac.

—Esta escalera vuestra me mata, ¡me mata! —Adela se sentó en el brazo del mismo sillón que iba a ocupar su padre y él se dejó caer, con la respiración agitada—. Ay, señor, dejad que recupere el aliento.

—Tengo exactamente la medicina que necesitas —dijo don Ricardo, que, tras un buen apretón de manos, le entregó la copa y le guiñó un ojo.

—Tú sí que sabes cómo hacer feliz a un hombre…

—Qué sería de nosotros sin estos placeres inocentes —dijo Alberto—. La vida son dos días. ¿Un habano?

Alargó la mano ofreciendo el puro, que su suegro cogió con delicadeza, como si se tratara de un objeto muy preciado y valioso. Se lo acercó a la nariz, cerró los ojos y aspiró su aroma con deleite. Luego se lo llevó a la boca y esperó a que su yerno le arrimase la cerilla encendida. Los tres hombres saborearon su cigarro sin palabras, aislados del mundo, cada uno retrepado en un sillón, con una luz tenue que invitaba a las confidencias. Bebieron pequeños sorbos de sus licores y suspiraron satisfechos mientras la estancia se llenaba de humo. Adela empezó a toser.

—Anda, querida, baja a averiguar qué hay para cenar y déjanos hablar de cosas de hombres —sugirió Alberto.

Ella resopló y fingió obediencia, pero se quedó a escuchar tras la puerta.

—Han llegado hasta mí ciertos rumores de que te mueves cada vez más en ambientes falangistas. —Don Enrique miró a su yerno—. ¿Es eso cierto?

–Sí.

–Ya conoces a mi hijo –defendió don Ricardo–, se apasiona con las causas que considera justas y cree con firmeza que acabar con la República es una de ellas.

–¿Y la Falange Española es la respuesta? –se interesó don Enrique.

–Por supuesto. Es preciso que España recupere su prestigio internacional y para ello hacen falta fuerzas de choque que hagan contrapeso. Ya has visto el éxito que está teniendo el fascismo italiano en toda Europa. Necesitamos líderes como Mussolini o Hitler, con un par de pelotas, con perdón de la expresión, y José Antonio Primo de Rivera tiene lo que hay que tener.

–Me he enterado de que te codeas con renombrados políticos e insignes militares –continuó don Enrique–. ¿Se puede saber qué tramáis?

–La República tiene los días contados.

–¿Qué quieres decir?

–Lo que os voy a explicar es alto secreto. ¿Me dais vuestra palabra de caballeros de que esto no va a salir de aquí? Me juego el cuello.

–Cuenta con mi discreción –afirmó su padre.

–Y con la mía –se sumó don Enrique.

A Adela el corazón le iba a mil por hora. La atmósfera se había enrarecido y no solo por la mezcla de aromas a tabaco y alcohol que flotaba en el aire. Alberto hizo una pausa, segundos antes de iniciar su alegato.

–Se está tramando una conspiración militar contra la República. Un grupo de generales se reunió el mes pasado para ultimar los detalles.

–¿Otra Sanjurjada, como la de agosto de 1932? –inquirió Ricardo.

–Ese golpe resultó fallido porque no estaba planteado de

manera eficiente. Tuvo fisuras desde el principio, estaba predestinado al fracaso. Eso les da ventaja. Como en aquella ocasión la rebelión no tuvo éxito, el Gobierno actual cree que no volverán a intentarlo, y ahí está su error. Ahora son más y están mejor organizados.

—¿A qué generales te refieres? —quiso saber don Enrique.

—Solo os diré que entre ellos están Emilio Mola, José Sanjurjo y Francisco Franco.

—¿Sanjurjo otra vez? ¿El mismo que metió la pata? —siguió preguntando su suegro.

Adela podía oír cómo el líquido caía en las copas cuando las volvían a llenar, también los suspiros lastimeros de su padre.

—En esta ocasión será distinto. —Alberto pronunciaba su discurso con vehemencia mientras las palabras enardecían cada fibra de su piel.

—¿Has pensado en las consecuencias que tendría ese golpe? Es la excusa que los anarquistas andan buscando para montar una buena —exclamó el padre de Adela en tono grave—. No es ninguna tontería, hijo mío. Tiemblo de pensar que estalle una guerra.

—Ya hace tiempo que estamos en guerra, querido suegro. La guerra empezó con la revuelta asturiana de octubre de 1934. ¿Y quién la combatió entonces y cómo? El general Franco con la intervención de las tropas de Regulares, o sea, los moros y la Legión, ahí es nada. Hablamos del Ejército de África, formado por los hombres más bravos que puedas echarte a la cara, son auténticas máquinas de matar. Van a acabar con este disparate que es la República en menos que canta un gallo. Y si cuatro anarquistas trasnochados se sublevan serán aniquilados sin miramientos.

Adela supo que su padre se había levantado rápido por el sonido de los muelles del sillón.

–No te enfades, hombre –dijo Ricardo.

–Es tarde y me tengo que ir, a no ser que quiera que la guerra estalle en mi propia casa. No me enfado, me preocupo. Esas cosas que con tanta pasión refieres me dan pavor. Son palabras mayores, hijo. La guerra no es un juego de niños. Si lo que dices es verdad… ¡Que Dios nos asista!

–Si le he molestado, lo siento, don Enrique, no era mi intención. Dele un beso a doña Elvira de mi parte.

–Así lo haré, joven. Y, tranquilo, tu secreto está a salvo conmigo.

Adela bajó deprisa unos cuantos escalones y luego los volvió a subir para hacerse la encontradiza con su padre, que salió cabizbajo.

–¿Ya se va, padre?

–Sí, querida. –Le acarició la cara con ternura y la miró a los ojos–. Cuídate mucho, mi niña.

–Dele a madre un buen achuchón y dígale que estoy deseando ver esa colcha preciosa que está tejiendo.

–Muy bien, hija.

Mientras tanto, en un piso de Getafe, una niña cerró los párpados con placidez, abrazada a su muñeco Pepo, después de que su madre le leyera el cuento de *Blancanieves*. Se durmió con una inocente sonrisa dibujada en su carita sonrosada. Su cariñosa madre le besó en la frente, la tapó, apagó el interruptor y salió del cuarto a hurtadillas, dejando la puerta entreabierta.

–Por fin se ha dormido –le dijo Manolita a Rodrigo cuando entró en el cuarto de la pareja.

Bostezó, se despojó de la bata, la colgó detrás de la puerta y se sentó en el borde de la cama. Se quitó los pendientes y los depositó en la bandejita de porcelana, extrajo un tarro de crema del primer cajón de la mesita, se aplicó una generosa cantidad en las manos, que frotó una contra la otra, y luego se metió entre las sábanas con un hondo suspiro de cansancio. Rodrigo dio por finalizada la lectura y la atrajo con el brazo. Ella apoyó la cabeza en su hombro y se acurrucó contra él.

–¿Cuántas veces se lo has leído hoy?

–¡Tres! Y quería más. Pero cuando iba a por la cuarta se le cerraron los ojos como por arte de magia. ¡Va a ser una lectora incansable! En eso ha salido a ti, desde luego.

–¡Qué honor! —exclamó él, pero no sonrió.

–Estás muy serio, ¿qué te ronda por esa cabecita?

–Nada importante.

–¿Quieres contármelo?

Durante unos segundos, permanecieron en silencio. Pese a la habitual verborrea de Manolita, cuando algo inquietaba a Rodrigo lo adivinaba enseguida, lo percibía en su rostro. Se quedaba pensativo, con la mirada perdida y la expresión tensa.

–Son varios temas, no quiero agobiarte.

–Me haces sentir como si fuera tonta…

–Pero ¿cómo puedes pensar eso? Te considero perfectamente capaz de entender cualquier cosa, Manolita.

–Demuéstralo –lo retó, cruzándose de brazos.

–Ya sabes lo reservado que soy.

–Pues deja de serlo, ¿quieres? Confía en mí.

–Está bien. –Le dio un beso en la frente, sin dejar de abrazarla–. Entre otros asuntos, me preocupa Alberto.

–¿Alberto? Es lo último que imaginaba.

–Lo sé, y es lógico, porque hace años que él hace su vida y yo la mía, pero tenemos conocidos comunes.

–¿A qué te refieres?

–Se ve que ahora simpatiza con los falangistas y se le ha metido en la sesera que hay que acabar con la República como sea, es como si le fuera la vida en ello. Hay rumores de una posible rebelión militar y él se mueve en esos círculos.

–¿Y por qué no hablas con él, Rodrigo?

–¡Puf! Es lo que menos me apetece del mundo.

–Pero es tu hermano.

–Ya no. Mi propio padre lo dijo, alto y claro. –Cruzó los brazos y frunció el ceño–. También me inquieta el panorama que tenemos en España. La situación es grave. ¿Crees que la obsesión de Alberto es un caso aislado? Ojalá lo fuera, pero hay cientos que piensan como él. Qué digo cientos, ¡miles! Están dispuestos a usar toda la violencia que haga falta. El mundo entero ha perdido la razón, Manolita, la gente se odia, ¡se odia! Solo por tener distinta ideología, ¿tú te imaginas? Esto puede acabar en una guerra civil y ¿sabes lo que eso significa? ¡Es una lucha entre hermanos! Una guerra fratricida es un horror, una barbarie.

Manolita se quedó pensativa. ¿Acaso el enfado que su marido se empecinaba en mantener con su propio hermano no venía a ser una guerra fratricida a pequeña escala? Pero se guardó este discurrir para otra ocasión y se concentró en lo demás.

–Entonces, ¿crees que puede haber una guerra? ¿Una guerra de verdad?

–Sí. Y el chalado de mi hermano y otros como él van a salir a matar rojos como quien se va a cazar conejos.

–¿Lo dices en serio? –A Manolita se le humedecieron los ojos y se le arrugó la frente. Juntó las palmas de las manos y se las acercó a la boca–. Me estás asustando, Rodrigo.

–Perdóname, no pretendía alarmarte, ven aquí. –La abrazó con fuerza y la besó con ternura en los labios y en la frente–. Lo siento, lo siento. Solo son suposiciones.

–Pero ¿es posible que suceda?

–Sí, es muy probable, no puedo mentirte.

—¿Y tú qué harás? ¿Te irás también a matar rojos?

—¡Jamás mientras pueda evitarlo! Mi objetivo es salvar vidas, no arrebatarlas. Mi máxima prioridad siempre seréis Manuela y tú. ¿Me oyes? Manuela y tú. Y en segundo lugar ayudar a personas heridas, enfermas y moribundas, sean de izquierdas o de derechas y provengan de donde provengan.

—Prométeme que nos protegerás. —La expresión de Manolita era la de una chiquilla muerta de miedo.

—Te lo prometo. No dejaré que os pase nada, ¿entiendes? Nada de nada. Daría mi vida por vosotras si hiciera falta. —Sujetó su cara entre las manos y apretó su boca contra la suya, llenándola de besos—. Te quiero tanto, ¡tanto! —dijo, apartándose unos segundos para recorrer con la mirada su tez blanquecina. La besó otra vez. La observó de nuevo y la volvió a besar.

—Y yo a ti, Rodrigo —respondió ella, y lo abrazó con una intensidad nueva y desconocida, temblando.

Un llanto despavorido deshizo el abrazo. Manuela se había despertado.

—¡Una bruja, mamáááá! La bruja de la manzana… ¡Mamáááá!

Se soltaron con desgana, intercambiando miradas cómplices y de resignación. Él suspiró. Ella se echó a reír.

—La bruja de la manzana —murmuró Manolita e hizo ademán de ir a levantarse.

—Deja, ya voy yo, pero no te duermas. —Rodrigo depositó el enésimo beso en sus labios, saltó de la cama y encaminó sus pasos hacia la puerta. Antes de cruzarla se dio la vuelta para decir—: ¡Por cierto! Mañana toca cambiar de cuento.

—¿*Caperucita roja*?

—Ni lobos feroces ni brujas malvadas. Algo de príncipes encantadores y cándidas princesas, ¿de acuerdo?

Rodrigo salió después de que Manolita asintiera con la cabeza y la dejara caer sobre la almohada. Pensativa, clavó la mirada en el techo, tratando de decidir qué cuento le leería al día siguiente a Manuela. Hizo una rápida criba mental y tomó una decisión: *La Cenicienta*, por mayoría de votos. Se dio por satisfecha con el resultado y, por unos segundos, sintió que todo era como siempre, que el amor y la felicidad llenaban sus días y sus noches, y por ello se consideraba afortunada, sin preocuparse de nada más. Tenía una familia envidiable, ¿qué más podía desear?

Pero, entonces, un pensamiento tan oscuro como fugaz ensombreció su semblante. Ni siquiera tenía del todo claro el significado exacto de la palabra «guerra» y, sin embargo, retumbó en sus sienes con un eco sordo. Se le borró la sonrisa y le asaltó la incertidumbre.

–Aún no es seguro, aún no es seguro –se repitió en voz alta.

Intentó imaginar cómo sería la vida si eso ocurría, pero era inimaginable. Le entraron tantas ganas de llorar y le invadió tal angustia que apartó esa idea de inmediato y decidió no adelantarse nunca más a los acontecimientos. «Que sea lo que tenga que ser –se dijo, y recordó aquel refrán que repetía a menudo su madre–: El hombre propone y Dios dispone».

Aquella noche, Adela en su mansión del barrio de Salamanca y Manolita en su piso de Getafe apenas pudieron pegar ojo.

Al día siguiente, en cuanto se vieron en la panadería, cada una supo que a la otra le pasaba algo. Después de contarse algunas anécdotas, ambas se miraron con estupor y dieron rienda suelta a las lágrimas contenidas, al temblor en la voz. Se abrazaron con fuerza.

No estaban asustadas, sino aterradas.

16

Madrid, 19 de julio de 1936

En casa de doña Encarna reinaba la misma paz de cualquier otro domingo, con la gran diferencia de que Adela había ido a visitarla. La chica insistió tanto en que le dejara poner la mesa, que su tía se sentó en el sofá a hojear el periódico.

—¡Madre mía, lo que se está cociendo! No quiero ni pensarlo. —Y dejó escapar un sonoro suspiro mientras pasaba con rapidez las páginas, como sin querer prestarles excesiva atención—. Aunque ya se veía venir de lejos. Estaba claro que la vieja oligarquía española no se iba a quedar de brazos cruzados resignada a perder sus privilegios. En este bendito país nuestro siempre han triunfado las derechas y, si algo bueno tienen estas, aunque aborrezca reconocerlo, es que están organizadas y unidas. Eso es lo que les da la fuerza.

Adela colocó las servilletas blancas con bordados de flores en las esquinas, los cubiertos de plata, los platos de porcelana y las copas de cristal tallado para cinco comensales.

—Y hablando de burguesía…

La joven señaló lo que acababa de poner sobre el mantel.

—Pero si esa vajilla tiene mil años. Es lo único que heredé de tu abuela, que en paz descanse, además de este piso. Imagino que tuvo que amasar, hornear y vender muchísimos panecillos para reunir la pequeña fortuna que debió de costarle.

—Ya lo sé, tía, solo bromeaba.

Encarna volvió a señalar la página principal del periódico con cara de indignación.

—A mí me da igual quién gobierne, lo que quiero es vivir en paz. Necesito creer que existe un futuro esperanzador para ti, para mi hija y para mis nietos, si es que llego a tenerlos. ¡Menuda es Julia! Si hay una revolución acudirá la primera. Y desde que está con Mario aún es peor. No es que tenga él la culpa, no me malinterpretes, es un chico estupendo y sé que la quiere con locura, pero…

—Sé a qué se refiere y comparto sus mismos miedos.

—No quiero que se meta en líos, ¡no quiero! Y voy a decírselo.

—No le hará caso, tía. ¿Es que no la conoce? Es mejor que no interceda. Cuanto más le pida que no lo haga, más se reafirmará en su decisión.

—Aun así, siento la necesidad imperiosa de protegerla.

—Claro, como cualquier madre. —Adela se sentó a su lado, le quitó el periódico y le apretó la mano—. Tardan, ¿no?

—Sí, es raro. De Mario y Julia no me extraña, pero Severiano suele venir más temprano.

—¿Sabe usted que le chispean los ojos cuando menciona a su novio?

—Que no es mi novio —exclamó Encarna con énfasis. Pero la leve sonrisa que se le escapó al oír la puerta contradijo su negación—. ¡Ya está aquí! —Se levantó de un salto y lo recibió con un beso en los labios.

La historia de cómo había conquistado aquel hombre a su tía le resultaba sencillamente irresistible, arrebatadora. Frente a las reticencias de ella, él se había mostrado implacable y constante desde el principio. Después de la maravillosa semana que pasaron en aquella vieja casa segoviana, don Severiano no volvió a ser el mismo. No transcurría ni un solo día sin que la maestra fuese el centro de sus más íntimas ensoñaciones y pensamientos. Antes de conocerla, su trabajo de maestro en Ayllón era lo único que daba sentido a su existencia. Sus niños lo eran todo para él. Detestaba la idea de jubilarse, se preguntaba qué haría con todas esas horas libres por delante, aparte de leer y pasear.

Encarna cambió la tonalidad de su horizonte sin pretenderlo, sin apenas ser consciente de ello. Y, a pesar de la aparente dureza de la maestra, que le había dejado muy claro que no quería más hombres en su vida, él no se dio por vencido.

En cuanto ella regresó a Madrid, le escribió la primera de una larga serie de cartas. Al día siguiente, la segunda y luego la tercera. Empezó a escribirle cada día, sin esperar respuesta, extensas misivas en las que le contaba las pequeñas y grandes cosas que llenaban su rutina. Simples travesuras y ocurrencias de los niños, algunas veces, interminables alegatos tan reflexivos como profundos, otras. La ausencia inicial de respuestas por parte de Encarna no desanimó a Severiano. Se había enamorado como pensaba que solo un muchacho imberbe y bobalicón pudiera hacerlo.

Guarecida bajo su inquebrantable caparazón, la mujer leía las cartas con una sonrisa en los labios. No le respondía porque no quería darle falsas esperanzas, pero aguardaba con impaciencia la nueva misiva. Hasta que no pudo seguir haciéndose la dura y empezó a contestarlas. Él transmitía amor, ella amistad; él pasión, ella sosiego; él insistencia, ella calma.

Después de jubilarse, decidió vender sus escasas pertenencias e irse a vivir a la capital. Ella se mostró comedida ante la noticia, pero, en el fondo, se sentía alborotada como una chiquilla. Desde entonces, raro era el día que él no se presentaba con unas entradas para ir al teatro o una botella de vino para compartir cena y charla. Respetaba su ritmo, pero no se rendía. Era tan afable como pertinaz. Encarna correspondía a ese amor intrépido con la misma madurez, sabiduría y serenidad con que se tomaba la vida: le gustaba saber que Severiano estaba ahí, que podía contar con él; pero cada uno en su casa.

Llevaba demasiados años siendo dueña de todos y cada uno de sus actos, sin tener que dar explicaciones de sus movimientos aunque no se lo pidieran. Ahora que conocía el sabor de esa tremenda sensación de libertad, quería preservarla. Adoraba sentirse libre sin condiciones, era algo que no cambiaría por nada. Se había acostumbrado a vivir sola y le gustaba. Esto último lo descubrió cuando Julia se mudó al piso de Mario.

–Veo que ya conocéis la gravedad de la situación –dijo Severiano tras saludar a Adela y fijarse en el diario que reposaba sobre el sofá.

–Estoy muy preocupada por Julia –afirmó Encarna–, no quiero que participe en esta locura.

–¿Acaso crees que yo no me uniría a las milicias si fuera más joven? –sentenció el hombre, que llenó una copa de vino tinto y se la ofreció. Luego llenó una para Adela y otra para él y se sentó–. Esto me pilla muy viejo, pero estoy a favor de la República y quienes la defienden cuentan con todo mi apoyo y respeto. ¡Basta ya de opresión! No debemos permitir que esos bastardos se hagan con el poder. ¡Menudo es el general Franco! Conozco a uno que estuvo con él en Marruecos, en la Legión. Me contó que ese tipo no tiene miramiento, ¿entiendes? A la mínima que le llevas la contraria te mete un tiro entre ceja y ceja y se queda tan ancho. Frío como un témpano. Mi amigo vio a hombres grandes como moles echarse a temblar cuando Franco se los quedaba mirando fijamente a los ojos.

–¿Y esas amistades tuyas? –Encarna se retrepó en su asiento, lo observó de reojo y tomó un sorbo de vino.

–Todos tenemos un pasado... –dijo él en tono burlón y se recolocó las lentes mientras bebía. Después estalló en una risotada que le tiñó los mofletes del color de las cerezas.

–Pues Alberto habla maravillas de ese tal Franco –insinuó la muchacha– y dice que va a salvar España.

–Hija, ya sabemos de qué pie cojea tu esposo –añadió Severiano.

–Pero yo no soy como él –se apresuró a aclarar Adela.

–Claro que no, cariño. –Su tía le echó el brazo por encima y la apretujó contra su cuerpo.

–Me ruge el estómago –exclamó él y le guiñó un ojo a Adela–. ¡Qué bien huele ese pollo!

–¿Comemos nosotros?

–No, mujer, vamos a esperarlos. A ver qué nos cuentan.

–Sí, tienes razón. No creo que tarden.

Encarna se levantó y caminó hacia la ventana. Adela sabía que estaba más nerviosa de lo habitual. Era una madre liberal, comprensiva, que apoyaba a su hija en todo. Había tolerado con paciencia el desfile de pretendientes que habían pasado por su casa antes de que apareciera Mario.

Pero lo que se avecinaba ahora era muy distinto. Una turbia intuición de madre le mordía las entrañas.

Miró a través del cristal, pensativa. Severiano se incorporó también, apuró el contenido de su copa y la depositó sobre la mesa. Se acercó a Encarna y la rodeó con sus brazos por la espalda. Ella suspiró y se dejó abrazar. Adela los observaba en silencio, inquieta a su vez. No era por la tardanza en sí, les daba lo mismo comer a las dos que a las tres. Conocían a Julia y eran conscientes de que no iba a permanecer indiferente viendo cómo unos militares fanáticos echaban a perder los logros tan costosamente alcanzados por su amada República. Severiano y Adela se quedaron callados porque, dijeran lo que dijesen, nada iba a paliar el dolor anticipado de una madre. Sabían de sobra que Julia no se quedaría quieta. Ni ella ni Mario. Eran tal para cual.

El timbre sonó tres veces justo antes de que alguien metiera la llave en la cerradura y abriese la puerta. Era Julia, ¡al fin! Entró seguida de su novio.

–¡Madre! ¡Seve! ¡Adela! ¡Ya estamos aquí!

–¡Julia! –Encarna se escabulló de los brazos de Severiano y corrió al encuentro de su hija. La expresión de su cara se había transformado por completo en apenas décimas de segundo–. Estaba preocupada. –La apretó contra su cuerpo con fuerza.

–Pero ¿qué te pasa?

–Está asustada –dijo Adela, después de saludar a Julia y Mario con besos en las mejillas.

–Las noticias vuelan.

Severiano señaló de reojo el diario, apretó los labios y se encogió de hombros.

–Pues me temo que no lo sabéis todo –agregó Mario en tono grave–. Uno de los generales sublevados se ha colado en el cuartel de la Montaña, vestido de paisano, y ha declarado el estado de guerra. Madrid es uno de sus objetivos principales: si cae Madrid, cae la República.

–¿Qué general? –preguntó Severiano.

–Un tal Fanjul.

–Qué hijo de…

Encarna cerró los párpados y se tapó la boca con una mano.

–Si creen que nos vamos a quedar tan tranquilos, ¡van listos! ¡Lo tienen claro! No estamos dispuestos a perder lo que con tanto esfuerzo hemos logrado en estos últimos años –aseguró Julia, cuyos ojos echaban chispas.

–¡No pasarán! ¡No lo permitiremos! –espetó Mario.

–¿Estado de guerra? ¡Se van a enterar! Esto va a ser una auténtica revolución –añadió ella.

–Pero, Julia, tú… –murmuró Encarna.

–¿Yo qué, madre? ¿Yo qué?

–¡Chicos, basta! ¡Silencio! –Don Severiano se plantó en medio del salón, dio unas sonoras palmadas en el aire y, como buen profesor que era, se hizo con el control de la situación en un instante. Todos callaron y lo miraron–. ¿Qué os parece si nos sentamos, nos calmamos y comemos?

–Es la mejor idea que he oído hoy –sentenció Encarna–. Voy a por la ensalada y el pollo.

–Está bien –farfulló Julia.

–Siento haberme puesto así, he perdido los estribos –se justificó Mario.

Durante una hora escasa fingieron ser los de siempre, pero a duras penas lo lograron. El aire era denso y una tensión insoportable flotaba en el ambiente. Apenas se atrevían a abrir la boca para no entrar en controversia.

Cada semblante reflejaba un sentimiento no expresado en voz alta. El de Severiano, contrariedad; el de Encarna, desazón; el de Adela, pavor; el de Mario, furia; el de Julia, ira. Esta parecía doblemente enfadada: por lo que estaba pasando en el país y por lo que había insinuado su madre, la misma que había procurado educarla en libertad, que le había transmitido desde muy pequeña las ideas acerca de la igualdad de clases, de la igualdad de sexos, de la defensa de los derechos humanos. Por su parte, Mario tenía claro que la única respuesta posible a la sublevación militar era la revolución anarquista: «Ni Dios, ni patria, ni rey».

Más que comer, los jóvenes engulleron las viandas y se despidieron con prisas. No hubo más reproches ni sugerencias.

Adela y su tía retiraron los platos. Severiano cogió el estropajo y se disponía a lavarlos cuando Encarna se lo arrebató y le pidió que se sentara.

–A mí no me importa hacerlo, ya lo sabes.

–Lo sé y te lo agradezco, pero necesito mantenerme activa para no pensar.

Encarna se ató el delantal, hundió las manos en el agua de la pila y empezó a enjabonar los cacharros con lentitud, uno por uno, tan concentrada en su labor como si se tratara de la tarea más minuciosa del mundo. Severiano y Adela se sentaron en silencio. Él rebuscó en sus bolsillos, sacó su pipa, la rellenó, la encendió, le propinó una larga calada y exhaló el humo con parsimonia.

Esa misma tarde, el cuartel de la Montaña fue rodeado por tropas leales a la República, armadas hasta los dientes. Eran la Guardia de Asalto, la Guardia Civil y milicias populares. Julia y Mario formaron parte de esas milicias. Los sublevados, que habían subestimado las fuerzas de sus contrincantes, apenas resistirían unas horas.

La capital de España resultó ser el «hueso más duro de roer» y se convirtió en el objetivo más deseado por los rebeldes. Los obreros y los campesinos se unieron a las milicias con optimismo. En los días que siguieron al golpe, el pueblo entero se echó a la calle a luchar. Cogían el bocadillo de tortilla de patatas y salían a defender la República al grito de «¡No pasarán!» en un ambiente casi festivo.

No tenían ni idea de lo que les esperaba. Nadie podía imaginar los tres años de horror que se avecinaban y las terribles consecuencias posteriores.

17

Madrid, 20 de julio de 1936

Caminaba deprisa, girando la cabeza a izquierda y a derecha, con el bolso apretado debajo del brazo. El nudo en el estómago, el temor en la mirada. Hacía un calor de justicia y la fina tela del vestido negro, jaspeado de lunares blancos, se le pegaba a los muslos. Procuraba no prestar atención a las reyertas callejeras ni al silbido que algún soldado, soliviantado por el repiqueteo de sus tacones, le lanzaba desde un camión al pasar por su lado. Si veía movimientos extraños o presenciaba algún altercado, Adela lo esquivaba aligerando la marcha y se retiraba lo más rápido posible.

Pero aquello era diferente. Olía a quemado.

Desde lejos vislumbró la nube gris que rasgaba el cielo. Un grupo de hombres y mujeres se congregaba frente a la basílica de Nuestra Señora de Atocha, con la vista alzada, testigo de lo que allí sucedía, impotentes unos, cómplices otros, sin que nadie hiciese nada para impedirlo. Parecía imposible continuar, pero logró abrirse camino entre la muchedumbre hasta quedar en primera fila. El corazón le latía con fuerza. Se oyó un estallido, se persignó. La vidriera multicolor de una de las ventanas superiores saltó en pedazos y dio paso a una tremenda humareda negra. El gentío se echó hacia atrás. Varios milicianos entraban y salían. En la puerta, uno le entregaba objetos de valor a otro, que los metía en un saco: un cáliz, un copón, una bandeja de plata, un candelabro de oro. La camioneta que se acercaba con lentitud le resultó familiar. En cuanto se detuvo frente a los espectadores, comprendió por qué: la conducía Mario y junto a él iba Julia.

Adela retrocedió y se ocultó detrás de la gente para mirar sin que la vieran. Se apearon ambos, entraron en la iglesia y salieron enseguida con el párroco, cada uno sujetándolo por un brazo. El hombre se resistía y lo llevaban casi a rastras.

–¡Dios bendito, si es el padre Ignacio! –gritó una señora, que trató de acercarse a la escalinata.

Un miliciano la apuntó con su fusil y exclamó:

–¿Quiere acompañarnos usted también?

Ella frenó sus pasos y enmudeció. Obligaron al cura a subir a la parte de atrás del camión, donde ya había otras personas.

De repente, cuando el conductor y su acompañante estaban a punto de subir al vehículo, Julia vio a su prima. Cruzaron sus miradas durante apenas unas décimas de segundo. Mario arrancó el motor, Julia ocupó el asiento del acompañante y se esfumaron.

Tras refugiarse en la panadería, Adela cerró con llave y se alegró de estar fuera del horario de atención al público. Incapaz de librarse de las escenas presenciadas, que se repetían en su mente, soltó el bolso y se dirigió al baño. Se echó abundante agua en la cara, y al tropezar con su propia imagen en el espejo se asustó. Estaba pálida, tenía ojeras, y sus ojos reflejaban miedo.

Un miedo atroz.

Se lavó, se puso el delantal y preparó la mesa de trabajo. Empezó con las rosquillas, muy aclamadas por su fiel clientela. Sus dedos se sumergían en aquella combinación de harina, huevos, leche, aceite y azúcar dentro del recipiente de cerámica que usaba para tales fines. Se entregaba con ahínco a aquel movimiento y a la sensación placentera de esa textura pegajosa adherida a su piel. Trabajó la mezcla hasta que consiguió que no se le pegara. Luego la dejó reposar y se empleó a fondo con el pan. Hundió las manos en la masa con energía. Le daba la vuelta, metía y sacaba los puños, aplastaba, golpeaba, humedecía aquí, espolvoreaba allá, y su cuerpo entero se estremecía al compás, con un vaivén contundente. Cortaba una porción, le daba forma de panecillo redondo, cortaba otra, le daba forma de panecillo ovalado, y así hasta llenar varias bandejas.

Más tarde, encendió el fogón y puso la sartén al fuego con abundante aceite. Cogió una ración de masa de rosquillas, ya reposada, la convirtió en una bola, tomó otra, hizo lo propio y las pegó, una con otra. Aplastó un poco la mezcla resultante, le hizo un agujero en medio con el dedo y, al echarla en la sartén, comprobó que el aceite aún no estaba en su punto. Entonces se le cayó una bola y la pisó sin querer. Adela se agachó, dispuesta a limpiar el suelo con una bayeta húmeda, pero la mancha aceitosa se resistía a desprenderse. Fue a buscar un cubo y, mientras lo llenaba de agua, un fuerte olor a chamuscado se expandió por la estancia. Corrió a apagar el fuego, renegando, y abrió de par en par para que se ventilara. «Céntrate, Adela, céntrate», se dijo.

¡Si es que no podía quitarse a su prima de la cabeza! No sabía si estaba furiosa o triste. El aplomo, la altivez y la seguridad en sí misma de su Julia le parecieron casi insultantes. Su parecido físico era evidente, siempre se lo decían. Ambas tenían el cabello castaño y ondulado, los ojos grandes y expresivos, de un tono marrón verdoso, con largas pestañas, labios finos, pero bien perfilados. Sin embargo, sus actitudes e indumentarias eran tan diferentes que parecían la noche y el día.

Recordó una de las pocas veces que habían ido juntas a pasear por el parque del Retiro. Los hombres se volvían a su paso sin disimulo para repasarlas de arriba abajo y de abajo arriba, por delante y por detrás, y algún insensato hasta osó piropearlas. Julia se revolvió como una gata salvaje, fue hacia él, le arreó una bofetada y gritó:

−¡Cuidado! ¡Que no todo el monte es orégano!

Pensó en aquella Julia y en la del incidente de la iglesia en llamas. No parecían la misma persona. La primera era su prima, la de siempre; la segunda, una desconocida con mono azul, como de trabajo, con mangas arremangadas por encima de los codos, calzado plano y pañuelo anudado al cuello del mismo color que el gorro, rojo y negro.

Trataba de no juzgarla, pero se sentía decepcionada. Una cosa era promover la culturización del país o defender la igualdad de la mujer y otra el uso de la violencia.

Adela se apartó un mechón de la cara y se dio cuenta de que tenía harina en el pelo. Por unos efímeros instantes su memoria retrocedió quince años en el tiempo. Julia y ella eran dos chiquillas inocentes que jugaban en la trastienda de la panadería de su abuela en lugar de hacer las tareas escolares. Una le echaba agua por encima a la otra; la otra cogía un puñado de harina y se lo tiraba. De vez en cuando, una voz cándida y pausada −«Niñas, portaos bien»− les recordaba que no estaban solas, aunque tan enfrascadas como estaban en su batalla campal les sonaba como un eco lejano y remoto que nada tenía que ver con ellas, que ya arremetían con la compota, el chocolate, el almíbar y la miel. Solo se comportaban así en ausencia de Elvira y Encarna. Nada podía perturbar el talante sosegado de la abuela y las crías lo sabían.

Cuando por fin asomaba doña Adela, con su moño alto, la blusa blanca abotonada hasta arriba, el broche en el cuello y la toquilla gris de punto por encima de los hombros, y las sorprendía rebozadas y pringosas, se llevaba una mano al pecho y exclamaba: «¡Virgen santísima! Pero ¿qué habéis hecho? Mis hijas me van a matar». Su tono era más de tribulación que de enojo. Las crías se quedaban ahí plantadas, la una señalando a la otra, acusándose entre sí: «¡Ha empezado ella!». Entonces la abuela, con una paciencia infinita, las llevaba adentro, las cambiaba de ropa, las lavaba, las peinaba y las perfumaba sin mostrar el más mínimo asomo de ira. Luego limpiaba la mesa, fregaba el suelo y eliminaba cualquier rastro del siniestro.

Adela era la más sentida. Solía dejarse arrastrar por la pillería de Julia, pero, después, los remordimientos la carcomían. «¿Está enojada, abuela?», murmuraba mortificada por la vergüenza. Doña Adela las miraba como quien contempla el más valioso tesoro y sonreía con tanta ternura que le brillaban los ojos. «¿Enojada yo? ¿Porque os comportáis como las criaturas que sois? Válgame el Señor. ¡No! Por supuesto que no». Las abrazaba con fuerza y se las comía a besos.

Cuando regresaban sus madres, Encarna notaba enseguida que la indumentaria no era la misma, pero no decía nada. Les lanzaba una mirada cómplice, acompañada de un guiño. Elvira, entregada a esa verborrea sin fin que lograba que se le fuera el santo al cielo, solía tardar mucho más en descubrir lo sucedido. Si llegaba a darse cuenta y lo expresaba en voz alta («Adelita, hija, ¿yo no te puse hoy el vestido azul celeste?»), Encarna se apresuraba a responder: «¡Tú estás fatal, Elvira! La chiquilla ha llevado el vestido rosa todo el santo día». La mujer se quedaba pensativa un rato con el entrecejo fruncido, como quien trata de resolver un enigma matemático, y al final lanzaba un manotazo al aire en señal de rendición.

Cuando Enrique estaba delante, lo hacían partícipe del delito de inmediato aunque no recordara el atuendo ni por casualidad. Las niñas se reían como locas, con esa risa fácil propia de la felicidad que otorga la inocencia.

Echaba de menos a aquella Julia, a su Julia. No a la otra.

18

Domingo, 26 de julio de 1936

Tengo un retraso. No se lo he dicho a nadie, ni siquiera a Manolita, y eso que a ella se lo cuento todo. Bueno, casi todo. Algunas cosas me las guardo por vergüenza; lo de ahora supongo que me lo callo porque temo que al expresarlo en voz alta se tuerza.

¿Será verdad mi sospecha de que estoy encinta? Hay que reconocer que de ser así no nos pillaría en el mejor momento. En cualquier caso, un hijo siempre es una bendición, es la prueba inequívoca de que la vida se abre camino sean cuales sean las circunstancias. Esta mañana he experimentado las primeras náuseas.

Alberto anda inquieto, muy inquieto. No sé qué trama, pero algo se trae entre manos. Si le pregunto, me dice que no me meta en sus cosas. Antes eso me desesperaba, pero me he acostumbrado.

Martes, 28 de julio de 1936

Ayer mis padres se presentaron en la panadería por sorpresa. Recogí en un santiamén, bajé la persiana y les pedí que subieran conmigo al piso de arriba. Me apetecía estar a solas con ellos. Llamé a Marta para avisar de que no iría a comer, cosa que tampoco le extrañó, pues de un tiempo a esta parte lo hago a menudo. Desde que Alberto anda metido en política, apenas le veo el pelo.

Enseguida me coloqué el delantal y me puse a pelar

patatas. Mi madre quería ayudarme, pero no se lo permití. Aunque ardía en deseos de contarles que iban a ser abuelos, me mordí la lengua. Estuve parloteando sin parar mientras cocinaba, ellos me escuchaban sin abrir la boca. Comí con muchas ganas y todo me resultaba más sabroso que nunca: las aceitunas, el pisto, las patatas, los huevos… Hasta rebañé el plato con un chorrito de aceite y una buena rebanada de pan.

Mis padres me observaban sin dar crédito, creo que nunca me habían visto devorar la comida de esa manera. Y yo sonreía sin poder dejar de pensar: «Ahora tengo que comer por dos».

Íbamos por el postre cuando mi padre preguntó:

—Adelita, hija, ¿tu marido es bueno contigo?

—Alberto es algo gruñón, desde luego, ¡vaya si lo es!, pero sé cómo nadar en sus aguas sin que me arrastre la marea. ¿Entienden lo que quiero decir?

—Claro que sí —afirmó madre, y padre le pasó un brazo por encima del hombro—. ¡Enrique! La niña… —protestó ella abochornada.

—¿Qué niña? Yo solo veo una mujer de los pies a la cabeza —respondió él sin titubeos.

Quité la mesa y preparé café. Noté que estaban relajados y con buen ánimo. Se reían. Yo seguía inmersa en esa extraña dicha que no podía compartir con nadie más que conmigo misma y que me daba una fuerza y una paz increíbles. Puse sobre el mantel la cafetera y una bandeja de dulces y me senté con ellos.

—Tenemos que contarte un par de cosas —dijo padre, mordisqueando una galleta. Aspiré el penetrante olor a café recién hecho y llené las tazas—. Nos trasladamos a Burgos, a casa de tu abuelo —continuó mientras madre subía y bajaba el mentón.

–¿Cuántos días?

–Queremos pasar allí lo que nos queda de vida.

–Lo dice usted como si se fueran a morir mañana, padre –repliqué.

–¿Acaso no sabes que han declarado el estado de guerra?

La sangre se me heló en las venas. Lo sabía, sí, aunque en boca de padre sonó más grave que en mis pensamientos. Él siguió con su discurso, bajo la mirada atenta y cómplice de madre.

–Tu abuelo me hizo prometer en su lecho de muerte que me ocuparía de sus propiedades, que no las vendería. Además, Madrid va a andar muy revuelto, hija. Si nos lo pides, nos quedaremos. Pero eres una mujer casada, tienes un esposo atento, unos suegros influyentes y un negocio próspero. Sabemos que estás en buenas manos. Tu sitio está aquí, nosotros ya hemos cumplido.

Tardé unos segundos en reaccionar. Hice de tripas corazón y dije:

–Váyanse tranquilos. Los visitaré siempre que las circunstancias lo permitan. ¿Por cierto, cómo está doña Aurora?

–Esa es la otra cosa que queríamos contarte. Nos dejó la semana pasada, con casi cien años. Murió en paz, de muerte natural.

La noticia me impactó más de lo esperado.

–Pobre doña Aurora –murmuré.

Me levanté y salí de la cocina, con mi madre detrás.

–Adela.

–No pasa nada, madre, voy a por un pañuelo. Sé que era mayor y es ley de vida, pero le tenía mucho cariño.

Me tiró del brazo y me detuvo antes de entrar en mi dormitorio. Acercó sus labios a mi oído y susurró:

—Hay una enorme mancha roja en la parte trasera de tu falda, ve a cambiarte.

Me di la vuelta bruscamente y el espejo del pasillo confirmó su sentencia. El rodal se expandía sin piedad, haciendo añicos mis ilusiones. Me vine abajo de forma instantánea. La burbuja de felicidad en la que me había refugiado en los últimos días explotó sin dejar el más mínimo rastro. Me encerré en la habitación y, mientras me cambiaba, mis lágrimas brotaron como un manantial. No podía parar de llorar.

Cuando abrí la puerta, abracé a mi madre con fuerza:

—¡Pobre doña Aurora!

—Sabía que te afectaría —dijo la pobre, y correspondió a mi arrebato con ternura, sin sospechar ni de lejos el verdadero motivo de mi congoja—. Llora cuanto necesites, Adelita, desahógate.

Al cabo de un rato me acompañaron a casa y se marcharon.

Jueves, 30 de julio de 1936

Mis padres se han ido a Burgos y siento como si un abismo insalvable se hubiese abierto ante mí. Es extraño, lo sé, porque llevo tiempo sin convivir con ellos, pero saber que no están en Madrid me entristece. La distancia acentúa mi desolación.

Mi marido no es que sea malo, pero tiene un carácter de mil demonios. Ayer llegó a casa de buen humor, cosa rara. Fue amable, incluso, con Carmen y Antonio. Sorprendidos, todos respondieron con gustosa afabilidad a su inesperado comportamiento. Todos menos yo. Y es que el gato escaldado con agua fría se quema. ¿Qué estaría maquinando?

Delante de mis suegros disimulé durante la cena. Bebimos vino. Él me miraba con deseo. Siempre que me mira así me busca después, en cuanto nos metemos en la cama. Jamás me pregunta si a mí me apetece. Y como yo lo que quiero es quedarme embarazada, accedo sin rechistar. Recuerdo conversaciones con Julia y tomo conciencia de que en realidad no sé lo que es el placer. ¿Que si me gusta hacerlo? No lo sé, no me lo planteo. Ni me gusta ni me disgusta, lo que quiero es tener un hijo y supongo que, cuanto más lo hagamos, más posibilidades tendré.

La cuestión es que anoche Alberto se mostró cariñoso. Incluso nos quedamos un rato abrazados después del acto. Entonces soltó la bomba:

—Adela, voy a unirme a las tropas de los nacionales. Mi patria me necesita, no puedo fallarle.

Eso era lo que urdía.

Otra vez el vacío, el sentimiento de soledad. Traté de contenerlas, pero un par de lágrimas traicioneras corrieron por mis mejillas.

—¿Ya estás con tus lloriqueos? Por el amor de Dios, mujer —se quejó.

—¿No entiendes que no lo hago adrede? ¿Por qué eres tan duro conmigo?

Se levantó y empezó a vestirse. Me limpié la cara con las palmas de las manos y no sé de dónde saqué el valor para gritar:

—¡Quédate!

Él siguió vistiéndose, cada vez más indignado.

—¡No voy a quedarme aquí como un cobarde! Voy a alistarme, digas lo que digas.

—Y no haré nada para impedirlo, pero… ¡quédate esta noche! —rogué—. Quédate esta noche, Alberto.

Se detuvo, perplejo, y me miró. Yo estaba desnuda,

sentada en la cama. Se desvistió de nuevo y se metió entre las sábanas. Exhaló un profundo suspiro y sus ojos se dirigieron al techo. Parecía vulnerable. ¿Estaba asustado?

Me volví hacia él temerosa, dubitativa. Apoyé la cabeza sobre su hombro y la mano sobre su pecho. Alberto respondió con una leve caricia. Permanecimos mucho rato así, en silencio, hasta que nos venció el sueño.

19

Madrid, 22 de agosto de 1936

Ensimismada en sus pensamientos, Adela hundía las manos en la masa y suspiraba. Se oyeron tres golpes secos y rápidos. Los ignoró. Continuó con su balanceo, con ese baile sin nombre inventado por ella cada vez que amasaba el pan. Los golpes se repitieron. «Qué pesada es la gente. ¿Acaso no ven el cartel de CERRADO?». Entonces encaminó sus pasos hasta la entrada y la vio.

—¡Tía Encarna, qué alegría! Pase usted, pase.

La mujer cruzó el umbral, Adela cerró y se fundieron en un abrazo largo y emotivo.

—¿Estás bien, mi niña?

—No, no lo estoy, ¿y usted?

Se hizo un silencio. Sobrina y tía se miraron a los ojos y vieron en ellos tanta pesadumbre, tanta fatiga, que sobraron las palabras.

—¿Has oído algo acerca de Julia? —preguntó Encarna con evidente ansiedad.

—Más de lo que me gustaría…

—Es igual, no me lo cuentes, no quiero saberlo.

Alguien volvió a aporrear la puerta de la panadería con insistencia. La chica suspiró y fue a abrir. Era su prima, que entró dando grandes zancadas y con cara de pocos amigos. Adela cerró lo más rápido que pudo.

—¿Has perdido la cabeza? —gritó—. ¿Cómo te presentas aquí con esas pintas? ¡Tengo una clientela selecta y lo sabes!

–He visto a mi madre y me han dicho que anda buscándome –dijo, elevando el tono.

–¡Basta! –gritó Encarna

Formaban un triángulo, las tres en pie. Se quedaron calladas durante unos segundos e intercambiaron miradas desafiantes.

–La guerra está ahí fuera, no aquí dentro, ¡no mientras yo pueda evitarlo! Basta, por Dios –siguió diciendo Encarna.

Llevaba un libro apretado contra su pecho, aunque no les extrañó, era lo habitual en ella, sobre todo cuando viajaba en tranvía o metro.

–¿Estás volviendo a leer *Romancero gitano*? –inquirió Julia, ya más calmada, al reparar en la portada de aquel ejemplar que Encarna acariciaba con una expresión de melancolía indescifrable.

–¿Es el que le firmó el poeta aquel día, después del teatro? –preguntó Adela, alargando la mano.

–Sí.

Se lo entregó. La chica levantó la tapa con delicadeza, sabía que su tía lo consideraba una joya.

–¿Qué sucede, madre?

–Ha muerto –murmuró con voz trémula.

–¿Cómo que ha muerto? –Julia dio un respingo y enarcó las cejas.

–Lo han matado. Por eso te buscaba, para decírtelo. Han matado a Federico.

–¿Es eso cierto, tía? –La palidez de Adela se acentuó–. ¿Quién querría hacerle daño a alguien tan jovial, tan campechano?

–Yo jamás bromearía con algo así, mi niña. Además de un gran poeta, era un hombre entrañable, alegre y desenfadado.

Julia se había quedado sin palabras, los ojos tan redondos como si no tuvieran párpados. La boca tan abierta como si se le hubiese desencajado la mandíbula.

—Pero ¿por causas políticas? —quiso saber Adela.

—En parte. O al menos esa es una de las excusas que se han sacado de la manga, porque lo cierto es que no estaba afiliado a ningún partido; si alguien le preguntaba por sus intereses en ese aspecto, respondía entre risas que se consideraba católico, comunista, anarquista, libertario, tradicionalista y monárquico. No creía en las fronteras políticas. Se sentía español, pero antes que eso «hombre del mundo y hermano de todos».

—Pero ¿cómo que lo han matado? ¿Y tú cómo lo sabes? ¿Acaso lo han dicho en las noticias? —Julia salió de su letargo transitorio disparando metralla.

—¡No! La prensa no se ha pronunciado aún al respecto. Se lo contaron ayer a Severiano.

—¿Que se lo contaron? ¿Quién se lo contó?

—Alguien.

—¿Alguien? ¡No es verdad! ¿Quién? No. ¡No puede ser!

—Ojalá fuese mentira, hija, pero el que se lo dijo es un buen amigo, una persona de su confianza que además se movía en los mismos círculos intelectuales que el dramaturgo.

Adela miró a su tía y luego a su prima; después a su tía otra vez y de nuevo a su prima, sin saber qué decir.

—¿Cómo ha sido? ¿Qué ha ocurrido? —inquirió Julia nerviosa y al borde del llanto.

—¿Que qué ha ocurrido? ¡Que lo han fusilado! Que nos han arrebatado a un genio de las letras, a nuestro mejor poeta. ¿Y todo por qué? ¡Por culpa de esta maldita guerra horrible!

—¡Revolución!

—Llámalo como quieras, pero están matando a gente —replicó su madre.

Julia la observó furiosa y se dirigió a la puerta, pero se dio la vuelta y se acercó a ellas de nuevo.

—Adela, vamos a tener que pasar algún tiempo sin vernos, ¿de acuerdo, prima? Cuídate. —La abrazó, y luego a Encarna—. Adiós, madre. Te quiero. ¡Os quiero!

—¡Julia, no te vayas así! —gritó a su hija mientras trataba de agarrarla del brazo, pero se le escapó.

Salió corriendo como un potro desbocado y propinó un buen portazo al salir.

La mujer se desparramó sobre una silla, llorando. Adela se sentó a su lado, le cogió una mano y la apretó entre las suyas.

Federico García Lorca fue detenido el 16 de agosto de 1936 y dos días después le hicieron el «paseíllo». ¿De qué se le acusaba? De «prácticas de homosexuales y aberración», entre otros supuestos delitos. Tenía treinta y ocho años. Lo asesinaron en su querida Granada, junto a un olivo. Acababa de dar por finalizada su obra *La casa de Bernarda Alba*, aunque dejó otro par a medio escribir y quién sabe cuántas más sin concebir.

Así perdió el mundo a uno de los mayores poetas y dramaturgos del siglo XX, sin que a ninguno de los culpables le temblase la mano o se le cayera la cara de vergüenza. Una muerte absurda entre los miles de muertes absurdas provocadas por la guerra.

—Tía, ¿usted a favor de quién está? ¿De los republicanos o de los otros? Porque yo ando perdida y no entiendo nada de política, pero tengo gente a la que quiero en ambos bandos.

Recuperada la serenidad a duras penas, Encarna se secó las lágrimas y esbozó un amago de sonrisa.

—A favor de la vida. A favor de la paz. A favor de las personas inocentes y puras como tú, Adela. El odio solo puede provocar más odio. La violencia solo puede generar más violencia. Detesto la guerra y todo lo que representa.

Se abrazaron en silencio. No hacía falta añadir nada más.

TERCERA PARTE

20

Íngrid

Quería a Trudy y cuidarla en unos momentos tan delicados suponía un privilegio, la oportunidad única de devolverle una pequeña parte de lo mucho que ella había hecho por mí. No obstante, me sentía a ratos como una monja de clausura a la que prohibían todo contacto con el exterior. Por eso, y aunque apenas nos dirigíamos la palabra, cuando mi madre me dio la opción de tomarme aquella tarde entera libre me sentí como un convicto al que le han perdonado la perpetua.

Me puse una de las faldas que tanto fascinaban a mi abuela: de cintura baja, mostrando el ombligo, largura desigual y confeccionada con retales de las más variadas tonalidades. Le recordaba a los tiempos de Ibiza. En cuanto me veía de esa guisa, la mente de Trudy retrocedía a la época *hippie*. Aquel estallido de luz, alegría y pies descalzos, las coloridas flores que adornaban las diademas y los ropajes de las chicas, el cabello largo y las barbas descuidadas de los chicos. Se le iluminaba la cara rememorándolo. Y es que mi *look* solía inspirarse en una mezcla de etnias indias y mexicanas, entre otras. Lo culminé con una blusa lila corta, de mangas amplias, mis brazaletes, pendientes largos y sandalias planas. Me dejé el pelo suelto, aunque hacía bastante calor.

–Mírate –exclamó Trudy, esbozando una gran sonrisa, cuando aparecí en el salón–, ¡estás preciosa!

–¡Exagerada! –Me incliné para besarla–. Pero gracias.

Mamá, que era clásica hasta el aburrimiento, me miró sin decir nada. Yo sabía que no le entusiasmaba mi estilo. A ella no la besé, sino que la saludé con un cabeceo y salí. Me dirigí hacia la plaza de España para coger la línea verde. Llevaba años sin subirme al metro de Barcelona y estaba ilusionada. Además, iba a volver a ver a tres de mis mejores amigos. Con el resto había perdido bastante el contacto.

Me apeé en Fontana y decidí callejear. Penetré en aquel laberinto de asfalto y observé que casi todo seguía como siempre, sin apenas cambios, al menos en apariencia. Los pequeños comercios, los bares. Pasé por la plaza del Diamante y luego recorrí Torrent de l'Olla, mi calle durante los años previos a México. Después de merodear por aquí y por allá fui a parar a la plaza del Raspall, donde había quedado con mis antiguos compañeros de piso: Álex, Dani y Azahara.

La primera a la que vislumbré fue Azahara. Imposible no verla, con su altura de vértigo, a la que había que sumar los tacones. La reconocí porque, aunque estaba de espaldas, la había seguido en las redes y había visto miles de fotos suyas, pero su transformación era impactante. Caminé a su encuentro, conmovida, consciente de que ella aún no se había percatado de mi presencia. Álex y Dani sí, pero se hicieron los despistados. De repente, se volvió y se le abrieron los ojos como platos.

–¡Amiga! –gritó a todo pulmón.

Corrió hacia mí y nos fundimos en un abrazo intenso, dando vueltas y saltitos entre lágrimas y chillidos. Demasiada emoción contenida durante tanto tanto tiempo. Cuando nos despegamos, la miré de arriba abajo con los brazos abiertos, enseñando las palmas, incapaz de ocultar mi asombro.

–Estás guapísima, tía, me cuesta reconocerte. ¡Estás impresionante!

–Lo sé –asintió con evidente orgullo–. Toca, toca. –Me cogió las manos y las puso sobre sus pechos, turgentes y generosos. Los palpé sin aprensión.

–¡Guau! Son preciosas, te han quedado divinas.

–Podríais iros a un hotel, ¿no? –dijo Álex, acercándose–. Porque por lo que se ve, aquí este y yo sobramos.

Señaló a Dani.

–¡Eyyyyy! –Les di dos besos a cada uno–. ¡No os pongáis celosos, que a vosotros también os quiero!

Luego nos abrazamos los cuatro.

Sí, era cierto que a Azahara le tenía un afecto especial. Y es que cuando la conocí no se llamaba Azahara –pero no seré yo quien revele su *deadname*– y se identificaba como un chico gay que no acababa de sentirse cómodo en su piel. Intuía que alguna pieza no encajaba. Confiaba mucho en mí, nos lo contábamos todo, pero yo no sabía cómo ayudarlo. Busqué información sobre espacios LGTBI+ y empezamos a asistir a asambleas informativas. En esas reuniones conocimos a Álex y Dani, que ya eran pareja, y establecimos con ellos un vínculo tan estrecho que decidimos compartir vivienda los cuatro en el barrio de Gracia. Por primera vez oímos hablar de la existencia de géneros no binarios y se nos encendió una luz en el cerebro. Yo, por ejemplo, sabía que era una chica a la que le gustaban las chicas. A Azahara le atraían los chicos, pero no se ajustaba a la etiqueta de «hombre». Sus dudas no tenían que ver con la orientación sexual, sino con el género, con el no sentirse ni hombre ni mujer.

Empezó a aceptar la posibilidad de que su identidad fuese un tanto por ciento masculina y otro tanto por ciento femenina. A medida que maduraba y crecía, cada vez se sentía menos «él» y más «ella». Hasta que comprendió lo que realmente era y había sido siempre: una mujer trans. Me hubiese encantado acompañar a mi amiga en el proceso, pero sucedió mientras yo vivía mi aventura mexicana, aunque jamás perdimos el contacto y ella me lo fue explicando sobre la marcha a través de mensajes y videollamadas.

Ocupamos una mesa y enseguida nos sirvieron las birras y las bravas que le habíamos pedido al camarero. ¡Había tanto que contar!

—Disculpad —les dije a Dani y a Álex—, pero es que su cambio es tan brutal —señalé a Azahara— que sigo en *shock*.

—Lo entendemos, amor —aclaró Dani y me cogió por la muñeca en un gesto cariñoso—. Nos pasa a nosotros y eso que hemos vivido su transición paso a paso.

La aludida sonrió, regodeándose, con un ligero movimiento de cabeza. Llevaba extensiones en el pelo teñido de negro, que se había recogido en una hermosa cola de caballo. Tenía los codos apoyados sobre la mesa y de sus dedos entrelazados sobresalían unas uñas rojas de largura imposible. Todo en ella brillaba: el top de lentejuelas, el rímel de las pestañas, el carmín de los labios, el tono plateado de sus sandalias con plataformas. Llamaba la atención desde cincuenta metros a la redonda.

—Tú también estás preciosa, Íngrid —sentenció Azahara—. México te sienta muy bien, amiga. ¡Cuéntanos! ¿Qué es de tu vida? ¿No te has traído a Clara?

—No, qué va, ¡ojalá! Fue todo tan precipitado… Además, confío en poder volver dentro de unas cuantas semanas si Trudy sigue evolucionando como lo ha hecho hasta ahora. Aunque dejarla me partirá el corazón.

—Nunca he entendido esa manía tuya de llamarla Trudy —intervino Dani, arqueando las cejas.

Era el mayor de los cuatro y el más sensato. Cabello liso, no muy corto, entrecano, como la barba. Su atuendo delataba que no perdía tiempo en elegir qué ropa ponerse. Un tejano desgastado y cualquier camiseta le servían.

—Porque es tan coqueta que no quiere que nadie sepa que tiene edad suficiente para ser su abuela —apostilló Álex, que lucía una camiseta negra de rejilla con mangas a la sisa.

Era más joven, alto y estilizado que Dani, cuidaba su aspecto y, si algo le sacaba de quicio de su novio, era que fuese tan pasota a la hora de vestir.

—¡Así seré yo! —confirmó Azahara—. ¡Amo a esa mujer! Soy su fan número uno. —Se golpeó el pecho con la mano derecha.

—¿Cómo te va con las hormonas? Ya llevas más de un año, ¿no?

—Sí. Las que tomo ahora se ajustan bastante a mis necesidades, pero no ha sido fácil encontrar el equilibrio.

—Y qué pasada de tetas, chica.

—¡Ay, cariño! No puedo estar más feliz con esto. —Magreó su propio busto. Álex, Dani y yo no pudimos reprimir las carcajadas—. ¡Luego te las enseño! Son una obra de arte. El dinero mejor invertido de mi vida.

—¿No es irónico que la Seguridad Social cubra los gastos de las mastectomías en hombres trans, pero no las mamoplastias de aumento en mujeres trans? —intervino Dani, poniendo el dedo en la llaga, como solía hacer.

—No me hagas hablar, ya sabes lo que opino.

Le clavé una mirada casi tan inquisidora como la de Azahara.

—En esta sociedad, si alguien quiere ser hombre todo son facilidades —concluyó ella, poniendo mucho énfasis en la palabra «hombre».

—¿Y sigues presentándote a *castings*?

–¡Por supuesto! La duda ofende, guapa.

Azahara soñaba con ser actriz. Se le daba bien cantar, bailar y las artes escénicas en general. Organizaba *performances* creadas por ella misma y de vez en cuando participaba en espectáculos de *drag queens* tan maravillosos que te cortaban la respiración. Sé que algún día mi reina llegará lejos, muy lejos. Dani y Álex eran más convencionales, por así decirlo. El primero enfermero y el segundo auxiliar. Se conocieron en el hospital en el que ambos trabajaban. De vez en cuando incluso dejaban entrever posibles planes de boda, «en un futuro», añadían, para restarle importancia.

Como era de esperar, el tiempo voló. Después de las primeras birras llegaron las segundas y las terceras. Los pinchos de tortilla, las croquetas. Medio bocata para ti, medio para mí. Y después los cigarros.

Azahara ocupó el centro de atención durante horas. Álex y Dani esperaban su turno impacientes y, cuando me dieron por fin el notición –iban a adoptar y ya habían iniciado el proceso–, me quedé de piedra. Tiempo atrás habíamos acariciado la idea de tener hijos biológicos juntos y compartir las respectivas custodias cuando yo tuviera pareja estable. Pero eso fue antes de que México y Clara se cruzaran en mi camino.

–Está sonando un móvil –insinuó Alex.

«Bueno, ¿y a mí qué?», pensé y me eché a reír. Todo me resultaba divertidísimo y me provocaba una risa floja incontrolable. Me olvidé del mundo. Me olvidé de Trudy. Pero, sobre todo y muy especialmente, me olvidé de mi madre, que me había pedido que no regresara tarde porque al día siguiente debía madrugar y si no descansaba no era nadie.

–¡Coño, Íngrid, coge el puto móvil de una vez, que no para de sonar! –insistió Dani.

–Ah, pero ¿es el mío?

Me hice la sorprendida.

–¡Sííí! –respondieron las tres voces al unísono.

Obedecí de mala gana. Abrí el bolso con parsimonia y, cuando lo encontré, había dejado de sonar. Comprobé el registro de llamadas perdidas y tenía como un millón. Todas de mi madre. La llamé y me limité a escuchar sus gritos y a asentir. No había pasado nada, pero tenía que irse y le sabía mal dejar a Trudy sola, que ya dormía, y bla, bla, bla.

Pedí un taxi y mientras lo esperaba nos achuchamos los cuatro, con lágrimas y promesas de volver a vernos antes de mi regreso a México.

Me apeé y vi que mamá estaba esperándome detrás de la verja, con esa característica expresión de *bulldog* que se le pone cuando su cabreo alcanza niveles máximos. Traté de esquivarla e ir hacia la entrada, pero me frenó el paso.

–Te pedí claramente y como un favor especial que volvieras antes de las doce –espetó, recalcando el «claramente».

–¡Ah, bueno! O sea que yo soy Cenicienta y tú la madrastra, ¿no? –me burlé–. Pues no he perdido ningún zapatito –solté en tono irónico, con el rostro muy cerca del suyo–. ¡Qué lástima! Ahora ningún príncipe de este reino vendrá a rescatarme.

–Eres increíble, Íngrid. No has cambiado nada de nada. ¡Sigues siendo la misma niña caprichosa, engreída y egoísta de siempre! –dijo, señalándome con el índice derecho y con la voz temblorosa.

–Déjame entrar, ¿quieres? Necesito ir al baño.

–No hagas ruido.

Se apartó y accedí al interior, pero sabía que la cosa no iba a quedar ahí. Nos teníamos demasiadas ganas. Antes de entrar en el baño miré a Trudy, que estaba echada de costado en la cama, de espaldas a mi madre. Tenía un dedo en los labios y abrió los ojos por un segundo para que supiera que estaba despierta, pero prefería hacerse la dormida. Cuando salí del aseo, mamá continuaba allí, al pie de la escalera, esperándome.

—¿No tenías tanta prisa? —murmuré.

—Ahora ya me da igual.

Empecé a subir los peldaños. Me siguió hasta el dormitorio, entró detrás de mí y cerró a sus espaldas.

—¿Tanto te cuesta comprender que cuando estás a gusto con alguien se pasan las horas volando y pierdes la noción del tiempo? —le pregunté—. Hacía mil años que no veía a mis amigas.

—Si lo entiendo, pero…

—¡No! ¡No entiendes nada! No ves más allá de tu propio ombligo. ¿Sabes qué? Eres tú la que no ha cambiado. Eres tú la que se ha quedado atascada en el pasado, atrapada en un bucle del que eres incapaz de salir, Lucía.

—Te he dicho mil veces que no me llames Lucía. Soy tu madre, Íngrid. ¡Tu madre! ¡La única que tienes!

—¡Por desgracia!

Me había quedado erguida junto a la puerta, con los brazos cruzados y las piernas separadas. Ella deambulaba por la habitación sin mirarme, como si no hablara conmigo, atrapada en su propio monólogo.

—Y mañana tengo…

—Un juicio. ¡Cómo no! Y si no es un maldito juicio es una reunión urgente con los socios del gabinete. O revisar los informes de un caso superimportante. Conozco todas tus excusas.

—Es mi profesión —sentenció.

—No, Lucía, no. Es tu excusa para no vivir. Es tu excusa para fustigarte, para castigarte por lo que ocurrió.

Se detuvo en seco y me miró.

–¿Qué insinúas?

–No insinúo, afirmo. Tú eres la responsable. ¡Tú y solo tú tienes la culpa de que papá no esté con nosotras y lo sabes! Por eso te refugias en el trabajo. Es tu manera de canalizar la pena, la ira, la rabia contra ti misma y contra el mundo.

–¡Cómo puedes ser tan cruel! –exclamó con el rostro enrojecido y los puños apretados–. ¡Tu padre lo era todo para mí! Lo que sucedió fue una tremenda desgracia y es absurdo buscar culpables.

–Tú eres la culpable. –Me fui hacia ella, furibunda–. ¡Tú eres la culpable! ¡Tú eres la culpable! –Retrocedió y cayó sentada sobre la cama. Yo también debía de estar colorada, porque el calor que percibía en mi cara era insoportable–. ¡Fuiste tú! ¡Tú lo mataste!

–¡Cállate! ¡Cállate! ¡Cállate! –gritó, tapándose los oídos con las manos.

–¡Tú lo mataste! –repetí.

Se incorporó de un salto y me propinó una bofetada que nos dejó a ambas mudas y paralizadas.

Al cabo de unos segundos, salió del cuarto y cerró dando un portazo. Yo caí de rodillas al suelo y estallé en llanto. Lloré como hacía años. Lloré durante horas. Lloré hasta que se me agotaron todas las lágrimas y se me secó el alma pensando en mi padre.

«Papá, papá. ¿Por qué, papá?».

21

Aquella mañana, doña Marta decidió zanjar el asunto de Rodrigo de una vez por todas. Se presentó en la empresa de su marido con la esperanza de que, al estar fuera de casa, y en presencia de testigos, le hiciera más caso. Aunque la única posible testigo le había servido de poco, por no decir de nada. Se trataba de Inés, la secretaria, que aporreaba las teclas de la Olivetti con rapidez y eficacia. Muy tiesa, con la espalda recta, sin apoyarse en el respaldo de la silla. La chaqueta de punto echada sobre los hombros, porque las paredes desnudas de aquella oficina no mitigaban el frescor del otoño. Las piernas juntas, inclinadas hacia un lado y cruzadas a la altura de los tobillos, prisioneras de una falda de tubo blanca que le cortaba la circulación. Los pies menudos, acostumbrados al sacrificio, eran rehenes de unos zapatos negros de charol cuyos tacones desafiaban cualquier teoría del equilibrio.

—Doña Marta, me alegro de verla —dijo, tras dar por terminado el escrito y levantar la vista—. ¿Aviso a don Ricardo?

—Si eres tan amable.

—Por supuesto. —Extrajo la hoja y retiró la silla—. Sígame.

Encaminó su contoneo hasta el despacho seguida de Marta, que iba preguntándose si su marido ya se habría acostado con ella. Era joven y hermosa. Golpeó con los nudillos justo debajo del rótulo en el que rezaba:

CONSTRUCCIONES ARANDA, S. A.
DON RICARDO ARANDA
DIRECTOR

Pegó la oreja a la puerta, pero no obtuvo respuesta y se quedó pensativa durante un instante, como si estuviera sopesando la posibilidad de abrirla. A Marta no le extrañó su actitud, con su marido nunca se sabía. Tenía tantas posibilidades de ser amonestada por haber entrado sin aviso previo como de recibir una reprimenda monumental por no atreverse a entrar sin permiso. Después de unos minutos de indecisión turbadora, empujó con suavidad y asomó la cabeza para tantear el terreno. El director tenía la suya entre las manos y los codos apoyados sobre la mesa, con los ojos cerrados, la frente arrugada y el entrecejo fruncido.

—Discúlpeme, don Ricardo. ¿Se puede? Su mujer está aquí.

—Dile que pase.

Se enderezó con desgana y las miró. Ambas entraron.

—Tenga —Inés le entregó la hoja que acababa de mecanografiar—, la carta que me pidió.

—Estupendo, ahora la reviso. Puedes irte.

—Gracias, don Ricardo. Ha sido un placer, doña Marta.

—Lo mismo digo, buen fin de semana.

La secretaria salió y cerró la puerta. Marta se sentó delante de su marido.

—¿Te encuentras bien?

—Sí, tranquila. —Cerró el libro de cuentas y parpadeó varias veces seguidas—. Es el maldito insomnio, apenas pego ojo. ¿Quieres una copa?

—De acuerdo.

Ricardo llevaba años sin descansar. Cuatro, para ser

exactos. Por un lado, el orgullo lo mantenía alejado de su hijo Rodrigo, al que no había perdonado su desliz con la sirvienta; por otro, el sentimiento de culpa que arrastraba desde entonces le amargaba la vida. Además, no conocía a su nieta.

Su mujer había tratado de convencerlo de que ya era hora de enterrar el hacha de guerra. Lo había intentado de todas las maneras habidas y por haber, pero, con cada nueva tentativa, la discusión en la que se enzarzaban superaba a la anterior. Marta había aflojado, pero nunca cejó en su empeño del todo. Conocía bien a su marido y sabía que estaba cubierto de capas, muchas capas, tal vez demasiadas. Pero, si alguien se tomaba la molestia de despojarlo de ellas, una por una, al final encontraba un corazón.

Eso no era lo único que le quitaba el sueño. Al asunto de Rodrigo con la criada había que sumarle otros, como que Construcciones Aranda agonizaba sin remedio –y Marta lo sabía, aunque él creyera que no– o que quienes se habían llenado la boca con promesas de restablecer el orden en España en dos días habían fracasado estrepitosamente.

Estaban en guerra. El país se iba a pique y su empresa también.

Desde hacía unos meses, Aranda se mostraba más meditativo que de costumbre, como si estuviera lavando su conciencia. Filosofaba, reflexionaba. Se cuestionaba si había vivido la vida como pensaba que iba a vivirla. Se sentía viejo y cansado. Algunas noches, Marta se despertaba de repente y se daba cuenta de que la había estado mirando mientras dormía. Lo de Rodrigo le provocaba remordimientos. ¿Y entonces? ¿Por qué no lo perdonaba de una vez y para siempre? ¿Por testarudez? ¿Para no mostrarse débil? ¿Para no doblegarse ante los suyos?

Saltaba a la vista que no podía más. Demasiados frentes abiertos. Se preparó una copa de anís, le sirvió otra a su mujer y se plantó delante de la ventana. Ella se le acercó, miró hacia abajo y vio a Inés salir a la calle.

–¿Estás con ella?

–¿Con Inés? Por supuesto que no, mujer. Tiene novio, ¿lo ves? Ha venido a buscarla, como cada día.

Marta se fijó en la muchacha. Observó su forma de caminar, con pasos gráciles y cortos, marcados por la estrechez de la falda; la risa nerviosa, el gesto impaciente por ver a su prometido. Un beso en la mejilla y colgarse de su brazo para emprender su paseo diario, planificando la boda, o tal vez posponiéndola hasta que él regresara del frente. Se preguntó a cuántas muchachas como Inés habría engatusado con su verborrea de galán de cine, a cuántas les habría roto el corazón después de entretenerse con ellas algún tiempo, el tiempo necesario y suficiente para que se dieran cuenta de que nunca iba a dejar a su esposa. Ella era la única, la verdadera, la intocable, la legítima.

Apuró hasta el último sorbo de alcohol.

–Necesito que me escuches, Ricardo.

–Que sí, Marta, que sí.

–¿Que sí qué?

–Hoy es el día. Voy a acercarte a casa. Luego iré a conocer a mi nieta y a pedirles a mi hijo y a su mujer que vuelvan con nosotros. El futuro es incierto. Hasta yo alcanzo a comprender lo absurdo de seguir aferrado a este orgullo.

–¿Me estás tomando el pelo?

–¿Tengo aspecto de estar bromeando?

Un brillo inesperado iluminó el semblante de Marta, como si hubiese rejuvenecido diez años de forma instantánea. Lo abrazó y se apretó contra su cuerpo, sin que él opusiera resistencia alguna.

–¿Quieres que te acompañe? Para allanar el terreno.

–No. Déjame hacerlo a mi manera.

Cogió la gabardina y el maletín y salió con las llaves en la mano y su mujer cogida del brazo. Dentro del vehículo intercambiaron varias miradas. Ricardo se sacó la cartera del bolsillo interior de la chaqueta de tela, extrajo una tarjeta y leyó la dirección. Ella sabía que a su marido le avergonzaba que Rodrigo viviera en Getafe. ¡Su hijo, el doctor Aranda, en Getafe! Días atrás había habido bombardeos muy cerca de su vivienda. En esa ocasión se habían librado, pero la zona seguía bajo amenaza.

Marta le había pedido que fuese razonable. Que esta vez iba en serio, no se trataba de exageraciones, el riesgo era real. Que habían evacuado escuelas y edificios. Que las vidas de Manuela, Rodrigo y Manolita corrían peligro. Que en su mansión del barrio de Salamanca todos juntos vivirían más seguros. Don Ricardo Aranda, empresario, directivo, marido, padre y abuelo, se había mantenido en sus trece con una terquedad inamovible, con una tozudez que rayaba en lo patético. Sin embargo, estas últimas palabras de su esposa, al parecer, habían atravesado las capas. Habían penetrado a través de su epidermis, de su carne y de sus huesos. Es lo que tenía Marta. Calaba hondo, muy hondo, y el recuerdo de su voz se repetía como una tortuosa letanía.

Mientras conducía erguido y tenso, ella atisbaba cada uno de sus movimientos en silencio, conteniendo las lágrimas. Lo besó antes de apearse y observó cómo se alejaba.

Cuando se lo contó a su nuera más tarde, en el salón de costura, esta se mostró escéptica.

–¿Que el testarudo de mi suegro ha dado su brazo a torcer? No me lo creo.

–Que sí. ¡De verdad!

Adela se levantó de un salto, se acercó a su suegra, la miró a los ojos y supo que no mentía.

—No veo el momento de tener a Manuela correteando por aquí —dijo después de abrazarla.

—Ni yo.

Ambas suspiraron.

Doña Marta se inclinó sobre la mesa y colocó el patrón encima de la tela, clavó alfileres por el borde del papel, tantos como fueron precisos para que quedase bien sujeto, y dibujó el contorno con el jaboncillo. Cogió la libreta, estudió el boceto y, haciendo uso de la cinta que le colgaba del cuello, se cercioró de que las medidas coincidieran con las que tenía anotadas.

—Perdonen que las moleste.

Carmen se asomó a través de la puerta entreabierta.

—Tú nunca molestas, mujer. Anda, pasa —invitó la señora.

—¡No me diga que le va a hacer otro vestido a la chiquilla! La criada tocó la tela, con una sonrisa capaz de obrar prodigios en la rudeza de su semblante.

—Si no la consentimos nosotras, ¿quién lo va a hacer? —Marta se apartó un mechón de cabello y se lo remetió detrás de la oreja—. ¿Te gusta? —dijo, mostrándole el cuaderno con el diseño.

—¡Qué cosa más bonita! Qué manos tiene usted, Dios la bendiga.

Apoyó la cara sobre la palma y el codo derecho sobre la palma izquierda mientras contemplaba el dibujo y se mordía el labio inferior, meneando la cabeza a un lado y a otro.

—¿Me ayudarás a coser?

—¡Faltaría más! Eso no tiene usted ni que preguntarlo.

—Bueno, ¿qué has venido a decirme?

—¡Ah, sí! Voy a ir a comprar, por si quiere que aproveche para hacer otro recado o necesita algo concreto.

–No, no te preocupes, trae lo de siempre.

Carmen salió del cuarto y cerró a su espalda. Marta se concentró de nuevo en su quehacer mientras Adela zurcía unos calcetines. Las dos sonreían.

A pesar de la crispación que habían padecido en las últimas semanas, en ese instante se sentían felices. La joven sabía que esa habitación representaba para Marta lo mismo que para ella la panadería. Era su refugio, siempre lo había sido. Su cueva, su guarida. Entre patrones, hilos y agujas hallaba la paz que cada vez le resultaba más difícil encontrar, no solo a ella, sino a España entera. El mundo se tambaleaba y Marta diseñaba modelos de alta costura y los confeccionaba; el país se desmoronaba y Adela amasaba pan y elaboraba rosquillas.

Desenganchó los patrones, cortó con delicadeza las piezas marcadas y se sentó en su sillón con los trozos de tela sobre el regazo y la cesta de la costura al lado. Cruzó las piernas, enhebró la aguja con hilo blanco, se colocó el dedal en el dedo corazón y empezó a hilvanar ante la tierna mirada de Adela, que no se quitaba a Manuela de la cabeza. La imagen de la chiquilla regañando a Pepo por no terminarse la sopa invisible que le daba cucharada a cucharada le arrancó varias carcajadas. ¡Entraban ganas de comérsela a besos!

Cuando Carmen regresó, Marta había perdido la noción del tiempo y no sabía si habían transcurrido minutos u horas. Continuaba con su labor y su rostro desprendía una expresión distinta, relajada, serena, como si se hubiese reconciliado con ella misma.

–Señora… –Apenas le salía la voz.

–Dime –dijo sin levantar la mirada.

Adela tuvo un pálpito, pero no reaccionó.

–Señora… –Se acercó y la tocó.

En esas décimas de segundo que duró el contacto, Marta intuyó algo. Dejó las manos quietas, rígidas. Estiró el cuello, alzó la vista con lentitud y la clavó en los dedos que le rozaban el hombro, primero, y en el espectro que tenía delante, después. El cutis de Carmen se había tornado traslúcido, carente de cualquier vestigio de vida, como si se le hubiese ido toda la sangre a los pies. Marta soltó la costura y saltó del sillón con tanto impulso como si se le hubiese salido un muelle. Adela la imitó.

—¿Qué sucede, Carmen? —La zarandeó con todas sus fuerzas.

—No puedo, no puedo… —Se le pusieron los ojos en blanco y se le aflojó la musculatura.

Marta logró sujetarla a tiempo para que cayera en el sillón y no en la alfombra.

—¡Carmen! ¡Carmen! —Le dio palmadas en la cara, pero no reaccionaba—. ¡Adela, avisa a Antonio! ¡Y trae el Agua del Carmen!

La joven obedeció de inmediato. Recorrió el largo pasillo corriendo, se dirigió a la cocina y salió al jardín por la puerta trasera. El jardinero cargaba dos maceteros grandes de cerámica. Iba silbando y, aunque se movía con parsimonia, trastabilló al oír los gritos.

—¡Antonio, Antonio! —El hombre se detuvo en seco y la miró—. ¡Carmen se ha desmayado, no sabemos qué le pasa!

—¿Mi Carmen? ¡Voy!

Dejó caer las macetas en el suelo, se quitó los guantes y entró.

En la cocina, Adela empezó a abrir y cerrar las portezuelas y los cajones de la alacena de forma brusca y compulsiva ante la mirada atónita de Antonio, que estaba como en trance y no sabía qué hacer ni entendía qué hacía ella. Cuando dio con el frasco de Agua del Carmen, se lo entregó. Después cogió un vaso y lo llenó con agua del grifo.

–¡Vamos! Está en el taller de costura.

Antonio era un hombre rudo y de pocas palabras. Carmen era lo único que le quedaba en el mundo. Eso decía desde que la niña había hecho la trastada que había hecho. «Otro cabezota incapaz de perdonar», pensó Adela. Y este peor, porque Ricardo al menos le buscaba la lógica a las cosas, las analizaba, colocaba en una balanza los pros y los contras, razonaba, discurría. Antonio era visceral. Cuando él decía que «no» era que «no» y de ahí no lo sacaba nadie. Preguntarle «Pero ¿por qué no?» solo servía para obtener un «Porque no» o un «Porque lo digo yo y punto». Así era Antonio, terco como una mula.

Carmen seguía en el sillón, hecha un guiñapo, y Marta la abanicaba con una revista. Tenía la cabeza echada hacia atrás, los carrillos pálidos, los brazos inertes colgando a los lados y las piernas desparramadas, abiertas. Sin pensárselo dos veces, Adela le lanzó el contenido del vaso sobre la cara y la mujer volvió en sí, sobresaltada, tosiendo.

–¿Qué ha pasado? –dijo, mirando a su marido, sorprendida.

Él seguía mudo, sin saber qué decir, sin saber qué hacer.

–Que te has desmayado, Carmen, ¿no lo recuerdas?

–Tenga, señora. –Antonio le dio el Agua del Carmen, Marta desenroscó el tapón y acercó el frasco a los labios de su consuegra, que tomó un buen trago.

–¿Te encuentras mejor? ¿Qué ha ocurrido? –le preguntó Marta mientras la mujer veía su propio pánico reflejado en las retinas de su señora.

–Han vuelto a bombardear Getafe –farfulló–. Lo estaban diciendo en la carnicería. Hay muchos heridos ¡y muertos! Tenemos que ir, señora. ¡Tenemos que ir!

–¡Dios bendito! –Marta se tapó la nariz y la boca con las manos juntas.

–¿Otra vez? ¡Malditos! –exclamó Adela, de cuyos ojos brotaron unas lágrimas que reprimió antes de que llegaran a caer. No podía llorar. No había tiempo que perder.

–¡Vamos! Voy a por la camioneta. Hay que rescatar a esas criaturas antes de que sea demasiado tarde. ¡Venga, muévanse! ¡Las espero en la puerta! –ordenó Antonio, y su inesperada reacción arrojó un rayo de esperanza sobre el desamparo de las tres mujeres, que se cogieron del brazo y lo siguieron, caminando todo lo rápido que el temblor de sus piernas les permitía.

En el interior de la camioneta se respiraba una atmósfera gélida. La tensión y el silencio, que solo se rompía cuando Marta le indicaba a Antonio el camino, condensaban el aire. Iban sumidos en unas cavilaciones que compartían puntos comunes aunque discurrieran de un modo distinto en cada uno. A Antonio se le escapaba de vez en cuando un «¡Ay, mi niña!» y, acto seguido, se sorbía la nariz. Marta murmuraba «Es culpa mía». Adela suspiraba. Carmen, mientras tanto, rezaba en voz baja:

–Padre nuestro, que estás en los cielos, santificado sea tu nombre, venga a nosotros tu reino. Hágase tu voluntad, así en la tierra como en el cielo…

En Getafe, el paisaje no podía ser más desolador. Gente moviéndose de un lado para otro, despavorida, en medio de un caos absoluto. Humo. Polvo. Escombros. Alguien yacía inmóvil sobre el pavimento. Una niña de unos tres años lloraba a pleno pulmón, sola y desorientada, hasta que una mujer corrió hacia ella y la cogió en brazos. No era Manuela. Alguien de los servicios sanitarios atendía a un hombre herido. No era Rodrigo.

–… el pan nuestro de cada día, dánoslo hoy. Perdónanos

nuestras deudas, así como nosotros perdonamos a nuestros deudores. Mas líbranos del mal. Amén.

Estaban a escasas manzanas, pero los socavones y el desbarajuste entorpecían el trayecto. Cuando llegaron a la dirección de Rodrigo comprobaron, horrorizados, que el edificio había sido derribado por las bombas.

–Dios te salve, María, llena eres de gracia, el Señor es contigo. Bendita tú eres entre todas las mujeres y bendito es el fruto de tu vientre, Jesús.

Se apearon y corrieron hacia las ruinas. Carmen y Antonio se acuclillaron y empezaron a escarbar, piedra a piedra, ladrillo a ladrillo. Ella, presa de un ataque de histeria; él, poseído por una fuerza instintiva y primaria. Desbordada por la situación, Adela trataba de contener los espasmos de su propio llanto sin perder de vista a Marta, que estaba como ida y deambulaba como un espectro, oteando a su alrededor. «Es culpa mía». Fijó la vista en un punto cercano al lugar en el que habían aparcado y Adela descubrió de inmediato qué era lo que tan poderosamente había llamado la atención de su suegra: un vehículo demasiado aplastado para que se pudiese leer la matrícula, pero no lo suficiente para no darse cuenta de que era idéntico al de Ricardo.

–Santa María, madre de Dios, ruega por nosotros pecadores, ahora y en la hora de nuestra muerte. Amén.

El alarido que emitió su garganta heló la sangre de los presentes. Con el rostro bañado en lágrimas, Marta corrió hacia el Mercedes Benz azul marino, seguida de Adela. Había fragmentos de arcilla y restos de hormigón encima del automóvil y en su interior. A medida que se acercaban observaron, con horror, que el conductor estaba dentro. Era él, ¡era Ricardo! Y no tenía buen aspecto.

–¡Ricardo! ¡Oh, Dios mío! ¡Ricardo!

Le tanteó el brazo y lo sacudió con suavidad.

–Marta –susurró él con un hilo de voz y a ella le pareció un milagro que estuviera vivo y consciente. Tenía una brecha en la frente y la cara y la camisa ensangrentadas.

–Tranquilo, vamos a sacarte de aquí, ¿me oyes? –Le palpó las mejillas y las sienes–. ¡Antonio! ¡Carmen! ¡Ayudadnos!

–Perdóname, Marta.

–¡Cállate! No malgastes tus fuerzas, no es el momento.

Carmen y Antonio acudieron a la petición de ayuda con los rostros contraídos por el dolor y la angustia.

–¿Habéis encontrado algo? –inquirió Adela.

Ellos negaron con la cabeza, derrotados.

–Vamos a sacar a Ricardo de aquí y a llevarlo al hospital, ¿de acuerdo? –propuso Marta.

Los demás asintieron. El hombre cargó el cuerpo casi inerte y lo puso en la parte de atrás de la camioneta. Marta se quitó la chaqueta y se la colocó a modo de almohada, con toda la delicadeza que pudo. Con la camisa de Antonio hecha jirones, taponó las heridas más feas y permaneció arrodillada a su lado, en compañía de Carmen. Adela ocupó el asiento del acompañante. Apenas habían logrado avanzar unos metros cuando una joven con una criatura en brazos se plantó delante y obligó a frenar el vehículo.

–Ayúdenme, por favor, se lo ruego. ¡Ayúdenme! –gritó.

Antonio y Adela se miraron durante unas décimas de segundo y se entendieron sin palabras. Ella bajó de un salto, agarró de la mano a la mujer y la arrastró a la parte de atrás. El niño estaba malherido y respiraba con dificultad. No había tiempo para lamentos ni preguntas.

–No te duermas, cariño, ¡no te duermas!

Marta le propinaba pequeños toques a Ricardo en las mejillas y él respondía ejerciendo una presión casi imperceptible con los dedos sobre su brazo.

Marta y Carmen clavaron los ojos en la desconocida que acababa de subir al camión, pero no dijeron nada. Pararon en tres ocasiones más para recoger a heridos y moribundos y, a pesar del dolor de los presentes, nadie emitió queja alguna.

Llegaron al Colegio de los Padres Escolapios de Getafe, que había sido habilitado como hospital de sangre, cuando a Ricardo apenas le quedaban fuerzas. Marta se sintió a punto de desfallecer. Ella no era médico ni enfermera, pero se daba cuenta de que las múltiples heridas del cuerpo de su marido sangraban, y eso no podía ser bueno. Sin embargo, seguía consciente, aferrándose a la vida con la obstinación que le caracterizaba. Carmen salió corriendo y regresó con un par de camilleros. Quienes se habían ido sumando por el camino se ayudaron unos a otros a descender, sin palabras, sin apenas lágrimas.

Como era de esperar, el hospital estaba desbordado y sumergido en el más absoluto caos. Aun así, Marta sacó el coraje de donde ya no le quedaba y le preguntó a la primera persona con bata blanca y fonendoscopio colgado al cuello con la que se cruzó si habían ingresado a alguien llamado Rodrigo Aranda Olmedo. La providencia, el destino o quién sabe qué le sonrió, con una sonrisa amarga pero sonrisa, al fin y al cabo. El joven fijó los ojos en la lista del papel sujeto a una tablilla que llevaba en la mano, pero los volvió a levantar antes de leerla.

–¿Se refiere al doctor Aranda?

–¡Sí, el doctor Aranda! Yo soy Marta Olmedo, su madre.

–Sí, está aquí, pero no ingresado, sino trabajando.

–¡Gracias a Dios! –Cerró los ojos, con la mano derecha en la frente y la izquierda en el pecho. Carmen, que la observaba desde cierta distancia, dejó a Antonio al cuidado de Ricardo y se le acercó–. ¿Y su mujer?

–Está con él, es su enfermera ayudante.

–Por favor, ¿puede decirle que su padre está gravemente herido?

Señaló la camilla en la que yacía Ricardo.

–Haré lo que pueda, señora, pero mire a su alrededor.

–Lo entiendo, pero, por favor, téngalo presente, ¿de acuerdo?

–Por supuesto, doña Marta.

–Muchísimas gracias.

–No hay de qué. Ahora, si me disculpa…

El médico se alejó y le dejó una sensación agridulce. Marta prestó atención por un instante al drama que la rodeaba y se quedó hipnotizada contemplando aquel panorama desolador. Gritos de desesperación, lamentos, alaridos de dolor, sangre, vómitos, olores nauseabundos y un puñado insuficiente de hombres con batas blancas teñidas de rojo atendiendo sin desmayo a un paciente detrás de otro.

–¡¿Qué?! –Carmen la sacó de su trance.

–Están aquí. ¡Manolita y Rodrigo están aquí trabajando!

–¡Ave María Purísima! –Cogió la medalla de oro de la Virgen que colgaba de su cuello y la besó repetidas veces–. ¡Gracias, gracias, gracias!

–¡Pero seguimos sin saber dónde está Manuela! –señaló Adela en tono de urgencia. Las tres mujeres intercambiaron miradas de impotencia–. Manolita la deja a veces con una vecina, una mujer mayor que vive en el mismo rellano. Guadalupe, creo que se llama.

–Puede que esté aquí –sugirió Marta–. ¡Tenemos que buscarla!

Se dispersaron. Cada una desapareció por un pasillo y quedaron en encontrarse en ese mismo punto cuando finalizaran la ronda. La afortunada fue Adela, que apareció con Manuela en brazos, sana y salva. Guadalupe la había llevado al refugio en cuanto oyó la primera sirena y, una vez pasado el peligro, se dirigió al hospital, siguiendo las indicaciones de Manolita y Rodrigo.

Varias horas más tarde, en una de las múltiples camas que ocupaban la sala, Ricardo luchaba por mantenerse con vida, pero las esperanzas eran escasas. Un enorme vendaje le tapaba media cabeza. Tenía magulladuras por todo el cuerpo, había perdido abundante sangre y el latido de su corazón era cada vez más débil. Manolita y Rodrigo seguían sin hacer acto de presencia, aunque sabían a ciencia cierta que los habían avisado.

Marta estaba sentada a su lado con la niña en brazos, mientras Adela, Antonio y Carmen veían la escena desde cierta distancia. Manuela le tocaba la cara con cuidado.

–¿Pupa?

–Sí, cariño, el abuelo tiene mucha pupa.

–Es muy bonita, se parece a Rodrigo y a ti –murmuró Ricardo en un tono apenas perceptible.

–También tiene cosas tuyas.

–Perdóname, Marta.

–Deja ya de decir eso, no hay nada que perdonar.

–He sido un mal padre, el peor de los maridos y ni siquiera he llegado a ejercer de abuelo. Pero te quiero, Marta. Te quiero. Eres la única mujer a la que he amado.

–Cállate de una vez. –Las lágrimas que creía que no sería capaz de verter surcaron sus pómulos y alcanzaron la barbilla–. Guarda las fuerzas que te quedan para hablar con tu hijo. Se lo debes y te lo debes a ti mismo.

–No va a venir. No me ha perdonado. Pero no pasa nada, es lo que merezco.

–¡No digas tonterías! Sí que va a venir. Están desbordados, es lógico que tarde.

Manuela se removió entre los brazos de Marta y logró escabullirse.

–¡Ay, que te pillo! –dijo Antonio, haciendo el gesto de estar a punto de atraparla. Ella se echó a reír con esa risa nerviosa típica de las criaturas inocentes y se fue a la carrera pasillo abajo–. ¡Qué *bonica* es, Carmen! Se parece a ti.

Adela vislumbró a lo lejos a Rodrigo y a Manolita. La niña corrió hasta alcanzar a su madre, que la cogió en volandas. Cuando llegaron hasta la cama que ocupaba Ricardo, todos pudieron ver en sus rostros exánimes las ojeras, la tristeza, la desesperanza. Había sido una jornada terrible, muy dura. Y el remate final: don Ricardo Aranda, el padre de orgullo inquebrantable, debatiéndose entre la vida y la muerte.

–Ya están aquí –exclamó Marta, que se levantó y se fue hacia ellos.

Manolita soltó a su hija y se fundió con Antonio en un largo abrazo. Rodrigo hizo lo propio con su madre antes de acercarse a su padre. El benjamín de los Aranda se sentó en el borde de la cama, se inclinó y lo rodeó con los brazos con suma ternura y cuidado. Ricardo se echó a llorar como un niño. Padre e hijo permanecieron un buen rato así. Cuando por fin se soltaron, fue Ricardo el primero en hablar.

–Perdóname, Rodrigo. He sido un estúpido, estaba ciego.

–Todo está olvidado, padre. Perdónese usted.

–Estoy muy orgulloso de ti, lo sabes, ¿verdad? Y te quiero, te quiero muchísimo.

–Lo sé, padre, lo sé. Yo también lo quiero y lo admiro. Siempre fue usted para mí un referente, un pilar, a pesar de nuestras diferencias.

–Eres el mejor hijo que un padre pueda desear.

–Cállese, por favor, me va a hacer llorar.

–Dile a Manolita…

–Estoy aquí, don Ricardo.

Manolita se acercó y lo besó en la frente. Él se aferró a su mano.

–Tenéis una hija preciosa. –Ricardo soltó la mano de Manolita y cerró los ojos–. Estoy tan cansado…

–¡Padre! –A Rodrigo se le quebró la voz.

Manolita y su marido dieron paso a Marta, que se inclinó para besar los labios entumecidos de su esposo.

–Te quiero –murmuró.

Adela los miraba con las mejillas empapadas y un amargo nudo que le atravesaba la garganta, sin dar crédito a lo que estaba a punto de suceder.

Marta y Ricardo se quedaron abrazados en silencio durante minutos y fue como si el mundo entero se desvaneciera a su alrededor y estuvieran solos, metidos en una especie de burbuja, aislados. Él le dio un apretón fuerte primero y suave después, hasta que la presión de sus dedos se aflojó del todo. Daba la sensación de que se iba en paz, pero eso no evitó que Marta se sintiera como si fuera a caer por un precipicio. Se echó sobre él, apoyó la cabeza sobre su pecho, musitó «Te quiero» en repetidas ocasiones y lloró hasta que agotó todas las lágrimas y se le secaron los ojos.

22

Jueves, 12 de noviembre de 1936
Momentos oscuros. Días trágicos en los que no me resulta fácil encontrar el tiempo y el ánimo para sentarme a escribir, pero, cuando lo hago, observo cómo la tristeza se entrelaza con las letras y se hace más llevadera. Es lo único que me ayuda a evadirme de la espantosa realidad que nos rodea. Tengo la sensación de haber envejecido, o tal vez sean los aires de guerra que se respiran, si es que a esto se le puede llamar respirar.

La muerte está ahí fuera, sobrevolando nuestras cabezas. Acecha como un buitre hambriento y se ceba como una fiera insaciable y cruel. Don Ricardo no era un santo, sin embargo nadie merece morir así. Que Dios me perdone, pero no lo entiendo. ¿Por qué decidió llevárselo justo entonces? ¿Qué sentido tiene que lancen bombas sobre inocentes? Todo es absurdo. Nada se ajusta a mis esquemas del mundo.

A mi marido le concedieron un permiso para asistir al entierro. Su comportamiento ha sido intachable, esta desgracia ha sacado lo mejor de él; me ha sorprendido gratamente. Alberto estaba muy unido a su padre. Por primera vez lo he visto llorar, abrazar a su madre y, lo que es más inaudito, a su hermano. Aunque suene contradictorio, debo decir que fue un funeral cargado de instantes preciosos. No hay cosa que una más que el dolor. Ese día a nadie le importó la clase social ni sus ideales políticos. Reinó la paz y la armonía. Ojalá que España entera nos hubiera tomado como ejemplo.

Mis progenitores fueron los grandes ausentes. A padre se le partió el corazón al enterarse de la noticia. Sigue muy afectado, se pasa el día suspirando. Ricardo era su amigo antes que su consuegro. De hecho, creo que era su único amigo. Pero ¿cómo iban a arriesgarse a venir? Habría sido una locura. Burgos es ahora la capital del nuevo Estado, allí están más seguros que en Madrid, donde todo anda tan revuelto.

Desde que pasó lo de Ricardo, vivo asustada, imaginando que, cuando menos me lo espere, me caerá encima una bomba y se acabará todo. Numerosos soldados merodean por el barrio y algunos me desnudan con los ojos. Odio a los que hacen eso, sean del bando que sean. ¿Tanto cuesta mirar con respeto a una mujer? A menudo me veo obligada a cerrar con llave y solo abro a personas conocidas. Así no se puede trabajar, así no se puede vivir…

Rodrigo y Manolita perdieron sus pertenencias en el bombardeo, pero sobrevivieron, que es lo importante, y se han instalado con nosotros. La casa está ahora más llena de gente que nunca y reconozco que resulta reconfortante. Manolita me ayuda siempre que puede en la panadería, pero Rodrigo la necesita cada vez más y se la lleva a donde quiera que vaya, ya sea a detener una hemorragia, extraer una bala o cortar una pierna, ¡no quisiera estar en su pellejo! Pero lo mejor de todo es tener cerca a mi Manuela. A veces, incluso, se acuesta conmigo, así sus padres disfrutan de intimidad y yo no duermo sola.

La breve estancia de Alberto en casa tras la muerte de su padre despertó en mí sentimientos contradictorios.

Por una parte, verlo tan vulnerable me hacía ser solícita y cariñosa con él; por otra, lo notaba distante y eso me alejaba. Su cuerpo estaba presente, mas no su mente ni su espíritu.

Mi suegra se pasa los días metida en la cama. Me preocupa. Cuando no duerme, deambula en bata por la casa como alma en pena, sin hablarnos, sin mirarnos. Ahora es la viuda de Aranda. Ha perdido a su marido, a su compañero. Eso es un duro golpe para cualquier mujer. Sin embargo, estoy segura de que renacerá de sus cenizas como el ave fénix, que levantará el vuelo y volverá a ser la doña Marta Olmedo que era. Solo necesita tiempo.

Entre unas cosas y otras, quienes llevan el peso de la casa son Carmen y Antonio. ¿Acaso no es una locura? Con don Ricardo difunto y doña Marta ausente, con Alberto haciendo la guerra y Manolita y Rodrigo tratando de deshacer los estragos causados por esa misma contienda, ¿quién se iba a hacer cargo? Yo bastante tengo con la panadería. España entera patas arriba y nuestro mundo del revés. Aunque en medio de lo absurdo que resulta todo, no carece de lógica que Carmen haya tomado las riendas.

Lunes, 23 de noviembre de 1936
Hace unos días, minutos antes de echar el cierre, sucedió algo raro. Había sido una mañana tranquila, y eso es muy de agradecer en los tiempos que corren. Mientras hacía la caja, trajinando por aquí, recogiendo por allá, entró alguien y no me di cuenta.

Acababa de guardar el dinero en el monedero que uso para estos menesteres y estaba con la cabeza agachada, cuando oí decir «Buenos días» casi en un susurro y con un curioso acento extranjero. Levanté el mentón y me encontré frente a frente con un hombre de cutis tan atezado y ropaje tan extraño que di un respingo.

Era un muchacho joven, flaco… Y más espantado que yo misma. Permanecí quieta y muda como una estatua. Imagino la cara de pánico que debí de poner, porque se dio cuenta, retrocedió y dijo:

–Disculpe, no pretendía asustarla. Solo quería pan, pero ya me voy.

Se expresaba en español con dificultad, pero se hacía entender. Lo dijo con humildad y bajó la mirada. Alberto predijo que esto podía pasar, que algún soldado marroquí se dejara caer por la panadería, y me advirtió: «Ten cuidado, porque aunque luchan con los nuestros son moros, ¡ni te imaginas las salvajadas de las que son capaces! No te fíes ni un pelo. Tápate, vigila la caja y no lo pierdas de vista ni un segundo».

Aquellas palabras me martilleaban el cerebro. Me quedé en blanco, no sabía qué hacer ni qué decir. Después de un buen rato sin reaccionar exclamé:

–¡Está cerrado!

Y, mientras mi mano derecha tiraba el monedero de la recaudación bajo el mostrador, la izquierda se posaba sobre el escote por instinto y juntaba los bordes de la blusa. El gesto llamó su atención y logró el efecto contrario al deseado. Fue una mirada fugaz, un solo instante de flaqueza y sus pupilas se concentraron de nuevo en las baldosas del suelo. Sin abrir la boca, se dirigió a la salida. Y a mí me dio no sé qué.

No vi por ninguna parte la fiereza descrita por Alberto. Parecía la persona más desvalida del mundo. De repente, le grité que esperara. Se detuvo y se volvió hacia mí. Cogí una barra de pan, corrí hasta él y se la entregué.

–¿Cuánto es? –preguntó.

–Nada –contesté, y reparé en sus ojos, que eran los más tristes y negros que había visto en toda mi vida.

–Muchas gracias –añadió sin levantar la barbilla y sin el más leve amago de sonrisa; luego, se fue.

Me pegué a la puerta y lo seguí con la mirada a través del cristal. Su vestimenta me llamaba la atención. La camisa era similar a la de otros soldados, pero los pantalones no se parecían a nada que hubiera visto antes, eran anchos y colganderos, como una especie de zaragüelles. Y un turbante blanco le envolvía la cabeza. Mis dedos seguían jugueteando con los botones de la blusa y el crucifijo que colgaba de mi cuello. Saciada la curiosidad, regresé tras el mostrador, pero olvidé cerrar el pestillo.

De repente, la puerta se abrió de par en par y un soldado español, delgado como un fideo y tan alto que resultaba desgarbado, se plantó en medio del establecimiento gritando:

–¿Todo en orden, señorita? Me ha parecido ver a un regular merodeando por aquí.

–Sí, señor, todo en orden. Vino a comprar pan y ha sido de lo más educado.

–Disculpe mi brusquedad, pensaba que estaba en peligro. En el frente se pierden hasta los buenos modales.

¡Menudo sobresalto! El corazón se me quería salir del pecho. Me quedé pasmada, sin saber qué decir. Creo que me sonrojé.

–Luis Fernández, para servirla.

Me tendió la mano y se la estreché.

–Adela Cifuentes.

La amplia sonrisa que esbozó hizo bailar el bigotillo que adornaba su labio superior. Ojos verdes, mirada profunda, cejas pobladas, mentón prominente.

215

–Bueno, yo… Me disponía a echar el cierre –balbucí.

–Claro, claro, por supuesto, no la entretengo más. Pero que sepa usted que a partir de hoy estaré atento por si necesita algo. Que tenga una buena tarde –se despidió.

Salió con paso firme y, mientras se alejaba, giró la cabeza un par de veces. ¿Qué acababa de pasar? ¿Por qué no lo había corregido cuando me llamó señorita? Tardé un buen rato en salir del estupor.

Cuando logré reaccionar y retomar mis quehaceres, una voz firme y varonil empezó a resonar en mi mente: «Luis Fernández, para servirla»…

«Luis Fernández, para servirla».

23

No se decidía a darle la vuelta al cartel en el que podía leerse ABIERTO aunque fuera la hora. Tardó más que de costumbre en deslizar el paño húmedo por el mostrador, contar el dinero de la caja, ordenar la trastienda y barrer la puerta. Estaba inquieta y ella misma no entendía por qué, o sí, pero la posible razón de su desasosiego era un sinsentido tan absurdo que no podía darla por válida.

Se acercó en varias ocasiones al quicio de madera y observó el trajín de la calle. Tenía que ponerse a trabajar la masa de las rosquillas para que reposara lo suficiente y elaborar todo el pan posible, porque, como eran tantas las panaderías con escasez de harina, ella recibía todo tipo de encargos, incluso de hospitales. Además, solía llevar encima unos cuantos panecillos, ya que había gente por la calle que deambulaba de aquí para allá, sobreviviendo a duras penas. Sobre todo se le partía el alma cuando veía a mujeres jóvenes con niños pequeños mendigando.

El desabastecimiento que asolaba a todo Madrid llegaría a su negocio tarde o temprano, pero había decidido ir paso a paso, jornada a jornada, sin adelantarse a los hechos. Repartía pan entre los más necesitados siempre que podía. No le importaba trabajar desde la mañana hasta la noche, ¿en qué otra cosa iba a ocupar el tiempo? Ella era incapaz de curar heridas o limpiar restos de sangre, se mareaba solo de pensarlo. Pero existían múltiples maneras de echar una mano.

Retiró el visillo por enésima vez, miró a través del cristal enmarcado y vislumbró, a lo lejos, a aquel joven soldado marroquí. Ahmed la visitaba a menudo y la miraba de un modo que a ella le inspiraba ternura.

—Buenos días, Adela.

—Buenos días, ¿qué ponemos hoy?

—Un panecillo de estos.

—¿Este? —Lo señaló con el dedo índice.

Él asintió y ella sacó un trozo de papel para envolverlo.

—No hace falta, me lo voy a comer ahora. Cóbreme.

Extendió la palma mostrando dos reales, Adela cogió uno y le dio el panecillo.

—¿De qué lo vas a rellenar? —le preguntó, tuteándolo.

—De atún. —Le enseñó la lata—. Al principio nos daban atún, dátiles, higos, chocolate y pan cada día para ir al frente. Ahora, unas veces nos dan algo y otras no nos dan nada.

—Lo siento.

—No es culpa tuya.

La muchacha cogió un cuchillo de sierra y abrió el panecillo antes de dárselo. Cuando levantó la cabeza descubrió que Ahmed tenía los ojos clavados en su escote, se dio la vuelta con brusquedad y se abotonó la camisa hasta arriba a toda prisa.

—¡Oh, lo siento, lo siento! —Se justificó el joven—. No es lo que crees, miraba la cruz.

—¿La cruz? —Adela se llevó la mano al pecho, escarbó con los dedos entre la tela y extrajo el crucifijo de oro, que pendía de una cadena fina también de oro.

—Perdóname, no quería ofenderte. Eres muy hermosa, a cualquier hombre se le irían los ojos, pero yo no voy a faltarte al respeto, te doy mi palabra. Supongo que eres creyente y por eso llevas la cruz.

–Sí, lo soy. Y tú llevas un escapulario del Sagrado Corazón, ¿eres cristiano?

–¿Yo? ¡No! –Ahmed bajó la barbilla y se tocó el objeto indicado–. Esto es un «Detente» para impedir que una bala atraviese mi corazón, ¡me protege! Se lo compré a un compañero legionario. Me costó muy caro, ¡dos pesetas!, ¡dos tercios de mi paga diaria!

–¿Puedo? –Ella levantó las manos. Él asintió.

Adela se acercó, presionó el imperdible con cuidado y lo desclavó. La cercanía de sus cuerpos le hizo pensar en Alberto. ¿Qué diría si apareciera de repente? ¿Celebraría ella su regreso?

Le escribía alguna que otra carta y se alegraba de recibirlas, pero no lo echaba de menos tanto como debería. Añoraba mucho más a sus padres y a Julia. Se sorprendía a menudo anhelando que la ausencia de Alberto se alargara hasta el infinito. Era un auténtico mar de dudas. Hasta el sacerdote se iba a llevar las manos a la cabeza cuando se confesara, si es que reunía el coraje para hacerlo. En ese bendito instante, el sacramento del matrimonio valía para ella menos que el escapulario que reposaba ya sobre su palma izquierda, ante la atenta mirada del joven Ahmed.

Se trataba de una especie de medallón ovalado formado por tres capas superpuestas de fieltro: en la primera y más visible, de fondo blanco, aparecía la imagen de un corazón sangrante rodeado por una corona de espinas, en cuya parte superior asomaba una diminuta cruz envuelta en llamas; la segunda capa, de color rojo, sobresalía con ribetes en forma de estrella de mil puntas; lo mismo que la tercera, que era de color blanco.

–Ahora es tuyo, Adela, te lo regalo. Y tranquila, estoy aquí para protegerte, para defenderte. No permitiré que nadie te haga daño. Mi gente y yo hemos venido a luchar contra los rojos, los ateos, los «sin Dios».

–Entonces, ¿estás en contra de la República?

–Ni en contra ni a favor. Defiendo a quienes impiden que mi familia se muera de hambre. Pero una guerra es una guerra y yo estoy dispuesto a dar la vida si es necesario. Ahora tengo que irme, ¿de acuerdo? Ten mucho cuidado.

–Tú también.

–Y no dejes entrar a cualquiera. –Tenía medio cuerpo fuera de la panadería–. No todos son como yo, Adela.

En cuanto Ahmed se fue, decidió que la primera visita de la jornada sería para la casa cuna, donde acogían a niños huérfanos o desamparados. Era lo más urgente.

En esas andaba cuando apareció Luis. Sí, el mismo Luis en el que no había podido dejar de pensar. El mismo Luis que se dejaba caer por la panadería día sí, día también, desde aquella tarde. El mismo Luis que a buen seguro había disparado el fusil, tumbado en una zanja, contra compañeros de Julia y Mario, puede que con el cuerpo pegado al de su propio marido. La encontró sentada, preparando el pedido sobre la mesa redonda, de superficie de mármol. Mordisqueaba una rosquilla.

–Buenos días, ¿se puede? –Hizo ademán de sentarse frente a ella.

–Adelante. ¿Gusta?

Le ofreció una rosquilla, que él aceptó, pero cuando fue a dársela Luis le cogió la mano y se fijó por primera vez en su alianza. Adela la retiró de inmediato.

–No me dijo que estaba casada.

–Usted no me lo preguntó.

Clavaron los ojos el uno en la otra durante unos segundos. Ella sintió que un calor intenso le invadía las mejillas y él retiró la mirada como si temiera quemarse. Concentrados en las rosquillas, los ojos de Adela se hicieron de rogar antes de elevarse despacio para encontrarse con las del soldado. Volvieron a quedarse en silencio. Se estudiaban con disimulo. Ella se fijaba hasta en el más insignificante de los detalles: en cómo desmenuzaba la rosquilla y se llevaba un trozo a la boca, en los granos de azúcar que se le habían quedado en la comisura de los labios, en las manos huesudas, de dedos finos y alargados.

—Están deliciosas, ¿las ha hecho usted?

—Sí, son mi especialidad.

—¿Y su marido?

—Luchando en el frente con los suyos.

—Si mi mujer fuera la más preciosa y con los ojos más dulces de todo Madrid, haría lo que fuera para terminar con esta absurda guerra, en la que no creo, y regresar a su lado.

Adela desvió la mirada nerviosa, confusa. Un ardor de lo más inoportuno se extendió por sus entrañas, algo que jamás había experimentado con Alberto.

—¿Y usted? ¿Por qué no está en el frente?

—Me concedieron un permiso por motivos familiares.

Ella llevaba un delantal de cuadros rojos y blancos con bolsillos grandes y un vistoso volante que le cubría la falda. Apenas le quedaba visible la parte inferior de las pantorrillas y los tobillos. De cintura para arriba, lucía una blusa de color crema. Luis la miraba de un modo turbador. Ella descruzó las piernas y se incorporó.

—Discúlpeme, es que…

—No, no, perdóname tú a mí, no te molesto más. —Le habló de tú y a ella no le importó—. Me voy, pero volveré.

—No debería venir más por aquí —se atrevió a decirle Adela.

—No siempre hago lo que se espera de mí. Si algo he aprendido en esta maldita guerra es que obedecer ciegamente a quienes pretenden darnos lecciones de moralidad es ridículo. –Tras aquella afirmación, agachó la cabeza para no golpeársela con el quicio de la puerta y se alejó.

Adela se sentó un instante, respiró hondo y dio un manotazo en el aire. Se desprendió del delantal y salió a la calle con determinación.

Caminaba lo más rápido que el peso de las bolsas le permitía. Le quedaba un buen trecho para llegar, pero no había encontrado a nadie que la llevara en coche. Apenas unos metros la separaban de su destino cuando empezaron a sonar las sirenas que avisaban de un bombardeo inminente. Los transeúntes huyeron en estampida.

Ella nunca se había visto en semejante situación y durante unos segundos el pánico la paralizó. Un desconocido la azuzó:

–¡Vamos, señorita, no hay tiempo que perder!

Y, como no se movía, le dio un buen tirón de brazo. Ella tropezó y se cayó. Las bolsas se desparramaron por el suelo y los panes de Adela rodaron por los adoquines sin que pudiera hacer nada para evitarlo. El mismo hombre la ayudó a levantarse y se la llevó casi a rastras. Corrieron hacia la estación de metro más cercana, la de Atocha, cuyo interior ya estaba abarrotado. Allí abajo se dispersaron.

Adela se sentó en el borde de un banco, aturdida, desconcertada. Observó las caras a su alrededor. Se miraban unos a otros, en silencio. Mujeres, niños, ancianos. El sonido de las detonaciones del exterior se mezclaba con los quejidos y lamentos del interior. La tierra vibraba. Transcurrieron minutos, tal vez horas. Cuando pasó el peligro, la masa humana inició el ascenso con lentitud y desesperanza, como almas en el purgatorio.

Afuera, el mundo estaba del revés. Echó a andar desorientada, cubierta de polvo, con las rodillas ensangrentadas y sin demasiada idea de hacia dónde debía encaminar sus pasos, porque los edificios y las calles que antes le servían de referencia ahora eran escombros. Había cuerpos sin vida y heridos por doquier. Sintió un vahído y se apoyó contra uno de los escasos muros que quedaban enteros. Entonces oyó una voz lejana. Una voz grave que repetía su nombre, cada vez más cerca.

–¡Adela! ¡Adela!

Se dio la vuelta y lo vio. Sus ojos no daban crédito. ¿Luis? ¡Era Luis! Trotaba hacia ella como una aparición divina en medio de aquella pesadilla.

–Adela, ¿estás bien? ¡No deberías moverte de tu barrio!

La joven subió y bajó la cabeza a modo de respuesta, con la frente y la boca arrugadas. Él la abrazó con fuerza. Acarició su espalda, pronunció su nombre una y otra vez. Temblorosa y muerta de miedo, ella se aferró a ese torso y escondió su cara bañada en lágrimas contra su pecho.

24

Madrid, 11 de octubre de 1937

Mientras terminaba de arreglarse para ir a trabajar, alguien golpeó la puerta.

–Pasa –dijo de inmediato.

Sabía que era Manolita, que en vez de vestirse en su propio dormitorio lo hacía en el de su cuñada para no despertar a Manuela. Nada más entrar emitió un suspiro largo y profundo.

–Suéltalo ya –la invitó Adela, que la conocía como si fuera su hermana.

La otra no se hizo de rogar y le contó que no le gustaba el hospital militar musulmán de Griñón, pero no podía decírselo a Rodrigo porque cada vez que lo insinuaba, él, siempre tan ecuánime, la aleccionaba acerca de que su misión consistía en atender a cualquier persona enferma, sin importar sus intereses políticos, procedencia, estatus o religión.

Después de perderlo todo en los bombardeos de Getafe, a Rodrigo le ofrecieron un nuevo cargo en el hospital de Griñón, con un sueldo muy superior al anterior, y fue incapaz de negarse. Manolita era consciente de que no podían permitirse el lujo de rechazarlo, menos aún ella, que no era perfecta en su trabajo. Pero él sí. Él era un sabio y un santo. Que si el juramento hipocrático esto, que si el juramento hipocrático lo otro. Para su marido resultaba sencillo decirlo y cumplirlo, ¡era el doctor Aranda! ¿Acaso era ella médico? ¡No! Solo era una simple enfermera –muy contenta de serlo, por cierto, porque adoraba su oficio y hacía que se sintiera realizada— pero eso no significaba que estuviese dispuesta a aguantarlo todo.

Se sentía rara rodeada de aquellos soldados de piel oscura a los que no sabía cómo tratar. Tenía la sensación de que no le quitaban los ojos de encima. ¿Le habían faltado alguna vez al respeto? No. ¿Le habían hecho o dicho algo malo? Jamás. Esa no era la cuestión. Entonces, ¿cuál era el problema? Ni ella misma lo sabía, pero no lograba quitárselo de la cabeza, por más que su esposo se empeñara en hacerle comprender que el suyo era un miedo tan atávico como irracional, un pavor que padecían muchos otros españoles y que el bando sublevado fomentaba y utilizaba como arma psicológica.

Después estaba el asunto del idioma. Algunos hablaban español, otros lo chapurreaban y con otros no había forma humana de entenderse, y si en algo había salido a su madre Manolita era, precisamente, en lo de no ser paciente.

Cuando los regulares se ponían a conversar unos con otros en su lengua aún era peor, porque a veces le lanzaban miradas furtivas entre comentario y comentario y se reían. La sacaban de quicio. ¡Era un manojo de nervios! Pero, claro, Rodrigo no estaba delante cuando ocurrían tales cosas, para él era fácil hablar. Adela solía escuchar el monólogo de su amiga sin responder, consciente de que solo necesitaba desahogarse, pero esa vez intervino.

–¿Y por qué no olvidas tus prejuicios y los atiendes como a cualquier español? Algunos sí dominan nuestro idioma, pero ¿cómo vas a saberlo si no les preguntas nada?

–De piedra me dejas, cuñada. ¡Hablas como Rodrigo!

Tras el aseo personal, Manolita se entregó a la delicada tarea de ponerse las medias blancas, deslizándolas con lentitud y cuidado, desde el pie hasta el muslo. Luego el vestido azul cielo, de mangas largas, abrochado hasta el cuello y de una largura que le tapaba las pantorrillas. Después se colocó el delantal blanco, impoluto, casi tan largo como el vestido, con dos bolsillos enormes y tirantes anchos, cruzados por la espalda, abotonados a la parte de atrás de la cintura. Para completar el atuendo, se cubrió la cabeza con una cofia blanca y los pies con unos zapatos de idéntico color, cómodos, de tacón no muy alto.

Una vez arregladas, salieron de la habitación de Adela y se asomaron con sigilo a la de Manolita para echar un vistazo a la pequeña y bajaron. Rodrigo las esperaba en el coche, como cada día, para acercar a Adela a la panadería y dirigirse, acto seguido, al hospital.

Las palabras de su cuñada calaron hondo en la joven enfermera, que las recordó a lo largo de la jornada. Al fin y al cabo, ¿qué culpa tenía aquella pobre gente? Estaban en medio de una guerra que no era la suya, arriesgando su vida por una causa ajena. Eran víctimas de las circunstancias, como ella misma. ¿Quién querría estar en un hospital de sangre por voluntad propia?

Manolita comenzó a prestar atención a aquellos rostros alicaídos, a aquellas bocas que apenas emitían quejidos pese a los cuerpos maltrechos, pese a la desazón y la melancolía que reflejaban sus miradas perdidas. Buscó la manera de entenderse con ellos aunque fuese por gestos. «¿Cómo te encuentras hoy?», «¿Te duele aquí?», «¿Quieres un poco de agua?». No era tan difícil. Cuando alguien deseaba de verdad comunicarse encontraba la manera.

—Buenos días, enfermera. —Un joven con el hombro y un pie vendados la saludó antes de que a ella le diera tiempo a abrir la boca.

—Buenos días, ¿hablas mi idioma? —preguntó ella.

—Sí, enfermera, crecí rodeado de españoles.

–¿Ah, sí? –Le sujetó el brazo con delicadeza para medir la presión arterial y luego le tomó la temperatura–. Vamos a cambiar estas vendas, ¿de acuerdo?

–Sí, enfermera.

–No hace falta que diga «enfermera» todo el rato. –Se rio–. Me llamo Manolita.

–Gracias, Manolita, es muy amable.

–¿Duele?

–Un poco, pero puedo aguantarlo, no pasa nada.

El soldado había recibido varios disparos en el hombro derecho y en el pie izquierdo. Manolita destapó y curó las heridas, aún frescas, y le puso vendas nuevas. Lo hizo despacio, con sumo cuidado.

–Es normal que duelan, son muy recientes. Dentro de unos días se encontrará usted mejor.

–Muchas gracias.

–No me dé las gracias, es mi trabajo.

Se incorporó con la intención de alejarse y seguir atendiendo a otros pacientes.

–Espere, por favor.

–Dígame. –Volvió a sentarse a su lado.

–Necesito saber cómo está mi amigo. Caímos los dos y no lo he vuelto a ver desde que me trajeron al hospital.

–De acuerdo. Deme su nombre y haré lo posible por averiguar qué le ha pasado –aseguró Manolita mientras extraía una libreta pequeña y una pluma de su bolsillo.

–Abderrahman ben Tahar.

–¿Cómo?

Le pidió que se lo repitiera un par de veces más para asegurarse de haberlo escrito bien y decidió que se lo preguntaría más tarde a Rodrigo.

Estaba a punto de inclinarse sobre el siguiente herido cuando una voz la obligó a detenerse y a darse la vuelta.

–¿Manolita?

Vio una cara conocida que avanzaba hacia ella por el pasillo entre sendas hileras de camas. Fue a su encuentro.

–¡María José! ¡Qué sorpresa! –Las dos se fundieron en un abrazo breve y sincero–. ¿Dónde estás hoy? –le preguntó mientras se retiraban lo justo para poder mirarse a la cara.

–En la unidad de cuidados intensivos con tu marido, él me dijo que estabas aquí.

Hablaron, entre otras cosas, de lo mucho que había ayudado Adela con su pan a la casa cuna en la que María José trabajaba como voluntaria. Se disponía a continuar con la ronda, tras despedirse de su compañera, cuando el joven al que había curado antes la reclamó de nuevo.

–Perdone, Manolita.

–Dígame. –Permaneció de pie junto a la cabecera de la cama.

–Yo conozco a Adela.

–¿A mi cuñada? No, no lo creo.

Se cruzó de brazos y efectuó reiterados movimientos de negación con la cabeza.

–¿No es la joven panadera de la calle Marqués del Duero?

–¡Sí! ¡Sí que lo es! ¿Y usted cómo lo sabe?

Se sentó en el borde de la cama por enésima vez, dispuesta a prestar toda su atención.

–He ido un par de veces a esa panadería a comprar pan. Me gustan su pan y sus rosquillas. Adela siempre es amable conmigo, como usted. Y además es igual de hermosa por dentro y por fuera.

–¿Y usted cómo se llama?

–Ahmed.

–¿Quiere que salude a Adela de su parte, Ahmed?

—Por favor —pidió, enarcando las cejas.

Ella asintió y se despidió. Después fue en busca de Rodrigo con la intención de preguntarle por el amigo de Ahmed; lo encontró enfrascado en una discusión con una monja, algo nada propio del doctor Aranda.

—No está permitido, hermana, se lo he dicho mil veces —insistió, ajustándose las gafas y pasándose la mano por el pelo.

Se esforzaba en mantener la calma, pero tenía las orejas coloradas y eso significaba que estaba al límite de su paciencia.

—Pero si solo les estaba dando estampas de la Virgen María, ¿qué tiene eso de malo?

Sor Angelines era una mujer menuda y rechoncha, con la cara redonda y el convencimiento de que ella, y solo ella, era la dueña de la verdad absoluta.

—Ellos tienen su propia fe, son musulmanes.

—La única fe verdadera es la católica, jovencito. ¡Debería usted saberlo! —esgrimió, agitando el índice derecho ante él con verdadera indignación.

—Para cada uno su fe es la única y verdadera, hermana Angelines, no vamos a entrar en ese debate, pero mi obligación aquí y ahora es supervisar que se cumplan las normas de este centro. Y usted no lo hace. El propio general Franco ha enviado telegramas a todos los hospitales prohibiendo el proselitismo religioso, ¿lo entiende? Está prohibido.

—¿*Proseliqué*…? ¡No me venga usted con monsergas y palabrerías! España es cristiana y el general debería tenerlo en cuenta. ¡A estos pobres ignorantes hay que meterlos en vereda! Tienen que aceptar a Cristo en su corazón y abrazar el catolicismo, si no, ¿cómo van a ayudarnos a restablecer el orden en este bendito país?

—Se lo diré con otras palabras: ¡no reparta usted más

estampitas entre los soldados marroquíes!, ¿lo entiende ahora? Si quiere regalar imágenes de la Virgen María y del Sagrado Corazón, hágalo entre los falangistas y los requetés, que las aceptarán encantados y las llevarán siempre encima. Pero haga el favor de dejar en paz a los del cuerpo de Regulares. ¡A ellos ni tocarlos! ¿Estamos? Si la vuelvo a ver por aquí, daré orden de que se le prohíba la entrada en este hospital, ¿le ha quedado claro?

El doctor Aranda se sacó un pañuelo del bolsillo y se lo pasó por la frente para secarse el sudor.

–No me gusta su actitud, jovencito. Sepa usted que voy a quejarme a la dirección.

–El director soy yo, hermana Angelines –añadió, abriendo los brazos de par en par. Se le agotaban los argumentos.

–¡Pues a su ilustrísimo el señor obispo! Qué despropósito, qué desvergüenza.

La monja se alejó murmurando. Rodrigo cogió la primera silla que encontró a su alcance y se sentó. Abatido, apoyó el codo derecho sobre la rodilla y la frente sobre las yemas de los dedos. Al cabo de unos segundos emitió un profundo suspiro, alzó la barbilla y vio a Manolita, que se acercó comedida, le entregó el papel y le pidió que averiguara qué había sido de ese soldado. Él asintió, agotado. Ella lo besó en la frente y se retiró.

Cuando Manolita regresó a su planta, unas señoritas muy elegantes, vestidas de azul marino de arriba abajo, con camisa y falda de tubo, repartían tabaco entre los enfermos. Llevaban un emblema rojo a la altura del pecho, en el lado izquierdo, que representaba un yugo y unas flechas cruzadas.

Se inclinó sobre la cama de Ahmed.

–En un momento vendrá mi marido –dijo–. Supongo que te darán permiso para volver a tu país, ¿no?

–*Inshallah.*

Rodrigo no tardó en aparecer.

–Lamento comunicarle que no pudimos hacer nada para salvar a su amigo. Lo siento. –El doctor Aranda era un profesional serio, pero cercano–. Debe usted saber que Abderrahman ben Tahar recibió sepultura en el cementerio musulmán de Griñón. En este hospital tenemos adules que firman las actas de defunción y supervisan que se cumplan las últimas voluntades del difunto. También disponemos de alfaquíes que se aseguran de que los muertos sean enterrados de acuerdo con los preceptos del islam. Cuando un regular muere, lo comunicamos de inmediato al comandante de Intervenciones de Asuntos Marroquíes de Valladolid y este se lo notifica al delegado de Asuntos Indígenas de Tetuán, para que informe a la familia.

–Muchas gracias, doctor, es usted muy amable –respondió con tristeza.

El facultativo se retiró y regresó a sus quehaceres.

–Te acompaño en el sentimiento, Ahmed –susurró la enfermera.

Él asintió en silencio, con una pena infinita en el semblante.

Cuando regresaron a casa a última hora de la tarde, después de una larga y agotadora jornada, Manolita estaba impaciente por quedarse a solas con su cuñada y contárselo todo, pero Adela salió a recibirlos con una sonrisa misteriosa prendida en los labios.

–Tenéis que ver esto –dijo Adela, manoteando en el aire con un gesto que invitaba a los recién llegados a seguirla escalera arriba.

Obedecieron pese al cansancio dibujado en sus rostros, sobre todo en el del médico. Antes de llegar al cuarto de baño ya oyeron la risa de la chiquilla, que se expandía como un eco y rebotaba en las paredes, inundando de alegría cada rincón del palacete de la familia Aranda.

La puerta estaba entornada y Adela la empujó con suavidad para que sus cuñados pudiesen contemplar la escena: Manuela chapoteaba en la bañera, jugando con un pato de goma, y su abuela paterna, que al parecer había despertado de su letargo, le explicaba el cuento de *El patito feo*, proporcionándole a cada personaje una entonación distinta, riendo, gesticulando. Rodrigo y Manolita no se lo podían creer. Él se quedó boquiabierto y con cara de bobo. A su mujer le rodaron dos lagrimones desde las mejillas hasta el cuello. En cuanto Manuela los vio, emitió tal chillido de alegría que Marta se tapó los oídos y se dio la vuelta de inmediato para comprobar qué pasaba.

Hubo un intercambio de miradas silencioso y cómplice.

–Bueno, jovencita, creo que es hora de salir del agua. –Marta tiró del tapón de la bañera.

–Deme, ya lo hago yo. –Manolita besó a su suegra en la frente y le quitó la toalla de las manos con delicadeza–. Gracias –musitó con las pupilas brillantes.

–Madre –dijo Rodrigo, a quien se le quebró la voz y salió al pasillo para que la cría no se asustara.

Marta lo siguió.

–Hijo. –Se fundieron en un abrazo largo y estrecho. Adela contempló la escena desde una distancia prudencial–. Yo…

–No hace falta que diga nada, estoy orgulloso de usted –confesó, apretando sus manos y abrazándola de nuevo–. Saldrá adelante, no me cabe la menor duda. Es la mujer más valiente que conozco. Y no está sola, madre, me tiene a mí. Nos tiene a todos nosotros.

–Lo sé, hijo. Te quiero mucho. Te quiero tanto…

–Yo también a usted, madre.

Camino del dormitorio, mientras acarreaba a Manuela en brazos, envuelta en la toalla, Manolita le pidió a su cuñada que la ayudara. Dejó a la niña sobre la cama de matrimonio, se dirigió a la cómoda, abrió el segundo cajón y sacó un pijamita estampado con ositos de peluche. La pequeña canturreaba y reía, feliz, mientras su madre parloteaba sin parar, como solía hacer. Entonces mencionó como de pasada que su conversación matutina la había ayudado a recapacitar y que, gracias a eso, había conocido a un amigo suyo llamado Ahmed. Al oír ese nombre en boca de su cuñada, los mofletes de Adela se encendieron.

–¿Ah, sí? ¿Qué le ha pasado? ¿Y cómo se encuentra?

–Sigue vivo, que no es poco. Necesita reposo, pero ha tenido mucha suerte, créeme. –Dejó a Manuela en el suelo y sujetó su mano–. Ahora entiendo que defendieras a los regulares con tanta pasión.

–Es un buen hombre.

–Pues le brillan los ojos cuando habla de ti.

–Te manda saludos. Lo cierto es que me ha hablado muy bien de ti.

Pese a sentirse atrapadas en una guerra que ni entendían ni deseaban, también fueron testigos de sucesos extraordinarios. Como que Manolita aprendiera que todos los seres humanos son iguales, o que doña Marta, aunque no lograra que Construcciones Aranda remontara, sí pudiera salvarse a sí misma. Pero la mayor batalla se libraba en el interior de Adela: Luis se había colado en sus venas sin remedio, contaminando su torrente sanguíneo de un sentimiento desconocido. La idea de no volver a ver a Alberto la aterraba mucho menos que la de no volver a ver a Luis.

25

Íngrid

Se conocieron en la Facultad de Derecho de la Universidad de Barcelona cuando Joan tenía treinta y Lucía dieciocho, aunque no empezaron a salir hasta un par de años después. Él era profesor, ella alumna. Lo supo de inmediato, desde que sus miradas se cruzaron por primera vez en los comedores universitarios. No sabía nada del amor. No había salido con ningún chico. Nadie la había besado en los labios. Pero supo que era él. Se enamoró como solo una adolescente inocente puede hacerlo. «¿Cómo se me ha podido nublar el cerebro de esta manera tan irracional?», se preguntaba. A ella, la sensata, la incombustible, la que vivía con la nariz metida en un libro.

Durante un tiempo, lo único que se atrevió a hacer fue revolotear a su alrededor sin demasiada maña. Inventaba excusas para hablar con él. Buscaba su cercanía, su complicidad. No es que Joan no se diera cuenta o le fuese indiferente. Pero estaba muy mal visto que un profesor tuviese una relación con una alumna. ¿Y si lo expulsaban del departamento? ¿Y si lo despedían? No podía arriesgarse. ¿O sí? Lucía le gustaba. Desde luego, no era como las chicas de su edad.

Cuando se encontraba con él por casualidad por los pasillos de la facultad, siempre tenía alguna consulta perspicaz relacionada con lo que él había explicado en clase. Entonces lo acompañaba al departamento y debatían sobre el asunto en cuestión durante tres cuartos de hora. Así lo conquistó. Con su inteligencia, con su sagacidad. La admiración por él no tardó en hacerse recíproca. La relación se coció a fuego lento, como los buenos guisos. Lucía ansiaba una señal. Esperó y esperó. Pero no ocurrió nada. Le asaltaban todo tipo de dudas y temores, como que él estuviese casado, por ejemplo. No sabía qué más hacer para que se diera por aludido. ¡Era tan evidente! Pero un día se dijo que no aguantaba más y le propuso quedar fuera de la facultad para ir a tomar algo. Joan aceptó la invitación y quedaron un sábado por la noche en la rambla de Cataluña.

Comenzaron a caminar sin tener ni idea de hacia dónde se dirigían. Les daba igual. Los temas de conversación fluían con facilidad y la sed que tenían el uno del otro aumentaba sobre la marcha, en lugar de disminuir. Entraron en un bar musical a tomar unas copas. Lucía a duras penas podía disimular lo fascinada que se sentía por Joan. Y no, no estaba casado, esa había sido una de las primeras cosas que le había preguntado, asombrada de su propio atrevimiento.

No me cuesta recrear la escena. Sé cómo era papá y creo saber cómo era esa versión de mamá. A Lucía la visualizo sosteniendo una enorme copa con los bordes azucarados cuyo contenido, de color rojizo, combina una exótica mezcla de frutas con algún licor. Bebe con una pajita y, de vez en cuando, se pasa la lengua por los labios o se coge un mechón de pelo, distraída, y se lo coloca detrás de la oreja. Luce un vestido entallado, corto pero no en exceso, por encima de las rodillas, azul celeste o beis, y al salir supongo que se cubrirá con un *blazer* de un tono pastel similar. A ratos cruza las piernas, a ratos las descruza. Casi diría que babea mientras escucha a Joan y no me extraña, es un orador de los buenos, de esos que te embaucan con su labia, que te impresionan con sus conocimientos. No se han sentado frente a frente, sino uno al lado del otro, bien pegaditos. Él se está tomando un *gin-tonic* y seduce a Lucía con la magia de sus palabras. Lleva uno de esos trajes con corbata que deslumbran a mamá y yo aborrezco, pero lo más significativo del cuadro en su conjunto es su mirada, con los ojos de un verde tan claro que parecen transparentes. Se ve que lo de los ojos claros también se salta una generación en mi familia, como la cordura, porque los míos son de un castaño oscuro casi negro, idénticos a los de Trudy. Imagino a Lucía derritiéndose ante esa mirada acuosa y a Joan entornando los párpados con la vista clavada en los labios brillantes y jugosos de mamá que se adivinan dulces.

No tardaría en llegar la primera caricia casual de una mano sobre otra, tal vez el brazo de Joan por encima de los hombros de Lucía. El primer beso, turbador, adictivo, con efecto hipnótico. El primer «¿Subes a tomar la última?». Y Cupido que celebra su triunfo revoloteando sobre sus cabezas. Lucía y Joan; Joan y Lucía. Juntos para siempre.

El fruto de tanto, tantísimo amor consumido y derrochado desde entonces se hizo esperar dos añitos más: fui yo, que nací cuando la pareja ya se había colocado las alianzas en sus respectivos anulares. Tengo entendido que, a pesar de que la relación entre Lucía y Trudy nunca fue idílica, cuando mi madre –incapaz de guardar el secreto de tanta felicidad– le contó a la suya que estaba saliendo con un chico, mi abuela se entusiasmó con la noticia. Quiso conocer a Joan enseguida y no le dio importancia a la diferencia de edad. De hecho, le pareció que tenía cierta lógica que Lucía, que había crecido sin padre, se hubiese enamorado de un hombre mayor que ella, y lo aceptó sin más.

Trudy acogió a Joan con los brazos abiertos. A Joan, la abuela le pareció la mujer más original, extravagante y divertida que alguien pudiera tener como suegra. Se cayeron en gracia desde el minuto uno. ¿Cómo no iba Joan a querer a Trudy? Mi padre era genial, mi abuela es maravillosa y dos más dos son cuatro.

Devolví las prendas blancas al canasto de la ropa sucia, terminé de meter las de color y cerré la portezuela redonda. Deposité el suavizante y el detergente en sus correspondientes compartimentos y puse la lavadora en marcha. Miré al salón y me fijé en que Trudy dormitaba con la cabeza apoyada en el respaldo del sofá y el televisor encendido. Terminé de recoger la cocina y me senté a su lado. Con sumo cuidado, saqué mi móvil del bolsillo, lo puse en silencio y empecé a teclear con ambos pulgares. Contacté con Clara, con Azahara, con Álex. Eché un vistazo a Instagram, revisé el correo electrónico.

Cada día, después de comer, Trudy se entregaba a una breve pero placentera siesta. Y lo primero que hacía al abrir los ojos era decir: «No consigo entender cómo puedes escribir tan rápido». Esperé su comentario, pero no llegó. Supuse que seguía dormida y abrí el diario de Adela. ¡Su historia me tenía enganchadísima! Su cuñada acababa de descubrir que Adela tenía un amigo llamado Ahmed. ¿Pasaría algo entre ellos?

Me disponía a reanudar la lectura cuando oí un largo, profundo y quejumbroso suspiro.

–¿Te encuentras bien, Trudy?

–Sí, cariño.

Me quedé pensativa. Sabía que la fuerte discusión que habíamos tenido mamá y yo aquella noche la había alterado más de lo que se atrevía a reconocer.

–¿Salimos a pasear? Creo que no nos vendría mal airearnos un poco. ¿Te atreves?

—Como quieras, cielo.

Detestaba verla tristona otra vez, como al principio. Le acerqué el andador y nos fuimos hacia la puerta, a su ritmo pausado. Trudy ya daba minipaseos por la calle con Laia por las mañanas. Por eso me atreví a sacarla. No nos alejaríamos de casa. Cerré con llave y la guardé en el bolsillo. Era lo único que llevaba, además del móvil.

—¿Qué te pasa, Trudy? Dime la verdad.

—Estoy preocupada por Lucía. Lleva un montón de días sin pasar por casa ni llamar. ¿No te parece raro?

—No. ¿Es que no la conoces? Se está haciendo la víctima.

—Íngrid, basta. Tienes que hacer las paces con tu madre.

—¿Obligatoriamente?

—Sí.

—¿Por qué?

—Porque te lo pido yo, que soy tu abuela, a la que tanto dices que quieres.

—¿Me haces chantaje emocional?

—Llámalo como quieras. Esta guerra vuestra tan absurda me pesa tanto que me amarga la vida y siento que me va a matar. De verdad, Íngrid. Ni el colesterol, ni la hipertensión, ni la osteoporosis, ni la cadera rota. Vuestra cabezonería es lo que me va a matar.

Permanecí a su lado, en silencio, con los brazos cruzados. La vigilaba, pero prefería dejar que se acostumbrara a ir sola sin mi ayuda. Al cabo de unos pocos metros emprendimos el camino de vuelta con la misma parsimonia que en la ida. Mi mente bullía. Sabía que Trudy tenía razón, pero una cosa era la teoría y otra la práctica. Desde que había regresado de México, la única ocasión en que mi madre y yo habíamos intercambiado más de cuatro palabras seguidas casi nos matamos. ¿Cómo demonios íbamos a reconciliarnos? ¿Era posible? Albergaba mis dudas.

–¿Sabes, Trudy? La vida de Adela me fascina. Me precipité al juzgarla. Lucha contra el racismo y la injusticia a su manera. ¿No es increíble que a día de hoy sigamos atrapados en los mismos conflictos ideológicos de entonces? Las eternas rencillas entre las izquierdas y las derechas, además de...

Me callé de golpe.

Mi abuela se detuvo un instante, apretó los labios, arrugó el entrecejo y me miró. Sabía lo que significaba su gesto: cabreo. Cabreo máximo.

–¿En serio, Íngrid? –preguntó exasperada–. ¿Es de eso de lo que quieres hablar ahora?

Entramos en casa y esperé a que se sentara. Yo me quedé de pie, frente a ella.

–¡Está bien! ¿Quieres que te cuente por qué no puedo perdonar a mi madre? –grité.

–Sí, me gustaría –afirmó, subiendo y bajando el mentón.

–Fui testigo de lo que sucedió aquel maldito día. Estuve más presente de lo que papá y mamá podían imaginar, porque desde pequeña tenía la costumbre de espiarlos sin que se enteraran.

–¿Quieres contarme qué ocurrió, Íngrid? ¿Soltarlo es lo que necesitas?

–No lo sé. –Noté que se me humedecían los ojos–. No lo sé, Trudy. ¡No lo sé!

–Ven, cariño, siéntate –dijo, dando unas palmadas en el sofá.

Obedecí. Me quedé callada unos instantes, meditabunda, pero no porque no recordara los hechos, sino porque un áspero nudo me oprimía la garganta. Cogí la jarra de agua que había sobre la mesa, vertí un poco en un vaso y bebí varios sorbos. Luego inicié el sórdido relato:

–Papá y mamá creían que yo estaba en mi habitación escuchando música. Me habían visto sentada en la cama con las piernas cruzadas y los cascos puestos. Hablaron conmigo y cerraron tras salir del cuarto. Me quité los auriculares, salté de la cama, esperé unos segundos y entreabrí la puerta poco a poco sin hacer ruido. Estaban sentados en el sofá discutiendo, algo que sucedía con frecuencia desde hacía algunos meses. Sus peleas me inquietaban, me dejaban un regusto amargo, me descolocaban. Solían arreglar las cosas al cabo de unas horas, pero cada vez tardaban más en solventarse. Yo tenía muchos compañeros de clase con padres divorciados y me horrorizaba la idea de que acabasen igual. Salí a hurtadillas y permanecí en el pasillo, escondida. No me veían, ni yo a ellos, pero oía perfectamente lo que decían: «¿Te has cansado de mí, Lucía? ¿Ya no me quieres?». «No es eso, Joan. Es que has cambiado, no eres el de antes». Papá sonaba angustiado; mamá, exigente. «Los dos hemos cambiado, es lo que conlleva el paso del tiempo. Pero yo tengo claros mis sentimientos hacia ti. ¿Y tú?». «Es que…». «¿Es que qué, Lucía, qué? ¡Dímelo!». «No me apetece tener ahora esta conversación». «¿Cuándo, entonces?». «No lo sé. En otro momento».

»La voz de mi padre había adquirido un matiz impaciente; la de mi madre, esquivo. Se hizo un silencio tenso, roto por algún que otro suspiro. Los latidos de mi corazón retumbaban en las sienes. "¿Eres consciente de que cada vez pasas más horas en el gabinete y menos en casa? ¿Te das cuenta de que buscas excusas para no quedarnos a solas? ¿Qué está pasando, Lucía? Te conozco y sé que me ocultas algo". "No es nada". "¿Hay otro?". Tardó en contestar y fue poco convincente. Hasta yo, que no era más que una cría de trece años, me di cuenta. "No", dijo al fin. Oí los pasos de papá, que deambulaba por el salón. No me moví. Prefería escuchar y correr el riesgo de ser descubierta que perdérmelo, por muy doloroso que resultara. "Es por Héctor, ¿verdad? El nuevo". "Pero ¿qué dices?". "Lo tienes siempre en la boca. 'Héctor ha hecho', 'Héctor ha dicho'". "Porque... porque acaba de llegar y a mí me ha tocado ponerlo al día de los casos que tenemos pendientes, eso es todo". "Os he visto hablando en más de una ocasión y tenéis una complicidad como si os conocierais desde hace años". "Bueno, es simpático, me hace reír". "Y te come con los ojos, ¿crees que no me he dado cuenta?". "¡No seas ridículo!". "¿Te parezco ridículo? ¡Lo que soy es un pelele en tus manos! ¡Porque sabes que te voy a seguir queriendo hagas lo que hagas!".

»Elevaron el tono. Me asomé durante unas décimas de segundo y los vi de pie, enfrentados. Él la sujetaba por los brazos. Ella se soltó con brusquedad. Nunca los había visto tan enfadados. "¡Déjame en paz, Joan! ¡No puedes obligarme a quererte!". "¿O sea que ya no me quieres? ¿Lo reconoces?". "¡Yo no he dicho eso! Estás tergiversando mis palabras". Me entraron ganas de gritar que pararan de una vez, pero no me atreví. Tenía la espalda apoyada contra la pared y me deslicé hasta quedarme sentada en el suelo. Jamás se habían peleado así. Había mucha ira contenida entre ellos. "¿Pretendes que nos separemos? ¿Es eso lo que propones, Lucía?". "No lo sé, Joan. Estoy hecha un lío". "Pues aclárate de una vez, que ya eres mayorcita". "¡Cuando te pones así, no te aguanto!". "¡Ah, qué bonito! Mi propia mujer no me aguanta. ¿Y a Héctor lo aguantas?". "Sí, Joan, sí. Héctor y yo estamos juntos, ¿vale? ¡Ya está, ya lo he dicho! ¿Estás contento? ¿Era eso lo que querías?". "Entonces, ¿qué estamos haciendo?". "¡Y yo qué sé! Estoy harta de discutir, ¡no puedo más! Me agobias. Me asfixias. ¡No te soporto! Necesito aire para respirar. Concédeme algo de espacio, te lo suplico.

¡Dame espacio!". "¿Quieres espacio? ¿Es eso lo que quieres? Muy bien, Lucía. Te daré todo el espacio del mundo".

»No pude más y salí de mi escondite. Mamá estaba sentada, con los párpados cerrados, la cabeza apoyada en la mano derecha y el codo sobre el brazo del sofá. Papá se cruzó conmigo y creo que ni siquiera me vio. Se fue al dormitorio de matrimonio y cerró de un portazo. Fui hacia mi madre, me planté delante y le grité: "¡Te odio! ¡Te odio! ¡Te odio!". "Íngrid", abrió los ojos y me miró con espanto, "nos has oído?". "¡Claro que os he oído! Y seguro que los vecinos también. ¡Eres una persona horrible! No te lo voy a perdonar nunca, ¿me oyes? ¡Nunca!". Me di la vuelta y me dirigí hacia la habitación de mis padres. Golpeé la puerta con los nudillos. "Papá, ¿puedo pasar?". Como no contestaba golpeé con más fuerza. "Papá, ¿estás bien?". Insistí, pero no respondió. Abrí con cautela y entré. No había nadie. No entendía nada. Entonces reparé en que la ventana estaba entreabierta y el corazón me dio un vuelco. Me asomé. La silueta de papá sobre el asfalto, ocho pisos más abajo, no parecía real. Era como un croquis macabro en medio de aquel charco de sangre. Algunas personas se arremolinaron alrededor. Me salió un alarido horrendo, como si fuera un animal herido. El resto de la historia la conoces de sobra.

—Ven aquí, mi niña —dijo Trudy con la voz entrecortada, abriendo los brazos de par en par.

Me dejé envolver por su ternura infinita. Sus carnes eran blandas, pero su amor era sólido, inquebrantable. Me aferré a su cuerpo como un mejillón a una roca golpeada por el mar. El toque húmedo y salado lo aportaron nuestras lágrimas, que brotaban descontroladas y nos empapaban.

26

Madrid, 15 de diciembre de 1937

Tras conocer la noticia de que Ahmed estaba hospitalizado, Adela lo visitaba a menudo. Le caía bien y disfrutaba conversando con él. Pero en una ocasión lo había notado serio, cabizbajo, poco receptivo, como si le incomodara su presencia. Desde entonces, había decidido no volver.

Sin embargo, en cuanto le dieron el alta, lo primero que hizo Ahmed fue dirigirse a la panadería. Adela lo recibió sorprendida, con gran alegría, y lo invitó a pasar a la trastienda. El chico avanzaba despacio, ayudándose con un par de muletas. No iba uniformado y vestía una chilaba de rayas blancas y negras, larga hasta los tobillos, con una capucha cuya función debía de ser decorativa, dado que un turbante blanco le envolvía la cabeza desde la frente hasta la nuca. El muchacho se dejó caer sobre una silla. Adela puso la cafetera en el fogón y esperó a que hirviera. Después se sentó a su lado y le sirvió café.

—¿Sabes, Ahmed? Cuentan cosas terribles de los soldados marroquíes. Dicen que sois capaces cometer verdaderas atrocidades…

—¿Quién lo dice?

—La gente. Todo el mundo. Hasta mi propio marido me pidió que tuviera cuidado —se atrevió a decir y enrojeció con violencia.

—¿Y tú qué opinas?

—Yo no conozco a ningún otro, pero a ti no te creo capaz de hacer nada espeluznante.

–Esto es una guerra, Adela. Es imposible que un corazón tan puro como el tuyo pueda imaginar lo que sucede en el frente. He visto escenas que jamás olvidaré, ni aunque viva cien años –confesó y sorbió hasta la última gota del café–. ¿Me pones un poco más? Llevaba días sin probarlo.

–Cuéntamelo, confía en mí.

Volcó la cafetera hasta vaciar el resto de su contenido en la taza de Ahmed.

–Hay cosas que es mejor no saberlas. Se nos incita a las razias, al saqueo, al pillaje.

–Dicen que sois capaces de coger a cualquier mujer que se cruce en vuestro camino y…

–¡No sigas! –No la dejó terminar la frase–. No todos somos así. Yo no lo soy. Mi familia es pobre, pero me educaron bien. Mi conciencia y mi fe no me permiten faltar el respeto a una mujer en ninguna circunstancia. Pero algunos de mis compañeros no tienen tantos escrúpulos, te lo aseguro, y nuestros superiores no los castigan, todo lo contrario. Lo peor que recuerdo sucedió poco antes de entrar en Madrid. Hacíamos noche en un edificio que había sido una vieja escuela, en Navalcarnero, y yo me encontraba mal, con fiebre y temblores, por eso las imágenes que tengo son confusas. El hijo del Mizzian, oficial marroquí del Ejército español, trajo a dos chicas muy jóvenes, dijo que eran rojas y que podíamos hacer con ellas lo que quisiéramos. El resto te lo puedes imaginar. Yo no las toqué, pero tampoco las protegí. –Agachó la cabeza y bajó la vista mientras jugueteaba con unas migajas que había sobre el mantel–. Aquel día fue un oficial marroquí, pero los oficiales españoles también lo hacen.

–¿Y qué fue de las muchachas? –preguntó Adela a punto de echarse a llorar.

–No lo sé, pero si lo supiera no te lo contaría. Esta guerra es horrible. Los oficiales fomentan las vejaciones a sus propias mujeres, sus compatriotas. ¿Qué más da si son comunistas o socialistas o tienen una ideología distinta a la suya? ¡Son españolas, como ellos! ¡Son sus mujeres! No lo entiendo.

Se quedaron callados y pensativos. Fue ella la que rompió el silencio al cabo de un rato.

—¿Por qué te enfadaste conmigo aquel día en el hospital?

—¿Cuándo? Yo jamás podría enfadarme contigo, es imposible.

—La última vez que fui estabas muy serio, como si te molestara mi presencia.

—¿Eso creías? ¿Por eso no regresaste?

—Sí.

—No tenía nada que ver contigo, Adela, sino con quienes me han negado el permiso para volver a casa.

—¿No te dejan volver a tu país? —preguntó sin poder creérselo.

—De momento no, tal vez más adelante. Están incumpliendo muchas promesas que nos hicieron al principio. Supongo que tienen miedo de que les contemos a nuestros amigos y familiares la verdad de cómo están las cosas aquí y no les interesa, porque querrán seguir reclutando soldados marroquíes mientras dure la guerra. Yo ya no me fío del general Franco. Sí que es verdad que tenemos matarifes y cocineros a nuestra disposición, que se nos permite hacer el ramadán y enterrar a los fallecidos de acuerdo con los preceptos del islam, pero el Generalísimo hace todo eso por su propia conveniencia. «Cuando florezcan los rosales de la victoria, nosotros os entregaremos sus mejores flores», dijo. ¿Tú te lo crees? Yo no. Ya no me creo nada. Somos carne de cañón para él. Nos coloca en primera línea de batalla en todos los frentes. Además, antes nos pagaban tres pesetas diarias y ahora nada, por eso a veces nos vemos obligados a robar. Es increíble que algunos de mis compañeros tengan a Franco tan idealizado –lamentó con las manos en alto, mirando hacia arriba y poniendo los ojos en blanco.

–Háblame de tu hogar, Ahmed, de tu familia.

–¿De mi familia? Cómo los echo de menos… –Primero se le iluminó la mirada, pero acto seguido la tristeza ensombreció su semblante–. Yo vengo de Chauen, de la cabila de Beni Selmán, y soy el mayor de seis hermanos, cuatro chicos y dos chicas. Somos campesinos. Mi madre es una cocinera excelente y prepara el pan más delicioso del mundo, incluso mejor que el tuyo. –Le guiñó un ojo–. A pesar de nuestra humildad, mi padre me envió a Tetuán a cursar el bachillerato español. Es un hombre justo y sabio. Sabe que es importante que tengamos estudios.

–Hablas muy bien mi idioma –lo animó Adela, con la cabeza apoyada en las manos abiertas.

–Aunque el protectorado español está lleno de españoles –dijo, sonriendo–, lo cierto es que muchos de mis paisanos apenas lo entienden.

–¿Te crees más listo que los demás? –le preguntó ella en tono de sorna y se repantigó en la silla.

–Afortunado, en todo caso. He tenido la suerte de estudiar. La mayoría de mis compañeros son analfabetos.

–¿Y por qué te alistaste? ¿No es extraño defender a un país que no es el tuyo?

–Claro que lo es. Decidí participar por el mismo motivo que lo hicieron todos mis vecinos y conocidos: para sobrevivir. La sequía asola mis tierras. Las malas cosechas de los últimos años han provocado hambre y miseria. Se corrió la voz en el zoco de que si te unías al ejército de Franco te ofrecían ropa, comida y un sueldo. En cuanto me alisté, me entregaron una lata de aceite, cuatro kilos de azúcar, seis panes y dos meses de paga por anticipado. ¿Imaginas lo que supuso eso para mi familia? Me sentí el hombre con más suerte del mundo.

La joven escuchaba conmovida, sin saber qué decir. Tras finalizar su relato, el muchacho emitió un largo suspiro. Permanecieron un rato en silencio.

Cuando anunció que debía irse, a ella se le humedecieron los ojos. Antes de salir, Ahmed inclinó la cabeza, con la mano derecha en el corazón en señal de agradecimiento y Adela imitó el gesto. Sabía, intuía… que era una despedida definitiva.

27

Madrid, 10 de abril de 1938

Cuando Adela terminó de recoger la ropa tendida y se inclinó para agarrar el cesto de mimbre, grande como un barreño y lleno hasta los bordes, se dio cuenta de que pesaba más de lo que esperaba y lo soltó de nuevo. Una ráfaga inesperada de aire le levantó el vestido y sus manos se apresuraron a recolocar la tela en su sitio mientras se daba la vuelta para asegurarse de que nadie la había visto. Supuso que no, porque el único testigo posible era Antonio, que, acuclillado y con la vista clavada en la tierra en la que hurgaban sus dedos, estaba plantando unos esquejes.

Se agachó por segunda vez, sujetó las asas haciendo un mayor acopio de fuerzas, alzó el canasto y se lo colocó en la cadera derecha, ayudándose con los brazos. Al pasar por delante de la cocina vio a Carmen arrodillada en el suelo, pasando la bayeta con tanto brío que sus tobillos se reflejaban en las baldosas relucientes. Le fascinaba aquel derroche de energía y se detuvo un instante a mirarla. Sintiéndose observada, la mujer interrumpió su cometido, levantó la cara y lanzó un soplido. Estaba sudando.

—Eso de que los domingos no se trabaja, aquí no lo cumple ni Dios.

—No blasfeme usted, Carmen.

Adela sabía que tenía razón, pero no se la quiso conceder. Continuó su camino y descendió muy despacio la escalera que daba al sótano, donde tenían el lavadero. Se desprendió de la carga con cuidado y se sentó unos segundos para recobrar el aliento y sonrió como una adolescente bobalicona, preguntándose cómo era posible que nadie hubiese notado nada raro en ella. Luego se levantó, extrajo las prendas de ropa una por una y las separó en tres montañas sobre la mesa: una para planchar, otra para doblar y otra para coser.

A esa hora –la de la siesta de Manuela y doña Marta– reinaba el sosiego y a Adela le gustaba ocuparse de la colada, así como de las tareas de planchado y zurcido. Manolita y Rodrigo estaban en el hospital y el resto de los habitantes de la casa, entretenido cada uno en su quehacer. Le temblaban las manos. Le brillaban los ojos. Su cuerpo entero se movía con una armonía distinta, como presa de una danza inventada mil años atrás.

Los días que siguieron al abrazo fortuito en medio de la catástrofe, Adela ansiaba las esporádicas visitas de Luis. Eran encuentros breves y castos en los que murmuraban cuatro frases cortas, suspiraban y el joven se evaporaba como por arte de magia.

Aunque trabajaba poco, debido a la escasez de harina, a Adela le gustaba estar en la panadería y mataba el tiempo limpiando y escribiendo. Un lunes cualquiera, mientras trataba de determinar si regresaba a casa o se quedaba en el piso de arriba, alguien golpeó el cristal con suavidad y luego el quicio de madera con mayor ímpetu.

Mientras se acercaba a la entrada, notó que el palpitar de su corazón aumentaba la velocidad y el volumen de su sonido. Sabía quién era. Descorrió el cerrojo y abrió la puerta. Él entró sin pedir permiso y ella cerró de nuevo, esta vez con dos vueltas de llave. Adela no se atrevía ni a mirarlo a los ojos, se dio la vuelta y se dirigió a la trastienda. Se detuvo un instante, temerosa como el animalillo que intuye un peligro inminente, dubitativa. Después caminó hacia la escalera y subió despacio, volviéndose a cada momento para corroborar que Luis iba detrás. El sentimiento de culpa la consumía. Metió la llave en la cerradura, la hizo girar, abrió la hoja y la sostuvo para que él accediera al interior. Luego volvió a cerrar con llave. Estaban solos, aislados del mundo. Nadie sabía nada. Nadie tenía por qué enterarse. Luis echó un rápido vistazo a su alrededor. Se fijó en los muebles rústicos y en las paredes blancas, adornadas con cuadros de paisajes vistosos. Vio que había una pequeña cocina, un salón, un dormitorio. Ella lo precedió hasta la habitación y se detuvo junto a la cama.

–No tenemos por qué hacer nada. –La sujetó por los brazos con suavidad–. Solo quiero estar contigo –confesó, pero Adela no respondió.

Se sentaron en el borde de la cama. Los dos se dieron la vuelta al mismo tiempo y fue como si un par de criaturas de nueve años, atrapadas en sus pupitres escolares, descubrieran de repente que ningún adulto los vigilaba. Acercaron sus caras y se besaron con timidez. Ella cerró los ojos. Él cogió su rostro entre las manos para impedir que se retirara. Se dejaron caer sobre la colcha floreada. Adela no podía creer que se pudiera sentir lo que estaba sintiendo.

La calidez de su boca, la humedad de sus labios, el sabor dulzón de su lengua, el pulso que se les aceleraba, la respiración de ambos, que ya no era silenciosa. Luis se echó sobre Adela, que no lograba relajarse, que no podía dejar de pensar. Qué sabía ella de la vida. Qué sabía ella del amor y sus desvelos. Qué sabía ella del deseo. Su aparente frialdad desanimó al soldado, que se dejó caer de espaldas. Ahí estaban, tumbados uno al lado del otro, completamente vestidos, con los ojos clavados en el techo, otra vez sin saber qué hacer, sin saber qué decir. La situación era tan inverosímil como desconcertante. Sus miradas se cruzaron y se echaron a reír, presos de una risa floja difícil de frenar. Se rieron con ganas durante un buen rato. Y después de las risas llegó la calma.

Siguieron escrutando cada uno el rostro del otro. Se volvieron a besar, con besos dulces, cortos y repetitivos. Se abrazaron, rodaron sobre la cama y esta vez fue ella la que quedó encima. Reconoció el deseo en la mirada de Luis, que deslizó una mano por debajo de su blusa y palpó las dos pequeñas protuberancias, protegidas por una combinación y un sostén. Entonces ella se sintió tan inmensa y extrañamente feliz que las lágrimas corrieron por sus mejillas y mojaron las del soldado, que frunció el ceño y la miró confundido.

—No puedo, no puedo… —En esa ocasión fue ella la que se dejó caer de espaldas. Se tapó los ojos con las palmas y gimoteó.

—¿Qué ocurre? ¿He hecho algo que te haya molestado?

—No, claro que no.

Adela se reincorporó.

—Esto no está bien. ¡Estoy casada!

—Adela, ven…

Luis recolocó la almohada y acomodó su cabeza. La joven se recostó a su lado y se apoyó en su hombro.

—Soy una mala persona…

—Tú no podrías ser mala ni queriendo, ojos dulces. Eres la persona más inocente y buena que he conocido nunca. Y no vamos a hacer nada que tú no quieras.

Hablaron durante horas y perdieron la noción del tiempo. Quiso el azar que descubriera Luis aquella tarde que él había combatido codo con codo con Alberto Aranda. Así supo Adela la clase de persona que era su marido y las salvajadas que había sido capaz de cometer, sin pestañear.

A medida que transcurrían las horas fue comprendiendo que con Alberto jamás había alcanzado el grado de intimidad que estaba experimentando en ese momento. Era como si se conocieran de toda la vida, como si estuvieran predestinados.

Luis le contó que él no iba contra la República, pero que se había alistado en el bando de los sublevados para complacer a su padre y que su familia regentaba una tienda de tejidos en Madrid. A ella le hizo gracia que hasta eso tuvieran en común. Bromearon acerca de sus respectivos negocios y de que, cuando acabase la guerra, los juntarían y venderían pan y telas en el mismo establecimiento. La ocurrencia les hizo estallar en carcajadas.

De repente, y sin saber por qué, Adela se puso de pie. Fue entonces cuando las cosas empezaron a suceder de un modo distinto. La culpa. La culpa había sido el sentimiento más potente que la había perseguido toda la vida. Su afán de ser una buena cristiana. Una niña obediente, complaciente. Una vez vencida la culpa, no hubo retroceso, no hubo marcha atrás. «Confieso ante Dios todopoderoso y ante vosotros, hermanos, que he pecado mucho de pensamiento, palabra, obra y omisión», rezó en silencio.

Ante la mirada atenta de Luis, que se desnudó en un santiamén, Adela se desabotonó la blusa estampada con diminutas flores rosadas y tallos verdes y la tiró al suelo. Después se bajó la cremallera de la falda marrón de tubo y permitió que se deslizara hasta los pies. Se bajó los tirantes de la combinación y la dejó resbalar. Para quitarse una media dobló la rodilla, apoyó el pie sobre la cama y la hizo rodar desde el muslo hasta el empeine. Hizo lo propio con la otra y finalmente se liberó del sostén y las bragas. «Por mi culpa, por mi culpa, por mi gran culpa», siguió. Él tenía la boca abierta y no parpadeaba.

Cuando Adela se colocó a horcajadas sobre él, este se dio cuenta de que temblaba tanto como el crucifijo de oro que colgaba entre los senos de la joven. Se sumergieron en un abismo de besos, gemidos, caricias, susurros al oído y placer. Un placer nuevo y desconocido para ella, que esa noche no regresó a casa. Tampoco lo hizo a la siguiente. Ni a la siguiente. «Por eso ruego a santa María, siempre virgen, a los ángeles, a los santos y a vosotros, hermanos, que intercedáis por mí a Dios nuestro Señor. Amén».

Terminó de alisar las sábanas y esperó a que Carmen bajara a ayudarla a doblarlas para darles después el último toque de plancha. Cogió un mantel blanco para hacer lo mismo y descubrió que tenía un rodal rosado bastante visible. Se lo llevó a la pila, lo remojó y frotó la pastilla de jabón sobre la mancha con ahínco. Luego restregó la prenda contra la tabla de lavar y repitió la operación hasta que logró la blancura deseada. Lo enjuagó bien y salió al jardín a tenderlo. Después agarró un calcetín descosido y se sentó, con la intención de zurcirlo. Ya tenía la aguja enhebrada y se había colocado el dedal en el dedo corazón derecho cuando apareció Carmen.

—Doña Adela…

—Espere, Carmen, que termino con esto y doblamos las sábanas, no tardo ni dos minutos.

—No es eso, Adelita.

—¿Qué ocurre?

—Es don Alberto.

—¿Alberto? ¿Dónde?

—Aquí. Y no tiene buen aspecto.

—¿Alberto está aquí? —Adela, que aún sostenía el calcetín, se pinchó. Sintió la punzada aguda de la aguja, que se le clavó justo entre la uña y la carne del pulgar izquierdo—.

¡Ay! –aulló de dolor, soltó lo que tenía en las manos, se miró la sangre del dedo y se lo chupó.

Eso que tanto temía desde hacía semanas estaba ocurriendo en el momento menos oportuno. Sintió de nuevo la culpa y los remordimientos como una pesada carga sobre sus hombros. Alberto traía muletas y un ojo tapado. Su rostro, con barba de varios días, no parecía el mismo. Se había endurecido. Apenas quedaban restos de aquella belleza varonil que tanto la había encandilado cuando se conocieron.

Corrió hacia él y lo rodeó con los brazos, pero fue como abrazar a una piedra. Doña Marta, Antonio y Carmen se arremolinaron a su alrededor. Él se desplomó sobre una silla. Le preguntaban cosas y respondía con monosílabos. Dijo que necesitaba una copa de anís y Carmen se la sirvió. Manuela, que lo vigilaba desde lejos, se echó a llorar y doña Marta la consoló. Adela se ofreció a prepararle un baño y él accedió. No podía dejar de pensar en Luis mientras llenaba la bañera. «Por mi culpa, por mi culpa, por mi gran culpa», se repetía.

Enjabonó la espalda de su marido y comprendió, horrorizada, que aquel hombre no era más que un desconocido para ella, un extraño al que lo único que le unía era la alianza dorada que relucía en el anular derecho.

–Tráeme la botella. –Se quitó el parche de la cara y Adela pudo comprobar que donde antes había un ojo solo quedaba un desagradable amasijo de carne–. ¿Qué te pasa? ¿Te doy asco?

Cuando llegaron al dormitorio, ella se aferró a la creencia de que el cansancio y el alcohol obrarían el milagro de hacerle caer rendido. Pero no fue así. En cuanto se metió en la cama, Alberto reclamó lo que creía suyo por derecho, así se lo hizo saber.

Adela se desvistió sin poder dejar de pensar en Luis, con

el que había pasado las noches anteriores. Se echó desnuda sobre el lecho conyugal y siguió albergando la esperanza de que él se quedase dormido antes de consumar el acto, pero se equivocó. A pesar de la cojera, Alberto tenía unos brazos fornidos que le permitieron ponerse encima de ella y poseerla.

—¡Mírame! —exigió.

Adela, que tenía la cabeza ladeada, obedeció, tratando de concentrarse en el iris sano y azul de su marido, pero la vista se le iba hacia el ojo que ya no tenía. Solo quería que acabara cuanto antes. Cuando todo terminó, se dejó caer de espaldas y empezó a roncar. Entonces, y solo entonces, pudo ella dar rienda suelta al llanto que la devoraba por dentro.

«Por mi culpa, por mi culpa, por mi gran culpa».

28

Madrid, 14 de julio de 1938

Los primeros días, nadie pudo hacerle abrir la boca.

Ni siquiera Rodrigo, con aquella paciencia suya, santa y bendita. Ni siquiera Marta, que aparcó su propio dolor, nunca olvidado, para sumergirse en el de su hijo mayor. Que Alberto había sido impetuoso, altivo y propenso al mal genio lo sabían todos. Que se comportaba como el típico niño rico y consentido, humillando a quienes consideraba inferiores, también. Conseguía sacar de sus casillas a Carmen, que siempre le plantaba cara y jamás permitió que le faltara al respeto ni a ella ni a Antonio, aunque no lo logró del todo con Manolita, que desde pequeña le tuvo un pánico atroz.

Todos sabían que Rodrigo y Alberto eran opuestos desde niños: como la noche y el día, como un ángel y un demonio. Aun así, una madre es una madre y quiere a sus hijos por igual, o lo aparenta. Marta lo intentaba. Lo intentaba de verdad, haciendo acopio de ese amor incondicional que toda mujer que haya parido guarda en su útero como el más valioso de los tesoros. Se sentaba a su lado, le cogía la mano, le contaba cosas sin importancia. Le preguntaba con cautela. Pero Alberto no soltaba prenda.

Se refugió en el alcohol y en un ostracismo hosco, impenetrable. Durante semanas, deambuló por la casa como en un pasado no muy lejano lo había hecho la propia Marta, como ánima del purgatorio cumpliendo penitencia. Lo que más llamaba la atención del nuevo Alberto era la dejadez de su aspecto, antes pulcro y cuidadoso, detalle que no ayudaba a su mujer, quien –si ya dudaba de sus propios sentimientos antes de que su marido regresara de la guerra–, en esos momentos tenía claro que no le quedaba ni un ápice del amor que en su día albergara. Se escapaba. Inventaba mil excusas para no estar con él. Pero, cuanto más trataba de alejarse, menos lo conseguía. Alberto ignoraba a todos excepto a Adela. A ella la quería cerca. A ella no la perdía de vista. La seguía a todas partes, no la dejaba ni a sol ni a sombra. Cuando terminó de vagar como un fantasma, pululando por los rincones como si arrastrara una pesada cadena atada al tobillo, empezó a vigilar a su esposa, a prestar atención a todos y cada uno de sus movimientos. Saber minuto a minuto dónde estaba, con quién y haciendo qué se convirtió en su misión, su obsesión, el único motivo de su existencia.

Adela conocía a Alberto y sabía que lo que amargaba su espíritu era haberse convertido en un lisiado de guerra. Eso lo acomplejaba, le hacía sentirse menos hombre, por muchas condecoraciones que le hubiesen concedido. Adela tuvo que hacer de tripas corazón para sobrevivir a los cambios y soportarlos de la mejor manera posible y le pidió, con fingida dulzura, que se tapara el ojo. Él reaccionó a la defensiva, pero le hizo caso. Se colocó un parche similar al de los piratas y ella pudo mirarlo a la cara sin estremecerse de angustia. Seguía siendo un hombre apuesto y bien plantado, pero el odio y el resentimiento ennegrecían su alma hasta tal punto que parecía un anciano huraño.

Una tarde, mientras Adela limpiaba los cristales de la panadería, Alberto sacó el libro de cuentas y se lo llevó a la trastienda para echarle un vistazo. Ya no usaba muletas, pero la cojera no había desaparecido del todo y procuraba no pasar demasiado tiempo de pie, por lo que se sentó junto a la mesa de amasar. Adela pasaba el trapo por el mismo recuadro una y otra vez sin darse cuenta, ida, mirando sin ver. Echó el vaho de su aliento y, cuando el paño le devolvió la transparencia a la superficie, reparó en la figura inmóvil que llevaba varios minutos allí plantada, apenas a cinco metros de distancia.

Se paralizaron todos y cada uno de sus músculos excepto el corazón, que aceleró su ritmo. Llevaba semanas sin saber nada de Luis, su querido Luis, y ahí estaba. El joven se acercó despacio, aunque ella negaba con la cabeza y se daba la vuelta, nerviosa, y volvía hacia atrás. Él comprendió los gestos, pero siguió avanzando y, cuando estuvo a su altura, apoyó las cinco yemas de la mano derecha en el cristal y ella hizo lo mismo con la izquierda desde dentro. Temblaba como una hoja en otoño a punto de caer de su árbol. El rostro de Luis mostraba tanta entereza como valentía. El de Adela reflejaba desesperanza, vulnerabilidad, horror.

–¡Vete, por favor! –murmuró, acentuando el movimiento de los labios.

–Volveré a por ti –respondió él, y se marchó.

Ella se quedó ahí y vio cómo se alejaba

–¿Quién era? –preguntó Alberto.

–Doña Bernarda.

–¡Qué pesada! Anda, echa el cierre y ven.

Hizo lo que le pedía, consumida de nuevo por la culpa y los remordimientos, agotada por el esfuerzo continuado de contener el llanto y disimular la tristeza.

–Dime.

Se sentó a su lado, clavó los ojos en el suelo y estrujó el paño que tenía entre los dedos.

–Las cuentas no cuadran, no me salen los números –dijo

él, que llevaba unas gafas de cerca y tenía la cabeza metida en el libro.

–Es por mi culpa, Alberto. Mientras pude, ayudé a quien lo necesitaba.

–¿Y nosotros quiénes somos, las Hermanas de la Caridad? ¡Serás estúpida! –Levantó la vista y la fijó en el rostro pasmado de Adela–. Pero ¿a ti qué te pasa?

–No iba a quedarme de brazos cruzados sin hacer nada, viendo a la gente morirse de hambre, ¿no? Ojalá hubiera podido hacer más. –Se arrepintió al instante de decirlo, pero peor habría sido confesar lo otro. Su terrible pecado, su gran secreto.

–Me refiero a que tienes mala cara, estás lívida, blanca como la pared. –A Adela le sorprendió la repentina preocupación que mostró su marido por ella y no supo qué decir–. Estás helada –dijo, cogiéndole las manos y tocándole la frente–. Pareces un cadáver. ¿Has desayunado?

–No –musitó.

–Vámonos a casa.

Alberto cerró el libro de cuentas y fue a guardarlo en su sitio. Al levantarse de la silla, ella sintió vértigo. Le ocurría de vez en cuando desde hacía algún tiempo.

Cuando tuvo la primera falta, no le dio importancia. No era la primera vez que le ocurría en los seis años que llevaba casada y siempre sucedía lo mismo: se ilusionaba y luego resultaba ser una falsa alarma. Ante la segunda falta receló un poco más. Aun así, se guardó sus conjeturas y nadie notó nada. Al tercer mes consecutivo de ausencia del periodo, su sospecha se convirtió en certeza sin necesidad de hacerse ni la prueba de la rana. De repente, tenía hambre y sueño a todas horas. Devoraba los platos y rebañaba con pan hasta el último resto, y un deseo continuo de echarse a dormir la asaltaba cada dos por tres.

Ella y solo ella conocía la verdad sin saberla. Cuando lograba quedarse un rato a solas consigo misma, se desnudaba delante del espejo y estudiaba su cuerpo, centímetro a centímetro, como si se tratara de una lección de anatomía. Le dolían los pechos, más abultados y duros que de costumbre. De su vientre, habitualmente liso, salía una pequeña protuberancia que no podría disimular por mucho tiempo. Aún se le marcaba la línea de la cintura, pero ¿cuánto tardaría en desaparecer?

Al reflejo que le devolvía la imagen se le dibujaba en el rostro una sonrisa que luego se desvanecía sin remedio. Debía contárselo a Alberto, no podía esperar más. Pero ¿y si no era suyo? Cada vez que decidía decírselo, la cara de Luis aparecía en su pensamiento y se echaba atrás. ¿Qué iba a hacer con su vida? La idea de que Alberto adivinase su engaño le producía auténtico pavor.

—Parece que estás más gordita, ¿no? Qué bien te ha sentado la vuelta de tu marido. —El día que doña Bernarda la escudriñó con una malicia que Adela no logró interpretar, tomó la determinación de que había llegado el momento de coger el toro por los cuernos—. Mira que si después de tantos años…

—Qué va, mujer, lo que pasa es que ahora estoy más tranquila y me ha dado por comer —dijo, quitándole importancia.

—Claro que sí, hija mía, no es para menos. Dónde va a estar mejor un hombre que en casa con su mujer. Si es que la guerra no trae nada bueno, Adelita, nada bueno.

—Estamos de acuerdo, doña Bernarda. Bueno, aquí tiene su kilo de rosquillas, que las disfrute.

—Eso haré. ¡Saluda a doña Elvira! Hala, con Dios.

—Hasta mañana si Dios quiere, doña Bernarda. Y descuide, que se lo diré de su parte.

Aquel comentario de doña Bernarda le hizo comprender que su tripa empezaría a ser visible para todo el mundo en breve. Tenía que hablar con Alberto, no podía esperar más.

Pasó varios días elucubrando cómo, cuándo y dónde darle la noticia. Si lo hacía por la noche cuando estuvieran en el dormitorio y reaccionaba mal, gritaría. Y, si gritaba, todos se enterarían de cómo la trataba su marido y le daría mucha vergüenza. Se lo contaría una tarde, en la panadería, después del cierre. Tenía que hacerle creer que era suyo mientras encontraba la manera de escaparse con Luis. A pesar de sus temores e inquietudes, cuando se tocaba el vientre sabía, aunque todavía no lo notara, que la criatura estaba ahí, que era auténtica.

Su sueño de ser madre por fin iba a hacerse realidad.

Aquella tarde Adela no paraba de sudar. Había conseguido harina para hornear toda una bandeja, por lo que llevaría a casa pan tierno y recién hecho para la cena. Sonó el timbre del teléfono y se apresuró a descolgarlo.

—¿Dígame?

—Adelita, hija.

—¡Madre! ¡Qué sorpresa!

—¿Cómo estás, querida? ¿Alguna novedad? ¿Y Alberto?

—Ahí vamos, no nos podemos quejar. ¿Y ustedes?

—Bien por la presente, a Dios gracias. Ahora te pasaré con el pesado de tu padre, que me tiene frita. Hija, te echamos de menos. Ya sabes que a nosotros cada vez nos cuesta más emprender viajes, ¿por qué no venís unos días? Aprovecha que por fin vuelves a tener marido, ¡dile que te traiga! —Su voz sonaba imperativa y tajante, como de costumbre.

—Dígaselo usted misma, madre. —Adela miró a Alberto y le hizo con la mano un gesto para que fuera hacia ella.

Él arrugó el entrecejo y obedeció de mala gana–. Quiere hablar contigo –afirmó, dándole el auricular.

–Doña Elvira, ¿cómo está usted? ¿Y don Enrique? –preguntó, escrutando la cara de su mujer con un interrogante en la mirada y escuchando la propuesta que se le hacía al otro lado del hilo telefónico–. Me parece una gran idea, ya tengo yo ganas de mantener una de esas charlas distendidas con don Enrique. –Arqueó las cejas y levantó la mano derecha en el aire, más resignado que convencido.

Después de hablar con su suegra, charló un rato con su suegro. Luego le pasó el auricular a su mujer para que lo saludara y cuando se despidió de su padre colgó.

–Vaya, qué bien huele ese pan.

–Sí, ¿verdad? ¿Subimos arriba a merendar?

Adela señaló la escalera y la imagen fugaz de Luis la distrajo durante unas décimas de segundo.

–¿En ese cuchitril? –La expresión de su marido reflejó una mezcla de extrañeza y desagrado que disgustó a Adela, aunque no lo demostró–. Creo que es mejor que vayamos a casa.

–Ya, pero en casa hay demasiada gente y tengo que decirte una cosa.

–¿Y no puedes decírmelo esta noche, en el dormitorio? Bueno, está bien, subamos si tan importante es para ti –cedió.

–¿Has cerrado la puerta de la panadería?

Cogió la bandeja con unas manoplas, para no quemarse.

–Que sí, mujer, no te preocupes. Deja que pase yo delante.

Subió con bastante habilidad a pesar de la cojera. La llave del piso estaba puesta, Alberto la hizo girar y luego sujetó la puerta para que su mujer entrara. Ella preparó café. Él husmeó por aquí y por allá y sacó una botella de coñac.

Cuando Adela se sentó a la mesa frente a Alberto, con la cafetera humeante, respiró hondo antes de despegar los labios.

–Yo...

–Venga, habla ya. –Él vertió un poco de café en su taza y un buen chorro de coñac.

–Estoy...

–¡Habla de una vez, mujer! –la apremió y chasqueó la lengua, impacientándose.

–Embarazada.

Adela se tocó y se miró el vientre y por un instante efímero sintió que el mundo se había detenido. Fue como si ella y la criatura que llevaba dentro estuvieran solas en medio de todo y de nada. Aisladas y protegidas, en una burbuja impermeable a cualquier otra emoción que no fuese de felicidad. Durante unas décimas de segundo ni siquiera reparó en la reacción de su marido, que había soltado la taza, que había dejado de masticar, que hiperventilaba y que la miraba en silencio con la mandíbula y las manos apretadas.

Cuando ella volvió en sí y se fijó en él, se esforzó en entender el porqué de esa ira, pero no halló ninguna respuesta. ¿Acaso podía ver a través de ella? ¿Acaso había adivinado de forma misteriosa que le había sido infiel? El nudo que le oprimía la garganta y le atenazaba la boca del estómago la obligó a retirar la silla y alejarse, sin saber por qué.

–Ese niño no es mío.

Estaban los dos de pie, enfrentados, pero guardando las distancias, él calibrando el momento del ataque, ella buscando una salida razonable a aquella encrucijada. Por una vez, no estaba dispuesta a conformarse con menos.

–¡Claro que es tuyo! ¿Cómo puedes ponerlo en duda?

–Porque yo no puedo tener hijos –dijo despacio, con énfasis y acentuando cada palabra, otorgándole a cada vocablo un dramatismo feroz.

Adela intuyó que su rostro palidecía en la misma medida que enrojecía el de Alberto mientras trataba de comprender el significado exacto de lo que acababa de descubrir y encajar su crudeza. Seis años llevaban casados, seis. Seis largos años durante los cuales él la había visto desmoronarse mes a mes cada vez que sangraba. Seis años de falsas esperanzas de ser madre porque su marido era estéril y ella ignoraba esa verdad.

Al parecer, Alberto había padecido un tipo de meningitis en la infancia que lo había privado de la capacidad de concebir. Él lo sabía. Lo sabía desde tiempo atrás. Adela se sintió traicionada de la peor manera posible. Y sola. Muy sola. Las lágrimas iniciaron su periplo, envueltas en un silencio trágico. Resbalaban por las mejillas, mojaban la barbilla y desembocaban en el cuello de la blusa. Sin embargo, aunque no podía dejar de escrutar a Alberto, a quien veía era a Luis. Se tapaba la boca con la mano, luego se la destapaba. Sus dedos temblorosos limpiaban su rostro, que al cabo de medio segundo se volvía a empapar. Giraban atrapados en una especie de danza tribal, retándose a un duelo a muerte, acechando el instante preciso de lanzar el primer zarpazo.

Adela esquivó a Alberto, echó a correr y se encerró en el dormitorio, aunque de inmediato comprendió que había sido un acto inútil, porque carecía de pestillo. Pero estaba demasiado aturdida para pensar con claridad.

—¡Maldito seas, Alberto Aranda Olmedo! —gritó, atrincherada tras la puerta de la habitación—. Sabías que deseaba ser madre más que nada en el mundo. Tendrías que habérmelo dicho antes de casarnos, ¡yo tenía derecho a saberlo!

—¿Acaso importa ahora? —Empujó la hoja con tanto brío

que ella trastabilló y cayó sentada sobre la colcha–. Tú eres mi mujer. ¡Mi mujer! –La bofetada que le cruzó la cara estalló contundente y le dejó el pómulo izquierdo colorado, aunque a Adela le dolió más el orgullo–. ¿Es aquí donde te acostabas con él? ¡¿Es aquí?!

Los lamentos se habían vuelto sonoros y desesperados. Echada sobre la cama en la que había amado a Luis, cuya semilla germinaba en su vientre, intentó protegerse el rostro con el brazo, pero él se colocó a horcajadas sobre ella, se lo retiró por la fuerza y le dio una bofetada en la otra mejilla.

–Suéltame, te lo suplico.

–Eres mi mujer, ¡mi mujer! Eres mía, ¿me oyes? ¡Mía! –Le abrió la blusa de un tirón y le agarró con fuerza los pechos, provocándole un malestar que acentuó su llanto. Le lamió el cuello, el escote. Le subió la falda y le quitó las bragas. Trasteó en la hebilla de su cinturón, se bajó la cremallera y desabrochó el botón del pantalón–. ¡Mía, mía! –Y la penetró.

Llegados a ese punto, sintió que no merecía la pena seguir luchando, porque, cuanto más se resistía, más daño le hacía. Cejó en su empeño de defenderse, se abandonó a la voluntad de su agresor y se quedó quieta como si estuviese muerta. Así se sentía: muerta. Muerta en vida.

Después de vaciarse, él se quedó encima de ella, ambos inmóviles, exánimes. Al cabo de un rato Alberto se incorporó y se volvió a abrochar el pantalón.

–Mañana mismo traeré a uno de esos matasanos que arreglan este tipo de entuertos.

–¡No! ¡No voy a abortar! ¡Es mi hijo y lo quiero! –dijo, levantándose de golpe.

–Tú harás lo que yo te diga. –La cogió por los brazos y la zarandeó–. ¿Y se puede saber quién es el padre?

–Jamás te lo diré –respondió, zafándose de sus manos y dando un codazo brusco en el aire.

–Tú misma. Te dejaré sola para que recapacites. ¡Y dile a tu amante que es hombre muerto!

Cuando Alberto salió del cuarto, se sentó en la cama, confusa, desorientada, con la sensación de haberlo hecho todo mal. Un oscuro presagio se cernió sobre ella. Temía por su vida, por la de su hijo y por la de Luis. El sonido de la cerradura la sacó de su sopor.

–No, no, no… ¡No serás capaz! –Corrió hasta la entrada del piso y comprobó, incrédula, que estaba cerrada con llave–. ¡No puedes encerrarme! –Golpeó la madera con los puños y luego con las palmas con tanto ímpetu como pudo–. ¡Alberto! ¡Vuelve, por favor, Alberto!

Pidió auxilio a pleno pulmón, pero nadie la escuchaba. Gritó y aporreó la puerta durante horas hasta que el cansancio minó sus fuerzas. Se acurrucó en el suelo y sollozó, acariciándose el vientre. Perpleja, indefensa, exhausta.

Sola.

29

Madrid, 15 de julio de 1938

Echada en la cama, Adela apenas había cambiado de postura en toda la noche. Tenía el cuerpo y el alma magullados. Cuando él regresó trató de incorporarse, pero sus brazos y sus piernas se negaban a obedecer las órdenes que emitía su cerebro.

–Déjame salir, Alberto, te lo suplico. Esto es absurdo. Los demás se darán cuenta de que algo raro está pasando.

–¿Los demás? ¿Quiénes? A mí nadie me ha preguntado por ti. Igual no te quieren tanto como tú te crees.

Sabía que no era verdad. Sabía que quería hacerle daño. Aun así, no pudo evitar que sus palabras se le clavaran como dardos afilados. No replicó. Él se sentó a su lado un instante, dando golpecitos con el zapato en el suelo, inquieto, impaciente. Se levantó, salió del cuarto y regresó con una botella de anís. Bebió un buen trago. Caminaba en círculos, con el semblante contraído, maquinando, nervioso. La miraba, bebía; bebía, la miraba. Adela no se atrevía a mover ni un músculo.

–Déjame salir, por favor –imploró.

–Nadie debe enterarse –impuso él–, ¿me oyes? Nadie. Es mi dignidad lo que está en juego, ¡mi orgullo! Me han hablado de una mujer que puede sacarte eso que llevas dentro. –Se acercó y le pellizcó el vientre.

–¡No! ¡No voy a abortar! –gritó Adela. Dobló las rodillas y se abrazó a sí misma en actitud protectora–. Es mi hijo. Mío y solo mío. ¡No puedes obligarme!

—Se llama Angustias.

—¿Es que no te importa poner mi vida en peligro?

—Me la han recomendado personas de confianza, no es el primer caso como el tuyo que resuelve. Además, es comadrona. Arréglate un poco —dijo, cogiéndole la cara. Adela todavía no se había visto en el espejo, pero sospechaba que ningún maquillaje del mundo disimularía el moratón del pómulo izquierdo—. Vamos a ir a verla ahora mismo. Hablaré yo. No me interrumpas y no contradigas mi versión de los hechos, ¿lo has entendido?

—Sí.

La besó en la frente y ella no se apartó pese a la aversión que le provocaba aquel beso de Judas. Decidió seguirle la corriente para ganar tiempo, aunque estaba decidida a no permitir que nadie le arrancase la criatura que crecía en sus entrañas.

Se dirigieron a la casa cuna en la que colaboraba María José. Alberto sabía que la encontrarían ahí. Se quedaron en el umbral, observando.

—Angustias, un hombre y una chica preguntan por ti —dijo la joven que había salido a abrir.

Repartió las rebanadas de pan y llenó los vasos de agua.

—¿Quiénes son? ¿Qué quieren?

—No me lo han dicho. Te están esperando.

María José apareció con una olla y un cucharón en la mano, dispuesta a servir la sopa entre sus pequeños comensales. Rezagada, Adela se ocultó tras su marido. No quería que su amiga la viera.

—Pórtate bien, Laura. —Angustias acercó a la mesa una silla ocupada por una chiquilla de corta edad. Depositó un beso en su mejilla y otro en la del niño que había a su lado y añadió—: Y, tú, Diego, cuida de tu hermana, que ya eres un hombrecito.

–Que sí, abuela. –El muchacho asintió con la cabeza.

–Voy a ver –dijo, mirando a María José.

–Ve tranquila, mujer.

–Pasaré a recogerlos en cuanto me sea posible.

–No sufras por eso, aquí están a salvo.

Tenía menos de sesenta años y aparentaba más de ochenta. En los dos últimos su cutis se había convertido en una uva pasa de aspecto mustio; a su cabello blanco, siempre recogido en un moño, no le quedaba ni el recuerdo del castaño claro que lució en su día. Y no se sabía qué era peor: el rictus amargo y permanente que habían adquirido sus labios, fruncidos y arrugados, o la sombra oscura, obstinada y perenne que había sustituido a sus ojeras. De origen valenciano, llevaba más de media vida viviendo en Madrid y tenía los ojos de un tono azul celeste tan claro que parecían transparentes. Su hija y su yerno se habían unido a las milicias republicanas desde el principio de la contienda y la habían dejado al cuidado de sus hijos.

–¿Angustias Martínez? –Alberto extendió la mano derecha, pero ella no se la estrechó.

–Soy yo, ¿quién me busca? –Empezó a andar con diligencia, cruzada de brazos, con un monedero bajo la axila.

–Alberto Aranda Olmedo, para servirle a Dios y a usted. –Caminaba a su lado, con Adela detrás–. Ella es mi esposa.

La joven y la mujer intercambiaron miradas de desconfianza.

–Mire, no sé quién es usted, ni qué quiere de mí, pero tampoco creo que esté dispuesto a servirme y no tengo tiempo para tonterías.

–Sé que ayuda a mujeres que se han quedado encinta sin desearlo. –Dándose cuenta de que iba a ser un hueso duro de roer, Alberto no se anduvo con más rodeos y fue directo al grano.

—¿Quién se lo ha dicho? ¿Quién lo envía?

—No puedo revelar mis fuentes.

—¿Ah, no? Pues yo no puedo ayudarlo.

—¿Quiénes eran esos dos críos? Imagino que si tiene que llevarlos a una casa cuna a comer es porque no le sobra el dinero.

—¿Es una amenaza? —Se detuvo ante él y lo señaló con el índice derecho—. Conozco a la gente de su calaña.

—No, por Dios, doña Angustias. —Reanudaron la marcha—. Creo que me ha interpretado mal. Lo que quiero es darle trabajo. Tengo dinero, le pagaré bien. Muy muy bien.

—Quite el doña y deje tranquilo a Dios, que nadie le ha dado vela en este entierro —respondió Angustias, demostrándole que era una mujer clara, sin pelos en la lengua. Nunca había tenido miedo a decir lo que pensaba, pero desde que la guerra se lo había arrebatado casi todo, menos aún. La palabra «dinero» la hizo replantearse su actitud—. Estaría dispuesta a escuchar su oferta, pero, si la acepto, los cuartos tendrán que ir por delante, que yo los vea y los palpe.

—La mitad por adelantado y la otra mitad cuando cumpla con su cometido.

—¿De cuánto hablamos?

—¿Dónde vive usted? —Tiró de su brazo con suavidad para frenarla—. No vamos a negociar en medio de la calle.

—¿Y usted? —Se soltó de una sacudida y continuó.

Adela supo enseguida que a Alberto no le gustaba ni un pelo esa mujer. Conocía a su marido. Aun así, no se echó atrás. Debía de ser su mejor baza, si no, no se arriesgaría. No le importaba jugar a dos bandas —y a tres, si hacía falta— y seguro que a la comadrona tampoco. Cuando el hambre aprieta, los escrúpulos se aflojan. Pero por el momento necesitaba congraciarse con ella para conseguir que accediera.

–¿Quiere que vayamos a mi panadería?

–Está bien.

Ocuparon las tres sillas que había junto a la mesa redonda con superficie de mármol y Adela, que no había abierto la boca y temía haberse vuelto invisible, le puso a Angustias delante un plato con galletas, magdalenas y rosquillas. La puerta estaba echada con llave y había colocado el cartel de CERRADO.

Antes de entrar en materia, la mujer ya había devorado las dos primeras magdalenas con verdadero apetito.

–Mire, a mi esposa la violaron mientras yo estaba en el frente. –La señaló, ella bajó la cabeza–. Se ha quedado en estado y, como usted comprenderá, no va a tenerlo.

–La criatura no tiene la culpa, pueden decir que es suya, nadie tiene por qué saber que no es cierto –dijo y dio cuenta de una de las rosquillas con voracidad.

–Lo sé yo, ¿le parece poco? ¡No voy a criar al hijo de otro! –Adela miró al suelo, ruborizada–. ¿Podemos tutearnos, Angustias?

–Por supuesto. –Se limpió la boca con el dorso de la mano–. ¿Cuánto?

–Quinientas pesetas.

–Mil.

–¿Me has tomado por un moro? Yo no regateo. Quinientas o nada.

–No me parece justo. Ábreme la puerta, me voy.

Retiró la silla, se levantó con determinación, cogió las galletas que quedaban y se dirigió a la salida.

–¡Ochocientas! Es mi última oferta –gritó Alberto, añadiendo «roja estúpida» en un murmullo casi imperceptible, antes de ir hacia ella.

—Cuatrocientas por adelantado o no hay trato —exigió sin dejar de masticar.

—Hecho.

—Y, ahora, si me lo permites…

—De acuerdo. —Alberto giró la llave de la cerradura—. Te esperamos mañana a primera hora. Sola y con el instrumental necesario.

—Hay otra condición.

—¿Cuál? —Él chasqueó la lengua, con cara de fastidio.

—Me quedaré a solas con tu mujer para asegurarme de que lo que me has contado es verdad. Porque sabes hablar, ¿no? —añadió, mirándola—. ¿O se te ha comido la lengua el gato?

—Sí —farfulló la joven.

Alberto alzó los brazos al techo y consintió:

—Así sea.

A la mañana siguiente, Angustias se presentó a la hora acordada. Adela los espió sin que la vieran. Se fijó en el atuendo roído de la mujer. Más que un vestido, parecía una bata gris con lunares negros, de manga corta y escote en forma de uve. Su aspecto era aseado, aunque sin maquillaje ni ornamentos. Sujetaba bajo el brazo un gran bolso negro.

—Buenos días, Angustias. —El primogénito de los Aranda se presentó trajeado, luciendo un estilo impecable, y le ofreció la mano.

—Buenos días.

La mujer correspondió al apretón con firmeza, pero no se molestó en disimular el desdén que su aspecto burgués le inspiraba.

—Aquí tienes. Para que veas que soy un hombre de palabra.

Le entregó un sobre, ella revisó su contenido y pareció conforme.

—¿Dónde está?

—Sígueme —ordenó.

Adela corrió a esconderse. Él abrió la puerta e invitó a la comadrona a pasar. Con frialdad de témpano, Angustias la escudriñó de arriba abajo: la joven parecía un animalillo asustado. Desarrapada, desaliñada y con los ojos enrojecidos, se enjugaba las lágrimas con un pañuelo de seda blanco con flores bordadas y jugueteaba con el crucifijo de oro que pendía de su cuello.

—Debo quedarme a solas con tu mujer.

—¿Es necesario?

—Sí. —Su severidad no admitía alternativa.

Alberto salió del piso y cerró con llave.

—¡Maldito! Nos ha encerrado —dijo Angustias—. ¿De cuánto estás?

—De unas catorce semanas.

—Casi cuatro meses, ¿por qué has esperado tanto?

—Ven. —La cogió de la mano, la condujo al dormitorio y cerró la puerta—. No quiero abortar.

—¿Me tomas el pelo? Esto no es un juego, niña. —Soltó el bolso, la miró y puso los brazos en jarras—. Tu marido ha pagado por mis servicios. ¡Necesito el dinero! Un trato es un trato. Venga, túmbate.

La joven la miró con los ojos enrojecidos. Le temblaban los labios. Angustias le inspiraba temor. Se echó sobre la cama, vacilante. La comadrona empezó a sacar del maletín artilugios que le pusieron la piel de gallina. Le alzó la falda y sus piernas quedaron al descubierto.

—¡No me toques! —gritó Adela, propinándole una patada en el mentón.

—¡Serás desgraciada!

Alberto irrumpió en el dormitorio y exclamó:

–¿Qué está pasando aquí?

–¡Juzga por ti mismo!

Angustias se sujetó la barbilla con un gesto de dolor. Agazapada en una esquina, Adela se tocaba el vientre mientras repetía:

–No permitiré que te hagan daño, no. No lo permitiré...

–Está bien. Te ayudaré.

Aranda sujetó a su mujer por el cabello, la obligó a levantarse y la arrastró hasta el lecho. Sus chillidos lastimeros retumbaron en las cuatro paredes.

–No te violaron, ¿verdad? -comprendió Angustias. Después miró a Alberto –Y tú eres un marido despechado.

Angustias recogió sus bártulos y cerró el maletín.

–Si ella no quiere deshacerse de la criatura yo no puedo hacer nada. Toma tu dinero.

Depositó el sobre en la mesita de noche y salió.

–¡Espera!

Alberto corrió tras ella, sosteniendo los billetes. La alcanzó a mitad del tramo de escalera que daba a la trastienda.

–¡No insistas! Si forcejea, no puedo sacárselo. ¿Qué quieres, que le haga una carnicería? No puedo trabajar así. No es mi estilo.

–Tiene que haber alguna manera.

–No es asunto mío, lo siento. He hecho lo que he podido.

Escondida detrás de la puerta, Adela escuchó. Cerró los párpados y suspiró aliviada. Angustias se fue y Alberto tardó un buen rato en subir.

Cuando lo vio entrar de nuevo, con la mandíbula apretada y los ojos enrojecidos, temió que le golpeara.

–Cambio de planes –espetó él, golpeando la pared con el puño–: voy a permitir que nazca el pequeño bastardo.

–Adela contuvo el aliento–. Fingiremos que es mío.

Ella no se atrevió ni a abrir la boca. Se acicaló lo mejor que pudo, cogió su bolso y lo siguió. Antes de salir, Alberto se dio la vuelta y le puso la mano derecha en el cuello, con el pulgar hacia un lado y los dedos restantes hacia el otro.

–Juro que no pararé hasta averiguar quién ha mancillado mi apellido. ¡Lo juro! Voy a matarlo con mis propias manos. –Apretó un poco–. ¿Lo has entendido? –Ella asintió–. ¿Estás segura?

Él apretó un poco más y un par de lágrimas surcaron las mejillas de la joven, que subía y bajaba la barbilla a modo de respuesta.

30

Burgos, 14 de agosto de 1938

Después de comer y recoger la cocina, doña Elvira dobló la ropa de la iglesia. Adela la observaba en silencio. La sonrisa socarrona y los mofletes sonrosados delataban que se sentía orgullosa, henchida. ¡Iba a ser abuela! Y, por si eso fuera poco, que el mismísimo padre Prudencio le hubiese solicitado que se encargara de lavar y planchar los manteles del altar mayor suponía para ella tal honor que la hacía elevarse unos cuantos centímetros por encima del suelo cada vez que lo explicaba delante de otras parroquianas. Colocó las prendas, perfectamente alisadas y almidonadas, sobre una cesta de mimbre y guardó la plancha.

—Si hubieras visto la cara de doña Amparo y doña Trinidad cuando el padre me lo pidió a mí, ¡a mí!, y no a ellas. Son un par de solteronas de lo más envidiosas. ¡Nunca he visto cosa igual! Ya verás cuando se enteren de que voy a ser abuela.

—Adelita, hija, como no le pares los pies a tu madre, va a anunciar en el pregón de este año la buena nueva. —Sentado en su mecedora, don Enrique se echó a reír de buena gana y siguió hojeando el periódico que sujetaba a pulso, sin levantar la vista.

—Como si a ti no te hiciera ilusión ser abuelo… Anda, no disimules, viejo cascarrabias, que se te cae la baba cada vez que lo piensas.

Sin dejar de hablar, doña Elvira se dirigió al dormitorio

con Adela detrás. Abrió el cajón superior de la cómoda, extrajo dos pequeños velos negros de tul y puntilla. Se los pusieron delante del espejo, colocando una punta del triángulo encima de la cabeza y las otras dos cayendo sobre los hombros.

—Vámonos, hija.

Sujetó la canasta y miró a los hombres. Alberto se apresuró a abrir la puerta.

—Ustedes lo pasen bien, señoras.

Aquel día, doña Elvira disfrutó más que nunca vistiendo el altar mayor con ayuda de Adela. Le encantaba tener a la niña pegada a ella. Le contó que esa era su rutina habitual. Llegaba cada tarde a la iglesia una hora antes de la misa para disponerlo todo y se quedaba casi una hora más, después del sermón, para recoger, limpiar y ordenar. Además de lavar y planchar la ropa, se encargaba de encender las velas, quitar los ramilletes secos de los jarrones que había a los pies de la Virgen de los Dolores y de san Antón y sustituirlos por flores frescas, entre otras muchas cosas.

El padre Prudencio veía con muy buenos ojos tan abnegada labor y se deshacía en elogios con doña Elvira día sí, día también, halagos que ella fingía no aceptar aunque, en el fondo, se llenaba de pura satisfacción al oírlos. Y eso que esas tareas no le suponían el menor sacrificio, más bien lo contrario, las llevaba a término con sumo placer y se entregaba a ellas con devoción de santa al mismo tiempo que murmuraba bajito, le rezaba a tal santo, le pedía a tal otro o entonaba algún cántico popular. Su semblante era la viva imagen de la dicha.

Tan absortas andaban en su eclesiástica misión que no advirtieron que una mujer y una niña avanzaban hacia ellas por el pasillo entre las hileras de los bancos de madera.

—Buenas tardes, doña Elvira y compañía.

Se dieron la vuelta de golpe.

–Buenas tardes, doña Evarista, ¡qué susto me ha dado! –Se llevó la mano al pecho–. ¿Y la moza?

–Es mi nieta Felisa.

–¿La pequeña?

–Sí, la de mi Jesús. Niña, saluda.

La empujó con suavidad, la chica dio un paso adelante y agachó la cabeza.

–Y esta es mi hija Adela –dijo doña Elvira.

–Muy buena moza.

Mujeres y muchachas intercambiaron besos en las mejillas.

–¿Quieres ayudarnos? –Doña Elvira miró a Felisa–. Preparamos la misa de las ocho.

–Precisamente por eso la he traído. La niña va para monja, ¿sabe usted? Ingresa como novicia el mes que viene, con las clarisas.

–¡No me diga! ¡Qué honor tan grande!

La niña, que seguía sin abrir la boca, enrojeció hasta las orejas.

–Pues sí, es un gran orgullo.

–¿Y en qué convento?

–En el de Santa Clara. En la Orden de las Hermanas Pobres de Santa Clara.

–¡Bendito Dios! Claro que puede ayudarme, ¡todos los días si quiere! Me siento privilegiada de que me lo pida. Vaya usted tranquila, doña Evarista, que esto me viene como anillo al dedo.

–Me quedaré ahí, si no es molestia, hasta la hora de la misa.

La muchacha avanzó con recato, pero se volvió para mirar a su abuela una vez más, como si necesitara su aprobación constante, y la mujer asintió con un movimiento de cabeza firme y enérgico antes de sentarse en el primer banco.

—Ven aquí, alma de cántaro. —Doña Elvira la condujo al altar—. ¿Ves aquellos cirios? —La joven bajó y subió la barbilla—. Hay que encenderlos todos, uno por uno, ¡con mucho cuidado!, no vayamos a quemar nada. Adelita, hija, ayúdala. Toma. —Le entregó una caja de cerillas.

Sin mover los labios ni una sola vez, Felisa ejecutó la orden bajo la atenta mirada de doña Elvira, que no la perdía de vista ni un segundo. En el fondo, el hecho de que la niña fuese tan callada la satisfacía. Acababa de conocerla, pero, si era tal y como ella sospechaba, sabría escuchar y eso le venía muy bien a su temperamento locuaz y dicharachero. Además, si iba a estar a su servicio, mejor que obedeciera sin rechistar.

—Yo también tenía vocación, ¿sabes? De hecho, estaba a punto de ingresar en el convento cuando conocí a mi Enrique. Al principio no le presté atención. Fue él el que se fijó en mí, y yo ni caso, indiferencia total. ¡Tenía mi plan! Y no estaba dispuesta a echarme atrás. Pero Enrique, ni corto ni perezoso, se presentó en mi casa y dijo que quería pedir mi mano. Mi padre, que era un hombre de paz, fue muy amable con ese joven tan apuesto y gallardo que se interesaba por su hija. Lo atendió como al más distinguido de los huéspedes, se deshizo en amabilidad y cumplidos. Y, después de una larga conversación, le contó que su Elvira ya estaba comprometida: con Dios.

La mujer relataba su historia intercalándola con instrucciones a Felisa, que las cumplía con un acierto y una eficacia admirables, bajo la supervisión de Adela. Rellenaron los jarrones con claveles y margaritas. Encendieron las velas y los cirios. Colocaron las hostias en una bandejita de plata y echaron el vino en el cáliz. Felisa era callada, hacendosa y además sabía escuchar, ¿qué más se podía pedir?

—Enrique se quedó perplejo —continuó—, pero ¿crees que cejó en su empeño? No, nada de eso. Insistió en que nos viéramos. ¡Y le pidió permiso a mi padre para llevarme a dar un paseo! Él estaba convencido de que en cuanto lo conociera abandonaría mi vocación religiosa y a mi padre le pareció justo el trato, porque en el fondo prefería que su hija se casara y formara una familia. Así, nos dejó salir juntos con una condición: que nos acompañara mi hermana María Encarnación, que era la pequeña.

—¿Y fue un amor a primera vista? —A Felisa se le escapó la cuestión con tanta espontaneidad que se puso colorada.

—¡Pero si sabes hablar! —La alegría con la que doña Elvira recibió la pregunta acentuó la vergüenza de la moza—. No sé si fue un amor a primera vista, pero sí sé que desde ese primer paseo mi intención de casarme con Dios se tambaleó. Enrique me conquistó. Lo hizo poco a poco, pero con una constancia y una tenacidad infinitas. ¡Llevamos ya casi cincuenta años juntos!

—Creo que eso a mí no podría pasarme —dijo Felisa.

—Nunca se sabe, pero si tu vocación es sólida y verdadera no tiene por qué.

—¿La suya no lo era?

—¡Por lo visto, no! Y no fue fácil tomar la decisión, ¿sabes? Pero nunca me he arrepentido. He continuado siendo devota, una cosa no quita la otra. De hecho, mi esposo también lo es.

—Y gracias a ese cambio de rumbo existo yo —añadió Adela satisfecha.

—Cierto. Y es lo mejor que me ha pasado en la vida.

—Me ha gustado su historia, doña Elvira —afirmó la jovencita—, y su forma de contarla.

–¡Uy! Será por historias… Con la pila de años que tengo te puedo contar una distinta cada día desde hoy hasta la eternidad.

–Descuida, Felisa, parlotear sin descanso es la verdadera pasión de mi madre.

El comentario de Adela hizo reír a la aspirante a novicia.

–¡Pero, bueno! Un respeto, niñas, que estamos en la casa de Dios. Vamos, vamos, que va a empezar.

Después de la misa, el padre Prudencio tenía la costumbre de acompañar a la mujer hasta la puerta de su casa.

–Mi estimada doña Elvira, si siempre es un lujo disfrutar de su compañía hoy, con la visita de su hija y la noticia de su estado de buena esperanza, el placer ha sido doble, ¡triple! Gracias y… ¡enhorabuena!

–A usted, padre. Estamos a su total disposición y lo hacemos con mucho gusto, ¡faltaría más!

Adela se despidió del sacerdote, entró y se quedó escuchando detrás de la puerta. Doña Elvira, que no sabía cómo sacárselo de encima, estaba encajada en la apertura, con la cadera derecha apoyada en la jamba y la izquierda en la hoja, en actitud protectora, para evitar que accediera a la vivienda. Ambas sabían que don Enrique y Alberto estarían entregados a sus vicios y no les apetecía que el clérigo los viera.

–Es usted maravillosa, la mejor de mis feligresas, ¡y una buena cristiana! Su esposo es un hombre afortunado. –Estiró el cuello y el alzacuellos, tratando de vislumbrar el interior de la vivienda a través de la ventana, aunque los geranios que adornaban el alféizar no lo facilitaban–. Bueno, mujer, será mejor que vaya a cuidar de su familia, que la necesita más que yo. Salude a don Enrique y a don Alberto de mi parte y dígales que espero verlos el domingo. Buenas noches, doña Elvira.

–Ahí estaremos si Dios quiere. Buenas noches, padre.

Entró por fin, echó la cerradura, apoyó la espalda contra la puerta, cerró los párpados y suspiró.

Doña Elvira se plantó en medio del salón con los brazos en jarras, entornó los ojos, escrutó a su marido y a su yerno e intercambió miradas de complicidad con Adela.

–Qué tarde es, ¿habéis cenado? Dejé sopa en la olla, ¿la habéis visto? Solo teníais que calentarla.

Escuchaban la radio, cada uno sentado en una mecedora. Sobre la mesa había una bandeja con restos de aceitunas y dos vasos de vino. Las saludaron con desgana, molestos por la actitud invasiva de ambas.

La alocución que tanto interés despertaba en Alberto y don Enrique era una voz masculina y arrogante que se expresaba en un tono tan imperativo como amenazador:

–Nuestros valientes legionarios y regulares han demostrado a los rojos cobardes lo que significa ser hombres de verdad. Y, de paso, a sus mujeres…

–¿Qué es eso? –Doña Elvira acercó la silla y se sentó junto al aparato, muerta de curiosidad.

Adela puso la mesa.

–Radio Sevilla.

–¿Radio Sevilla?

–¡Calla un minuto, mujer!

Don Enrique dio un manotazo al aire.

–Después de todo, ¿estas comunistas y anarquistas no predican el amor libre? Ahora por lo menos sabrán lo que son hombres de verdad y no milicianos maricones. No se van a librar por mucho que berreen y pataleen…

Con las manos entrelazadas sobre el regazo, doña Elvira frunció el entrecejo, negó con la cabeza y echó la espalda hacia atrás. Alberto soltó una sonora carcajada.

–¿Quién es ese hombre tan ordinario? ¡Jesús!

–El general Queipo de Llano, que da un discursito cada noche para animar a los nacionalistas y achicar a los republicanos.

–¡Pues a mí me parece un mamarracho! ¿Cómo te puede gustar lo que dice? ¿Estás borracho o qué? Enrique, de verdad, cada día te entiendo menos.

–Es un poco vulgar –dijo Alberto–, pero hay que reconocer que tiene un buen par...

Doña Elvira se persignó, se levantó y se dirigió a la cocina.

–Madre del amor hermoso, lo que hay que aguantar –le dijo a Adela–. Me tendría que haber metido a monja, eso tendría que haber hecho. ¡Hombres!

–No les haga usted caso, madre.

–No te pongas así, mujer –gritó don Enrique–, que nos guste escucharlo no significa que estemos de acuerdo con lo que dice.

Adela entró en el salón justo cuando su padre murmuraba «¡Mujeres!». Negó con la cabeza y depositó las servilletas y los cubiertos sobre el mantel sin decir nada.

Pasaron los días y Adela no podía dejar de pensar en su condición de prisionera junto al hombre equivocado. La felicidad que había proporcionado a sus progenitores le servía de alivio y la llenaba de alegría, eso sí. Su madre parecía una niña con zapatos nuevos y su padre, cuyo carácter se había reblandecido con la edad, llegó a derramar alguna lagrimita con disimulo.

Sin embargo, a medida que se acercaba el momento de regresar a Madrid, Alberto se mostraba cada vez más taciturno y ceñudo. Adela sabía qué era lo que le atormentaba, lo que le quitaba el sueño y lo obligaba a vagar por la casa de madrugada, lo que no le dejaba vivir tranquilo.

Llegó la mañana prevista para emprender el retorno. Las dos maletas descansaban en el suelo del salón. Doña Elvira abrazaba a su hija una y otra vez, le tocaba la barriga y soltaba toda la retahíla de recomendaciones maternas propias de las circunstancias. Don Enrique se esforzaba en aparentar entereza, pero se le escapaba algún que otro suspiro. Alberto llevaba mucho rato callado, demasiado. Permanecía sentado en el sillón, cabizbajo, con la cabeza apoyada en una mano y el codo en el reposabrazos, sin abrir la boca. Se levantó de golpe y con brusquedad. Los tres se dieron la vuelta hacia él.

–No puedo continuar con esta pantomima –farfulló–. Adela no es la santa que ustedes creen. El hijo que espera no es mío, ¡y yo no pienso cargar con un bastardo!

–¡Cómo te atreves! –Don Enrique se fue hacia él, con el rostro enrojecido.

–¿Qué insinúas? –dijo doña Elvira con la respiración entrecortada, sofocada también.

–Si no me creen pregúntenselo a ella.

Alberto cogió su maleta y salió dando un portazo.

Justo entonces, Adela retrocedió hasta chocar contra la pared. La palidez de su rostro se acentuaba a cada paso.

31

Íngrid

Devastador. Esa es la palabra. Sí, en efecto, fue un episodio devastador. ¿Cómo encaja una niña de trece años el suicidio de su padre lanzándose al vacío?

Tengo importantes lagunas de lo que sucedió después. A mi aullido aterrador se unió el grito espeluznante de mi madre, que apareció de repente a mi lado, y a quien tuve que sujetar cuando sacó medio cuerpo por la ventana con los brazos estirados. Alguien debió de llamar a Emergencias, porque en apenas unos minutos las sirenas rasgaron el silencio de la tarde. Me cuesta recordar con coherencia el orden de los acontecimientos. Una neblina lo emborrona todo.

Recuerdo que bajamos lo más rápido que pudimos y que a mí no me dejaron acercarme a él. A mamá trataron de impedírselo, pero se lio a dar patadas y puñetazos a mansalva. Alguien dijo que deberían sedarla. Llegó la policía y empezaron los interrogatorios. El oficial me preguntó a quién podía llamar y yo, incapaz de interrumpir el llanto, le di el teléfono de mi abuela entre hipidos. Tardaron horas en localizarla. Acordonaron la zona. Los agentes instaron a los curiosos a que circularan, a que despejaran el lugar. Nadie debía tocar a papá hasta que llegaran el juez y el forense. Mamá se desmayó y cayó redonda al suelo. Trudy se apeó de un taxi justo cuando acababan de meterlos en sendas ambulancias.

En aquel momento no solo perdí a mi padre, sino que

también me quedé sin madre. La misma madre a la que iba a tratar de recuperar no por deseo propio, sino porque Trudy me había obligado a prometérselo.

—¿Gertrudis Rodríguez?

—Ya te toca, venga.

Mi abuela tenía visita con la traumatóloga para valorar la evolución de su cadera.

—¿Entro con ella? —Mamá me miró, no sabría decir si con temor o resentimiento. Habíamos pasado muchos días sin noticias suyas tras la pelea de aquella noche.

—Sí. Yo me quedo aquí.

—¿No quieres saludar a la doctora?

—Salúdala tú de mi parte, Trudy. —Le guiñé un ojo.

Detesto los hospitales, los tanatorios y todo lo que huela a enfermedad, defunción o flores muertas. A veces incluso odio al personal sanitario, con su aspecto aséptico y engañoso, del que desconfío. Quedarme en la sala de espera no era la panacea, pero me lo tomé como un mal menor. Tenía esa charla pendiente y estaba nerviosa. La visita con la traumatóloga había sido la excusa para que el día anterior contactase con mi madre por WhatsApp:

ÍNGRID: Recuerda que mañana Trudy tiene trauma.

LUCÍA: Tranquila. No lo he olvidado.

ÍNGRID: Y tenemos que hablar.

LUCÍA: Estoy de acuerdo.

ÍNGRID: ¿Mañana puedes o te vas a trabajar después del médico?

LUCÍA: He pedido el día libre.

ÍNGRID: ¿Cómo quedamos?

LUCÍA: Pasaré a recogeros a las diez.

ÍNGRID: Ok. Estaremos preparadas.

LUCÍA: Hasta mañana, Íngrid.

ÍNGRID: Buenas noches.

Salieron de la consulta y por sus caras deduje que había ido bien. La médica se asomó a la puerta, pizpireta, y me saludó con un gesto. Era rubia, de baja estatura, usaba gafas de montura metálica y llevaba el cabello recogido en una coleta. Eficiente en su labor, se lo tomaba muy en serio, pero cuando dejaba entrever su lado no profesional se le dibujaba una sonrisa encantadora. Me acerqué.

—Muchas gracias por todo, doctora Serrano. —Le estreché la mano.

—No hay de qué, es mi trabajo. Además, con pacientes como tu abuela da gusto. Gertrudis, nos vemos en la próxima visita, ¿vale, guapa?

—Aquí estaré, Sandra. ¡Gracias!

La doctora se metió en su despacho, mamá fue a buscar el coche y Trudy y yo nos dirigimos lentamente hacia la salida del hospital.

—¿Has llamado a la doctora por su nombre de pila?

—Sí, ¿qué hay de malo? Le pedí que nos tuteáramos y aceptó. ¿A que es maja?

—La verdad es que sí. Eres la leche, Trudy, te metes a todo el mundo en el bolsillo. Bueno, ¿qué te ha dicho?

—¡Que estoy como una rosa! El hueso se ha soldado a la perfección. Si sigo así, dentro de nada podré caminar sin andador y hacer vida normal.

—¡Eh, es una gran noticia! —Le di un achuchón y le planté un besazo en la mejilla.

—¡Ay! —se quejó—. A ver si ahora me rompes tú.

—¡Perdona! Me he emocionado demasiado.

Pasamos el día juntas, las tres, pese a que la tensión entre mi madre y yo enrarecía el ambiente. Aun así, fuimos amables y civilizadas. Supongo que buscábamos el momento apropiado y ninguna de las dos se atrevía a dar el primer paso. Como no nos apetecía cocinar, pedimos comida preparada y dormitamos en el sofá, aunque solo Trudy llegó a roncar.

También fue ella la que nada más despertar preguntó:

—¿Habéis hablado?

—No —respondimos al unísono.

—¿Y a qué esperáis? ¿A que las ranas críen pelo o a que os coja sobre mi regazo y os dé una buena tunda a cada una?

—Trudy tiene razón, esto carece de sentido. ¿Damos un paseo?

—¿Y la dejamos sola? —preguntó mamá.

—¿Y por qué no? —inquirió Trudy—. Ya has oído a la doctora. ¡Estoy bien! Además, no me moveré de aquí, lo prometo. Me portaré como una niña buena.

Mamá y yo cruzamos las miradas. Se nos habían agotado las excusas. Nos incorporamos, dubitativas, cogimos el móvil y las llaves y salimos. Paseamos en silencio entre las hileras de casas que conforman la calle Font Florida, cuyas fachadas son blancas o de color crema, en su mayoría, aunque también hay alguna amarilla u ocre. Parece un pueblo dentro de una ciudad, posee personalidad propia. Es como un pedazo de Barcelona anclado en el pasado que se niega a mimetizarse con el resto, plagado de edificios altos. Hacía años que mi madre y yo no caminábamos juntas, las dos solas. Quizá desde mi niñez, o puede que nunca lo hubiéramos hecho.

Durante un buen tramo, nos limitamos a andar la una al lado de la otra, pensativas. Recorrimos Chopin y Montfar, giramos por Morabos y nos adentramos en la avenida Francesc Ferrer i Guàrdia en dirección al Pueblo Español, que era por donde yo solía ir a correr, entre pinos, arbustos y palmeras.

Mamá se atrevió a romper el hielo.

—Esto no es fácil para mí, Íngrid.

—Para mí tampoco.

—Remover el pasado implica revivir la muerte de tu padre y ambas sabemos lo doloroso que resulta. Pero es importante que te cuente lo que sucedió entre él y yo justo antes de la desgracia.

—Yo sé lo que pasó.

—¿Cómo lo vas a saber?

—Os espiaba a escondidas, algo que solía hacer con frecuencia, por cierto.

—¿Escuchaste toda la discusión?

—Toda. De principio a fin.

—Entonces no me extraña que me odies. —Emitió un suspiro largo.

¿Cómo hacerle entender que no era odio lo que sentía por ella? En realidad, ni yo misma sabía qué era.

—Quiero que sepas que amaba a tu padre —continuó—. Sin embargo, no éramos una pareja tan idílica como aparentábamos. Lejos de lo que puedas imaginar, yo era la fuerte y él el vulnerable. Ante ti se mostraba como el héroe que toda niña necesita ver en su progenitor, pero era un hombre inestable, cuyo estado de ánimo sufría altibajos a menudo. Estaba en tratamiento con antidepresivos, aunque era reacio a tomarse las pastillas. Tras su muerte supe que llevaba meses sin medicarse.

—¿Es tu manera de justificar su suicidio?

—No saques conclusiones precipitadas.

—Lo que tú digas —dije, poniéndome a la defensiva una vez más.

—No atravesábamos nuestra mejor etapa, es cierto, pero

nos queríamos. Era el hombre de mi vida, tanto como yo su mujer.

—Pero no te importó ponerle los cuernos.

—¡Basta de acusaciones! —Frenó sus pasos en seco. Yo también me detuve. Clavó sus ojos azules en los míos, con expresión de súplica—. Íngrid, por favor, escúchame.

Nos sentamos en un banco de piedra, cerca de la torre de comunicaciones de Montjuïc. Me dispuse a prestar atención con los labios sellados.

—Tu padre y yo nos queríamos con locura. Al principio, la nuestra era una relación sana, basada en la complicidad y en la mutua confianza. Nos envidiaban por ello y nosotros nos enorgullecíamos. Sin embargo, a raíz de entrar yo en el gabinete, su actitud cambió. Se volvió posesivo, inseguro. Si le hablaba de mis compañeros de trabajo, se mostraba celoso y a mí me chocaba, porque era algo nuevo. Me llamaba cincuenta veces al día con cincuenta excusas distintas. Quería saber dónde estaba y con quién a cada momento. Era como si unas manos me oprimieran el cuello lentamente. No soportaba la idea de perderme. Le obsesionaba que estuviera liada con alguien.

—¿Alguien como Héctor?

—Héctor irrumpió en mi vida como una bocanada de aire fresco justo cuando me sentía al borde de la asfixia. Sí, era un hombre atractivo y desde que empezamos a trabajar codo con codo se mostró interesado por mí. Eso me halagaba y le seguí el juego. Él no me preguntó si tenía pareja y yo no lo aclaré. Conectamos enseguida. Su temperamento jovial se me antojaba opuesto a lo cenizo que se había vuelto papá. Me encantaba estar con él y alargaba las jornadas adrede para retrasar todo lo que podía la hora de regresar a casa. Me siento fatal ahora al confesarlo —explicó, tapándose la cara con las manos, avergonzada.

–¿Y qué había entre ese tal Héctor y tú? ¿Estabas enamorada de él?

–¡No! Solo fue un tonteo sin la más mínima importancia. No ocurrió nada entre nosotros más allá de un coqueteo inocente.

Un silencio tenso se abrió paso entre ambas.

–Pero estabais juntos, ¿no? –titubeé.

–No, Íngrid. Jamás le fui infiel a tu padre.

–Lo oí. Se lo contaste justo antes de que se encerrara en la habitación.

–Sí, se lo conté y me odio por ello. ¡Pero no era verdad! Estaba enfadada y quería fastidiarlo. Y desde entonces vivo con esa losa sobre mis espaldas.

Nos quedamos calladas. Mamá se las veía y se las deseaba para controlar las ganas de llorar. Emprendimos el camino de vuelta. Mis neuronas trataban de procesar la información a marchas forzadas. Me pregunté si estallar en un nuevo ataque de ira iba a servir de algo. Ella ya se sentía suficientemente culpable sin que nadie la acusara.

–Soy consciente de la imagen que doy –prosiguió–. Me observo a través de tus ojos y no me gusta ni una pizca lo que veo: una mujer amargada, vacía, volcada en su oficio como quien se aferra a una tabla de salvación. Sin ilusiones, muerta en vida. ¿Y sabes qué? Te equivocas. ¡Yo no soy esa en absoluto! Me considero joven y estoy viva. ¡Viva! Llena de anhelos, deseos, sueños. Pero los remordimientos no me dejan en paz. Rememoro las escenas una y otra vez, una y otra vez. Y me odio a mí misma, ¡me odio!

Cuando entramos en casa Trudy analizó nuestros semblantes y percibió que aún no habíamos terminado. No abrió la boca.

–Mamá –musité.

–Sí, ya sé lo que vas a decir. Le he fallado a todo el mundo. A mi marido, a mi madre, a mi hija. ¡Soy un puto desastre! –Plantada en medio del salón, su aspecto era el de una niña asustada o el de un cachorro que no encuentra a su dueño–. Lo siento, Íngrid. Lo siento, mamá. ¡Lo siento, Joan! –Alzó la vista al techo y se echó a llorar con una desesperación y un desconsuelo insoportables.

–Mamá, mamá…

La rodeé con los brazos y la estreché con fuerza. Estaba cansada de estar enfadada. Permanecimos así durante un buen rato, con Trudy como espectadora privilegiada en primera fila. Cuando nos despegamos, nos miramos unas a otras, las tres.

–¿Y si hacemos borrón y cuenta nueva? –propuso mi abuela.

–Es una gran idea –afirmé.

–Pero yo necesito que me perdonéis.

Mamá se sentó en el filo del sofá, junto a Trudy, con ojos suplicantes. Mi abuela le devolvió una mirada cargada de ternura infinita y expuso:

–No hay nada que perdonar, Lucía, todo está en tu cabeza. Eres tú la que debe perdonarse a sí misma. Ninguna de nosotras es responsable de lo que ocurrió. Joan era adulto y tomó una decisión. Precipitada, errónea…, pero suya. Se quitó la vida él y solo él, sin ayuda de nadie. Y fue una gran pérdida. –Le acarició la mejilla.

–Íngrid, no soporto que me odies –añadió mi madre.

–No te odio, mamá. –Me acuclillé ante ella y le cogí las manos–. Estaba enfadada con el mundo por lo que le pasó a papá y lo pagué contigo. ¡Lo siento!

–Te quiero tanto, hija mía… Te quiero tanto que duele.

–¡Venga, ya! Ahora vas a hacerme llorar a mí –protesté sin poder contener las lágrimas.

–Menudos caretos se os han quedado –agregó Trudy con ironía.

Mamá y yo nos incorporamos y nos acercamos al espejo de la pared, cuyo reflejo nos devolvió la imagen de dos rostros casi idénticos, congestionados, con los ojos irritados y la nariz colorada. Nos dio un ataque de risa. Hacía mil años que no nos reíamos juntas.

Nos abrazamos de nuevo, esta vez sin drama.

32

Burgos, 1 de septiembre de 1938

Don Enrique y doña Elvira tardaron días en encajar el golpe. Ella incluso dejó de ir a la iglesia a ayudar al padre Prudencio con la excusa de no encontrarse bien, que no era exagerada, porque la idea de que su hija fuera una perdida le producía una jaqueca indescriptible. ¿Cómo había podido pasar? La habían educado con unos valores cristianos sólidos y jamás había dado muestras de albergar tal ligereza moral. No sabían cómo hacer frente a semejante dilema. Alberto Aranda Olmedo la había repudiado con contundencia y sin posibilidad de arrepentimiento. Y ellos, que ya tenían una edad, no estaban dispuestos a ser el centro de las habladurías a esas alturas, después de una vida intachable. ¿Un nieto ilegítimo, en su familia? ¡Qué deshonra!

Por su parte, Adela sentía una vergüenza tan enorme que se consideraba merecedora del peor de los castigos y, decidieran lo que decidieran sus progenitores, lo aceptaría sin oponer resistencia. Se pasaba los días encerrada en el dormitorio llorando. No podía dejar de pensar en Luis, pero no sabía cómo localizarlo. Ojalá pudiera explicarle lo sucedido, seguro que él hallaría una solución.

El matrimonio Cifuentes debatió el tema durante semanas y, conscientes de que no podían esperar mucho más, porque la tripa de la niña crecía por momentos, tomaron una determinación algo drástica pero necesaria, según su criterio. Ambos estuvieron de acuerdo en que era lo mejor, dadas las circunstancias, y fueron a su habitación a comunicárselo:

—Te quedarás en el convento hasta que las aguas se calmen y nazca la criatura, hija —dijo don Enrique.

—¿En el convento?

—Sí, en el mismo en el que acaba de ingresar la nieta de doña Evarista —añadió doña Elvira con tono severo—. Ya he hablado con ella. Te vendrá bien pasar una temporada con las clarisas. A ver si ellas te transmiten la decencia que nosotros no hemos sabido inculcarte.

Cuando vislumbró la arquería de Santa Clara, le temblaban las piernas. Sus deseos de llorar eran más grandes que el ciprés que se erguía junto a la escalinata, testigo de lo que estaba a punto de acontecer. Depositó la maleta sobre el frío suelo de piedra y aporreó con saña el portón. El corazón le bombeaba con fuerza.

Miró a su padre con ojos suplicantes.

—Es lo mejor para ti, para nosotros y para la criatura, hija.

En cuanto la monja abrió, don Enrique cabeceó y se alejó.

—Usted debe de ser la hija de doña Elvira. —Alargó el brazo derecho.

—Sí, señora, quiero decir, hermana. —Se inclinó para besar el dorso de la mano que se le ofrecía.

—Madre. Soy la madre superiora, sor María de los Ángeles.

—Discúlpeme, madre.

—¡Adelante! ¡Vamos! No tenemos todo el día. —La invitó a acceder al interior con un gesto enérgico—. Bienvenida a Santa Clara.

Adela cruzó el umbral con timidez, sujetando el asa de su maleta. Escudriñó cada recoveco de aquel lugar sombrío, de paredes frías y austeras. Notó que un nudo áspero le oprimía la garganta. La madre superiora, que debía de rondar los setenta años, la precedió a paso ligero, dejando tras de sí la estela negra de su hábito. La estancia era tan oscura que a Adela le costaba diferenciar la figura de la monja del entorno. Llegaron a un despacho y la instó a pasar. Rezumaba autoridad. Se notaba que estaba acostumbrada a dar órdenes y a hacerse obedecer. El tono de su voz sonaba acuciante, imperativo.

Sor María de los Ángeles cerró la puerta y se sentó en el sillón que había detrás del escritorio. Con un leve movimiento, invitó a Adela a ocupar una de las sillas vacías.

—No sé si comprende la gravedad de este asunto, señora Cifuentes. —Sor María de los Ángeles señaló con la mirada el vientre de Adela con tal desprecio que la hizo sentir como un pequeño insecto al que podía aplastar cuando quisiera—. Doña Elvira me puso al corriente de la situación. Que sepa usted que está aquí gracias a la intercesión del padre Prudencio, que habla maravillas de su devota madre.

Adela asintió con los ojos humedecidos, sin atreverse a replicar.

—Vamos, la acompañaré a su cuarto.

Los días siguientes, trató de concentrarse en la parte positiva de su cautiverio. Como Burgos pertenecía a la nueva España, allí no había escasez de alimentos y podía volver a elaborar pan y otros dulces. De hecho, a la mayoría de las hermanas les gustaba el pan de Adela y la felicitaban. Aunque no todas la trataban con amabilidad.

De vez en cuando, al pasar junto a un corrillo que no se había percatado de su presencia oía cosas como: «Su marido es un hombre decente, como Dios manda, que ha luchado por una causa justa, hasta el punto de perder un ojo, ¿y qué se encuentra al volver de la guerra?» o «Se rumorea que el hijo que espera es de un rojo». Y las demás se persignaban, escandalizadas.

Algunos días se quedaba en su celda, así era como llamaban a las habitaciones, y no le extrañaba, realmente era como cumplir penitencia en una prisión. Pero era el único lugar donde disponía de total intimidad. Entonces se deleitaba tocándose la barriga, que cada vez abultaba más, y le hablaba a su bebé. Tenía la intuición de que era una niña, incluso había elegido un nombre para ella: María. Tan simple como bonito.

Pensaba mucho en Luis. No transcurría ni un solo día sin que le dedicara alguno de sus pensamientos o ensoñaciones, dormida o despierta. Podía percibir con claridad el calor de sus besos, la suavidad de sus caricias, la dulzura de sus palabras. Le bastaba con cerrar los párpados para ver sus ojos verdes, oír su risa contagiosa, sentir el tacto de su piel, el vigor de su cuerpo. Las imágenes evocadas eran tan vívidas que se estremecía. A veces la tristeza que le embargaba era tan profunda y el deseo de llorar tan incontenible que la paralizaban. Podía llorar durante horas. Podía pasarse días enteros llorando. Eran jornadas vacías y grises en las que no lograba concentrarse en nada más.

Le escribía cartas a Manolita en las que le pedía que hiciera cuanto estuviese en su mano para localizar a Luis. Resultó que Rodrigo también lo conocía, antes de la guerra solían moverse por los mismos círculos. Y así transcurrían los días para Adela, a la espera de que la vida se abriera paso a través de ella.

33

Sábado, 8 de octubre de 1938

Me encuentro en el último trimestre de gestación y gozo de buena salud. Está siendo un embarazo muy bueno. Apenas experimenté náuseas durante las primeras semanas y luego nada. Tengo buen apetito y me siento llena de energía. Mi hija nacerá en enero del año que viene si Dios quiere.

Menos mal que me permiten mantener correspondencia con mi familia, si no perdería la cabeza. La que me escribe más a menudo es Manolita, siempre me explica un sinfín de cosas, pequeñas o grandes, extraordinarias o insignificantes, mezcladas sin orden ni concierto. ¡Cuánto la extraño! Y a mi Manuela.

Esta es la última carta de mi cuñada:

Madrid, 3 de octubre de 1938

Querida Adela:

Por aquí las cosas siguen revueltas, aunque según Alberto la guerra está a punto de finalizar y España recuperará el honor y el orden gracias al Caudillo. Fíjate tú lo que ocurrió el otro día: mi madre fue al economato y mientras iba de camino sonaron las sirenas. ¡Menudo susto! Buscó un refugio y cuando estaba a punto de resguardarse vio que los aviones volaban muy bajo y comprobó que en lugar de lanzar bombas tiraban pan. ¡Sí, sí, pan!

Otra de las ocurrencias de Franco para convencer a la población de que el bando nacional es el único y verdadero.

Recogió todos los panecillos que pudo y los trajo a casa. Llevaban un envoltorio con una bandera española atravesada y una inscripción: «En la España Nacional, "Una, Grande y Libre", no hay un hogar sin lumbre ni una familia sin pan». ¡Bueno, no te imaginas cómo se emocionó mi cuñado! Que si el Generalísimo esto, que si el Generalísimo lo otro. No ha cambiado ni un ápice. ¡Con la que nos está cayendo! Y él sigue defendiendo su causa a pies juntillas.

¡Ay, por cierto! Olvidaba lo más importante. Rodrigo pasó por casualidad ayer por tu panadería y encontró allí a Alberto. Entró a hablar con él y, ¿sabes qué sucedió entonces? ¡No te lo vas a creer! Que apareció Luis. Sí, sí, tu Luis. No se cortó ni un pelo. Le preguntó a Alberto que dónde estabas y este respondió «¿A ti qué te importa?». Luego empezó a gritarle que si había sido él quien te había dejado embarazada y te insultó. Entonces, Rodrigo se apartó, porque..., bueno, Luis arreó un puñetazo a Alberto que le rompió la nariz. ¡Sí, le rompió la nariz! Y lo tumbó en el suelo. Empezó a sangrar a borbotones, mi marido sacó un pañuelo y se lo dio.

Luego tiró de Luis hacia fuera de la panadería y, cuando Alberto ya no podía oírle, le confirmó que sí, que el niño es suyo y que estás en el convento de las clarisas de Burgos hasta que se calmen las cosas, pero que no se preocupe, que te encuentras bien. Después de eso, Luis se alejó y san Rodrigo le curó la nariz a su insolente hermano.

¿A que acabo de hacerte muy feliz? Recibe un
suave achuchón.
  Tu cuñada que te quiere,
  Manolita Gómez Hernández

Luis me está buscando, está preocupado por mí. ¡Mi Luis! ¡El padre de mi hija! ¿No es maravilloso?

34

Burgos, 4 de enero de 1939

Aquella fría mañana, alguien golpeó la puerta de los Cifuentes con insistencia antes del amanecer. Estaban despiertos, ultimando los preparativos para el viaje. El padre Prudencio iba a pasar la festividad de Reyes con su hermana en Madrid y habían decidido acompañarlo con la intención de convencer a su yerno de que perdonara a Adela y aceptara a la criatura inocente que llevaba dentro.

—Es muy temprano, ¿quién será? Mira a ver —dijo doña Elvira.

—Buenos días. Usted debe de ser don Enrique.

Un joven con sotana negra abotonada de arriba abajo y con un fajín en la cintura, negro también, esbozaba una sonrisa de oreja a oreja. Llevaba gafas redondas con montura metálica.

—Buenos días, ¿y usted? —Don Enrique respondió al saludo con indecisión, pensando que aquello era cosa de doña Elvira.

—Me llamo Ángel.

—Pase, pase, voy a avisar a mi esposa. —Sostuvo la hoja mientras el clérigo entraba en la casa con gran soltura—. Siéntese, por favor. Elvira, ¡ha venido el padre Ángel! —anunció al entrar en la cocina, y se rascó la calva.

—¿Y quién es el padre Ángel?

Se asomó al salón. El hombre se acercó y le tendió la mano, que ella besó desconcertada.

–Les agradezco que me permitan viajar con ustedes. Tal como están las cosas, es mejor ir acompañados.

Don Enrique y doña Elvira se miraron sin saber qué decir y dieron por hecho que era cosa del padre Prudencio. Parecía un buen chico y la sotana les daba tranquilidad. Fue el padre Ángel quien tomó la iniciativa de empezar a llevar el equipaje al vehículo en cuanto lo vio aparcado en la puerta.

El padre Prudencio, que llegó más tarde de lo previsto, pidió disculpas por haber incluido a un pasajero con el que no contaban, pero era el hijo de unos buenos feligreses y no podía negarse. La mujer y el marido se deshicieron en frases como «No hay de qué», «Faltaría más», «Para eso estamos».

Subieron al coche. El padre Ángel ocupaba el asiento del acompañante y el trasero el matrimonio.

–¿Y usted en qué iglesia celebra la eucaristía, padre Ángel? –preguntó doña Elvira.

–En ninguna. No soy sacerdote, sino diácono.

–Diácono, claro. Un diamante en bruto.

La locuacidad del padre Prudencio los mantuvo entretenidos durante horas.

Se hallaban cerca de su destino cuando vislumbraron, a lo lejos, el Puente del Rey que cruza el río Manzanares. Fue entonces cuando don Enrique admitió que no podía más, que necesitaba orinar con urgencia. El conductor detuvo el vehículo en una zona solitaria por la que no pasaba nadie. El hombre se apeó a toda prisa y se adentró en la vegetación hasta esconderse detrás de una encina. Tras el alivio fisiológico y mientras se abría camino entre los matorrales, notó movimientos extraños y frenó sus pasos en seco.

Dos hombres con pañoleta roja y negra anudada al cuello se acercaron al automóvil y se inclinaron para ver a sus ocupantes.

–Vaya, vaya, pero ¿qué tenemos aquí? –dijo uno.

–Con el clero hemos topado –exclamó el otro con sorna–. ¿A ti te gustan las ratas de iglesia?

A ambos extrajeron sendas pistolas y abrieron las portezuelas del conductor y el acompañante. El cuerpo de don Enrique se tensó. No podía mover ni un músculo. El padre Prudencio abrió la boca justo antes de que una bala mortal le atravesara el cráneo. El padre Ángel no corrió mejor suerte. No le dio tiempo a emitir sonido alguno. El espeluznante alarido de Elvira, su Elvira, se detuvo en seco con el tercer disparo.

El corazón de don Enrique parecía a punto de explotar en mil pedazos. Se pasó dos horas agazapado entre aquellos arbustos, sin cambiar de postura, muerto de miedo. Había presenciado los disparos, había visto a aquellos monstruos arrebatarle la vida a una de las dos personas a las que más quería en el mundo, había llorado como un chiquillo.

Emprendió la marcha como pudo. No fue capaz de quedarse con ella, no fue capaz. Se alejó lo más rápido que sus temblorosas piernas le permitieron. Cuando ya llevaba un buen trecho, reconoció la camioneta del frutero de su barrio y alzó los brazos, gritando. Subió al vehículo.

Emilio se dio cuenta de que algo terrible había pasado, pero don Enrique no podía hablar, solo balbuceaba.

–Me la han matado –repetía entre sollozos una vez tras otra.

Apenas se le entendía. Lo único que logró expresar con claridad fue su deseo de que lo llevara a la mansión Aranda. No podía dejar de recrear las imágenes que había presenciado. Su Elvira. Le habían matado a su Elvira, ¡su querida Elvira! Y él se había librado gracias a aquella urgencia fisiológica tan oportuna.

Doña Marta, Carmen y Antonio, que eran las únicas personas presentes que había en casa en ese momento, se asustaron al ver el aspecto de don Enrique. Le ofrecieron Agua del Carmen, le pidieron que tratara de tranquilizarse y le obligaron a tumbarse en el sofá con las piernas en alto.

Cuando el ánimo de don Enrique logró cierto grado de calma, se sentó y les contó lo sucedido con detalles.

—¡Los rojos han matado a mi Elvira! —dijo antes de echarse a llorar, preso de una desesperación absoluta.

Manuela, que jamás había visto a alguien tan mayor llorar como un niño, se acurrucó en una esquina del salón, abrazada a Pepo y haciendo pucheros. Los demás estaban consternados tanto por la noticia como por la desolación de don Enrique, que se tapaba la cara tratando en vano de disimular su deplorable estado. De repente cesó el llanto y un gesto de dolor convulsionó su semblante mientras se agarraba el pecho con la mano derecha, abría los ojos con estupor y caía al suelo.

Esta vez el infarto fue fulminante. Nadie pudo hacer nada por él.

35

Burgos, 6 de enero de 1939

Sor María de los Ángeles golpeó la puerta del cuarto de Adela con suavidad.

–¿Se puede?

–Adelante.

La madre superiora entró. La joven, cuyo prominente vientre estaba a punto de estallar, reposaba en el catre. Llevaba días sintiéndose muy pesada y se le hinchaban los tobillos. Trató de incorporarse con dificultad.

–No hace falta que se levante, descanse.

Adela se recostó de nuevo, pero la repentina y exagerada amabilidad de sor María de los Ángeles le escamó.

–¿Qué sucede, madre?

–Hija, me temo que no traigo buenas noticias.

Se reincorporó.

–¿Qué? ¿Qué ha pasado? ¿Son mis padres?

La monja bajó los párpados y asintió con lentitud.

–Han sufrido un terrible accidente.

–Pero ¿se encuentran bien?

–Ahora están con Dios, hija mía, y descansan en paz.

Adela se puso de pie y se acercó a la madre superiora.

–Pero ¿qué está diciendo? Miente. ¡Miente! –La golpeó con los puños, presa de un ataque de histeria–. ¡Es usted cruel y despiadada!

–¡Pare de una vez, me está haciendo daño! –Le sujetó las muñecas con fuerza y la obligó a sentarse en la cama.

–¿Dónde están? Dígamelo.

–Quería ahorrarle los detalles escabrosos, pero no me deja otra opción que ser sincera: a su madre le disparó un rojo y, del disgusto que se llevó, su padre murió de un infarto.

–¿Qué? No es verdad. ¡No es verdad!

Las lágrimas anegaron el rostro de la joven. Sor María de los Ángeles se sentó a su lado, en silencio, esperando que amainara el temporal. Adela se levantaba, caminaba por la habitación, se volvía a sentar. En una de esas, de su entrepierna empezó a emanar líquido y se hizo un charco en el suelo de la celda.

–¡Virgen santísima! Está de parto, criatura.

–¡Pero si no estoy cumplida! –balbuceó entre hipidos.

La madre superiora se asomó a la puerta y llamó a voces a Felisa, que acudió de inmediato.

–Pon agua a calentar. Avisa a sor Águeda ¡y al doctor Quiñones! ¡Corre!

La novicia obedeció sin rechistar.

El médico tardó en llegar. Sor Águeda, que había sido comadrona en sus años mozos, tomó las riendas de la situación. Las contracciones, cada vez más intensas y frecuentes, le recordaron a Adela que estaba viva y que debía esforzarse en seguir estándolo, porque la criatura la necesitaba, y eso era un milagro precioso. Sus gritos y gemidos se expandieron por los muros y recovecos de aquella casa sagrada, espantando a las hermanas.

Transcurrieron horas.

–Algo no va bien. –Sor Águeda le hizo un tacto con la esperanza de ver la cabecita del bebé, que se hacía de rogar. No estaba resultando un parto fácil, pero tampoco era el peor que había asistido.

–No puedo más, no puedo más… –dijo Adela, dejándose caer, exhausta.

Tenía la cara bañada en una mezcla de lágrimas y sudor, varios mechones empapados, pegados a la frente, el camisón blanco de mangas largas, arremangado de manera que solo le cubría los pechos, húmedo y adherido a la piel.

–Lo sé, querida, pero viene de nalgas, o sea que va a tener que empujar más todavía.

El doctor Quiñones llegó antes de que las cosas fueran a peor. Se lavó las manos en una palangana y se hizo cargo de la situación. Sor Águeda, sor María de los Ángeles y la novicia Felisa fueron testigos de todo lo que pasó entonces.

La parturienta estaba de verdad al límite de su aguante. Se le cerraban los párpados, aunque luchaba con toda su alma para mantenerse en alerta. Se le cerraban una y otra vez. Luego los levantaba con dificultad, pero se le volvían a cerrar.

–¡Vamos! ¡No puede dormirse ahora! –gritó el doctor.

Adela lanzó un chillido cargado de rabia, apretó con todas sus fuerzas, expulsó a la criatura y se desmayó.

Tardó horas en despertar.

–¿Cómo te encuentras?

Una vocecilla casi infantil le acarició el oído en cuanto abrió de nuevo los ojos. Era Felisa, que le tocaba la frente con delicadeza, sentada en el borde del catre.

–Muy cansada. ¿Y mi hija?

La novicia bajó la mirada, tratando de contener las ganas de llorar.

–Tenías razón, ha sido niña, pero... ha nacido muerta.

–No es verdad, la oí llorar –dijo con un hilo de voz.

–Es la fiebre, que te hace delirar. Duerme tranquila, necesitas descansar.

–Mi hija, mi hija...

Y volvió a perder el mundo de vista.

36

Burgos, 8 de enero de 1939

Adela parpadeaba, entreabría los ojos y los volvía a cerrar. Movía la cabeza de izquierda a derecha y de derecha a izquierda. La mayor parte del tiempo murmuraba vocablos ininteligibles, pero, de vez en cuando, pronunciaba una palabra o una frase coherente que se quedaba prendida en la atmósfera durante un instante y luego se esfumaba, como la gota de lluvia que desaparece en un charco. «¡Déjame!». «Mi niña». «No te vayas, por favor». «Luis». «María». «¡Mamá, papá!». «Ayúdame». La novicia Felisa le ponía paños empapados en agua fría sobre la frente y le hablaba con dulzura, tratando de hacerla regresar al mundo real.

Cuando despertó del todo, no recordaba dónde estaba. Se sentía confusa y le dolía el cuerpo como si le hubiesen dado una paliza. Le costaba pensar. Poco a poco empezó a reconocer algunos objetos, como el cepillo con el que se peinaba o la bata, colgada en una percha detrás de la puerta. Era la celda del convento que había sido su casa en los últimos meses. Sus ojos se detuvieron en la persona que se hallaba a su lado, sentada en la cama.

—Hola, ¿cómo estás? —Felisa le acarició la mano con ternura, le tocó la frente—. La fiebre ha remitido por fin. Tenías una infección que ha estado a punto de llevarte a la tumba.

—Gracias por cuidarme, Felisa. ¿Y mi niña? —Trató de incorporarse.

–No, no, no. –La empujó con suavidad y la obligó a tumbarse–. Tengo órdenes estrictas del doctor Quiñones de no permitir que hagas ningún esfuerzo. Tienes que reposar. Descansa.

–María, María… –Cerró los ojos.

Adela seguía muy débil y debía curarse primero. Ya tendría tiempo de sobreponerse a la tragedia. Había perdido a sus padres y a su hija. Felisa contempló con ternura cómo se sumía en un plácido sueño. La respiración acompasada, el semblante sereno. El médico opinaba que era mejor mantenerla algo sedada durante unos días hasta que recuperara las fuerzas.

Salió del cuarto a hurtadillas y cerró la puerta sin hacer ruido.

Luis había aguardado un tiempo prudencial. Había hecho sus cálculos y, según él, la criatura debía de estar a punto de nacer. Se había enterado de la tragedia que había segado las vidas de don Enrique y de doña Elvira y no podía ni imaginar el sufrimiento de Adela. Llevaba el uniforme de soldado porque pensaba que, de cara a las religiosas, causaría mejor efecto que ir de paisano. Aparcó el coche frente al convento de Santa Clara y encaminó sus pasos hacia el portón, decidido a no aceptar un no por respuesta.

Golpeó con fuerza. Esperó dos minutos y la volvió a golpear hasta que sor María de los Ángeles le abrió.

–Buenos días, ¿qué desea?

–Buenos días, hermana, ¿puedo pasar?

–Lo siento, pero no se admiten hombres en este lugar sagrado, soldado, debería usted saberlo; son las normas –soltó con la cabeza bien alta y cerró la puerta.

Luis la aporreó aún con mayor ahínco.

–¡Váyase! –gritó ella.

Varias hermanas se arremolinaron cerca de la entrada, murmurando, sin saber qué hacer.

–Vuelvan a sus quehaceres –les ordenó la madre superiora.

–Pero, madre –dijo la novicia Felisa–, al menos averigüemos qué quiere.

–¡He dicho que vuelvan a sus quehaceres, hermanas! Que no tenga que repetirlo.

Luis no se dio por vencido. Siguió aporreando la puerta y gritando el nombre de Adela durante horas. Hasta que ella lo oyó.

La muchacha se sentó en la cama con dificultad, puso un pie en el frío suelo de piedra y luego el otro. Se incorporó y buscó sus zapatillas. Se sentía algo mareada. Tiró de la manta y se envolvió con ella. Salió despacio, parecía un espectro. Cruzó el largo pasillo, descendió despacio la escalera aferrándose al pasamanos y abrió el portón. Ahí estaba Luis.

–¡Adela!

–¡Luis! Nuestra pequeña no sobrevivió al parto –se lamentó ella con voz quebrada.

–Cuánto lo siento –respondió él, y se le humedecieron los ojos.

A Adela se le aflojaron las piernas y Luis la sujetó a tiempo, antes de que se desvaneciera. La tomó en brazos y se dirigió al coche.

–Tranquila, ojos dulces, a partir de ahora yo cuidaré de ti –susurró mientras la acomodaba en el asiento de atrás.

–¡Oiga, no puede llevársela! –exclamó la madre superiora.

–¿Quién me lo va a impedir? –replicó él.

Luego encendió el motor y emprendió la marcha.

37

Madrid, 1 de abril de 1939

–En el día de hoy, cautivo y desarmado el ejército rojo, han alcanzado las tropas nacionales sus últimos objetivos militares. La guerra ha terminado. Burgos, primero de abril de 1939, año de la victoria...

Después de escuchar aquella noticia, doña Encarna se levantó con rabia, hizo girar la rueda del aparato y apagó la radio. Estaban en el piso de la panadería, lugar que se había convertido en punto de encuentro, además de ser la vivienda secreta de Adela y Luis.

–Nos han ganado esos hijos de... –Severiano se mordió la lengua, sabía que las palabras malsonantes incomodaban a sus contertulias.

–Bueno, al menos ha acabado esta maldita locura.

Doña Encarna deambulaba de un lado a otro de la cocina, inquieta.

–¿Eso crees? –Severiano la miró con tristeza–. Ahora es cuando empieza la verdadera guerra.

Adela no se sentía con fuerzas para consolar ni a su tía ni a nadie. Bastante tenía con su propia aflicción. Había llorado tanto en los últimos tres meses que no le quedaban más lágrimas que derramar. Cada vez que se movía arrastraba una sombra de pesadumbre que se había convertido en una especie de prolongación de sí misma. Lo mismo le sucedía al hablar. Su voz sonaba apagada, mustia, carente de entonación alguna. ¿Qué habría sido de ella si no hubiese sido por Luis? ¿Qué le importaba a ella que la guerra hubiera terminado? Le daba igual. ¿Quién le iba a devolver a sus seres queridos?

Severiano no se equivocó al vaticinar que lo peor estaba por llegar. Las penurias de los años de la posguerra fueron más terribles que las de la propia guerra. Las represalias, las denuncias, la caza de rojos como si fueran conejos. Muchos partidarios de la República se habían empeñado en creer que al finalizar la contienda vivirían en paz.

La miseria y el miedo invadieron las calles, penetraron en los hogares y en los corazones de la gente. Franco aseguró que nada tenían que temer aquellos que no tuvieran las manos manchadas de sangre, pero mentía. Numerosos activistas de izquierdas que ni siquiera habían luchado en el frente ni formaban parte de milicia alguna fueron detenidos y juzgados por el simple hecho de estar en posesión de un carné del Partido Comunista o de las Juventudes Socialistas Unificadas. Aquel que fuese sospechoso de no apoyar al régimen franquista corría el riesgo de ser encarcelado, torturado o aniquilado. Nadie se fiaba de nadie. Los delatores encubiertos pululaban por doquier.

Encarna y su sobrina vivían con el alma en vilo imaginando lo que el destino depararía a Julia y Mario si los encontraban, porque ellos eran de los que no se habían limitado a imprimir octavillas o a repartirlas. Las cárceles de Ventas y Porlier se llenaron de gente que había creído en la causa republicana. Adela y su tía de vez en cuando se paseaban cerca de aquellas largas colas con la esperanza de recibir alguna noticia. También visitaban a amigos y conocidos.

Se acostumbraron a esa rutina. Transcurrieron los meses y llegó la sombría década de los años cuarenta. Muchas personas convirtieron sus idas y venidas a las cárceles en su objetivo, su motor. Su vida giraba en torno a esas visitas.

Su existencia adquiría sentido gracias a las charlas mante-
nidas a través de la doble alambrada y a las amistades que
hacían en las largas colas de espera. Luego llegaron los
juicios. O, mejor dicho, aquella especie de paripé del que
nadie –o casi nadie– resultó indemne.

Supieron que al novio de María José, la amiga de Julia,
lo habían condenado a treinta años revisables y que más
tarde lo enviaron a la sierra de Guadarrama a trabajar en
la construcción del Valle de los Caídos en Cuelgamuros; se
alegraron por él. ¡Cualquier cosa era preferible a la muerte! Pero muchos hombres y mujeres no corrieron la misma
suerte. La sentencia solía ser irrevocable y contundente:
pena capital. Acusados de «adhesión a la rebelión», los fu-
silaban de madrugada en la tapia del cementerio del Este
mediante el procedimiento habitual. Un pelotón dispara-
ba a mansalva contra los acusados y, cuando yacían en el
suelo, les daban el tiro de gracia en la frente para rematar
la faena.

Uno de esos días, mientras merodeaban cerca de una de
esas colas, sucedió el milagro. Una chica se les acercó y les
dijo:

–Esperadme en la esquina de Padilla con Torrijos. Es importante.

Obedecieron con el corazón trotando como un potro desbocado. La muchacha, que conocía a María José y a Julia,
les entregó una carta. Era para Encarna, que la escondió
bajo la ropa con manos temblorosas y determinó no leerla
hasta que tuviera a Severiano a su lado. Aunque el sobre estaba en blanco, intuía que era de su hija. Y no se equivocó.

Abrió la misiva con dedos trémulos. Primero la leyó en
silencio para sí misma y luego para los demás. Cuando
a Encarna se le quebró la voz y un torrente de lágrimas
inundó sus mejillas, Severiano se la arrebató con delicade-

za y continuó su lectura. Era un relato largo y detallado de las penurias que habían padecido durante aquellos años de lucha. No obstante, seguían vivos y habían logrado escapar a Francia.

Habían pasado la mayor parte de la contienda a caballo entre Zaragoza y Tarragona. Después de la batalla del Ebro, se habían desmoralizado tanto que empezaron a planificar el éxodo, en vistas de la derrota inminente. A finales de enero de 1939, aprovechando que el Gobierno francés había abierto la frontera franco-española tras la caída de Barcelona, emprendieron la huida a través de los Pirineos. Exhaustos y desmotivados, lo único que deseaban era continuar con sus vidas. Alcanzaron su objetivo: desde entonces vivían en Toulouse. Julia le pedía a su madre una y mil veces que la perdonara, porque sabía lo mucho que la había hecho sufrir. También le repetía, en diferentes párrafos, cuánto quería a Adela y cómo la echaba de menos. Le proporcionaba una dirección segura a la que podía escribirle. Eso sí, Julia ya no era Julia, sino Dolores Trujillo Márquez. Y Mario tampoco era Mario, sino Pedro Morales Murillo. En las últimas líneas de la carta le anunciaba que iba a ser abuela.

Adela se levantó de un brinco y estrechó a su tía con tanto ímpetu que estuvo a punto de volcar la silla, luego abrazó a Severiano. Luis también la felicitó con cariño. Se abrazaron unos a otros con gran alborozo. Se echaron a reír y a llorar y otra vez a reír. No estaba todo perdido.

Un ápice de luz penetró en sus almas. Era la primera buena noticia que recibían en mucho mucho tiempo. Demasiado. Por fin, una alegría.

Por fin, una pizca de júbilo filtrándose por alguna rendija.

38

Íngrid

Transcurrieron los meses y la cadera de mi abuela experimentó una notable mejoría. Ya podía moverse ayudada por una simple muleta y caminaba con soltura por la casa, incluso subía y bajaba la escalera, con cuidado y prudencia. Como siempre ha sido tan independiente, a la mínima que pudo valerse por sí misma empezó a reivindicar su espacio, su autonomía, su intimidad. Yo intuía que mi estancia de okupa en el dormitorio de Trudy tenía los días contados. México y Clara reclamaban mi retorno con insistencia, yo anhelaba regresar y, a la vez, deseaba quedarme. Mi corazón estaba atrapado en una dicotomía insoportable.

A Trudy y a mí se nos ocurrió la idea de organizar una cena especial. ¿Qué íbamos a celebrar? La salud, el amor, el reencuentro. Tres mujeres de tres generaciones distintas, con nuestras discrepancias y afinidades, unidas de nuevo. La encargada del picoteo iba a ser yo y tenía claro con qué iba a deleitar a mis consortes: tacos y nachos. Pero no eso a lo que en España llaman nachos, sino los verdaderos nachos mexicanos, o una versión lo más auténtica posible, teniendo en cuenta el refinado gusto europeo de mamá.

Machaqué el aguacate con el tenedor, le añadí los daditos de cebolla y tomate crudos, la lima, el cilantro, el aceite de oliva, la pimienta y la sal. Mientras mezclaba todos los ingredientes, levanté la vista y vi a Trudy en la puerta de la cocina, observándome con una sonrisa que le ocupaba toda la cara y la hacía resplandecer. Estaba recién salida de la ducha, enfundada en su albornoz, con una toalla que le envolvía la cabeza a modo de turbante.

–¿Qué?

–Nada. Venía a decirte que voy a ponerme guapa, pero me he quedado embobada, como siempre. Me encanta mirarte. Ejerces una especie de influjo hipnótico sobre mí.

–Exagerada. Pregonas que no quieres que nadie sepa que eres mi abuela, pero cumples todos los tópicos.

–A decir verdad ya no me molesta. Al contrario, me enorgullezco.

Se alejó despacio. Me limpié las manos y corrí detrás.

–¿Quieres que suba contigo?

Ella había empezado a ascender los peldaños uno a uno, con la mano derecha sobre el pasamanos y la muleta en la izquierda.

–Gracias, cariño, pero puedo y debo hacerlo sola.

Me quedé unos segundos supervisando y me tranquilizó comprobar que no me necesitaba.

–Qué bien te queda el delantal –dijo una voz.

Me di la vuelta y vi a mi madre, que acababa de llegar. Habíamos dejado la puerta abierta de par en par no solo porque hacía calor, sino porque la cena tendría lugar en el jardín y yo había llevado ya algunas cosas a la mesa. Mamá estaba en la entrada de casa, justo en el hueco, apoyada en la jamba con actitud sinuosa. Lucía un vestido blanco estilo ibicenco, largo hasta los tobillos, estrecho, pero no ceñido, y un cinturón marrón a la altura de la cadera. Llevaba el cabello suelto, reluciente.

–Estás guapísima. –La escruté de arriba abajo.

–Bueno, he decidido quitarme el disfraz de picapleitos para no desentonar entre este par de *hippies* trasnochadas.

Avanzó hacia mí, serena, con una mueca pícara. Parecía una mujer nueva. Me besó las mejillas.

—¡Que se me queman!

Me dirigí a la cocina y me siguió. Extraje la fuente del horno, que contenía totopos cubiertos por frijoles y queso fundido. Eché el guacamole por encima.

—¿Tus famosos nachos?

—*Voilà.* —Los señalé y me quité el delantal—. Voy a vestirme.

—¿Pongo la mesa?

—Está casi todo, mira a ver qué falta.

Sentada en la cama de su habitación, la que yo ocupaba desde hacía unas semanas, mi abuela se ponía unos pendientes largos de plata con diminutos brillantes de color violeta. Se había recogido el pelo en un moño bajo, con sendos mechones sueltos a ambos lados de la cara, y se había maquillado. Su vestido era rosa fucsia, que, combinado con el fular de tonos amarillentos y naranja, adquiría aspecto de sari.

—Estás preciosa.

—Gracias, cielo. ¿Me prestas algún brazalete?

—¡Por supuesto! —Saqué del armario el neceser en el que guardaba la bisutería. Escogí uno ancho, plateado, con grabados aztecas—. Pruébate este.

—¡Oh, qué maravilla! —Se miró el antebrazo—. Es perfecto.

—Hay que reconocer que tenemos gustos similares, Trudy.

—A mucha honra, mi niña.

—Ya te digo. —Rebusqué entre la ropa interior y cogí unas braguitas—. Voy a darme una ducha rápida, no tardo nada.

—Espera, no lo cierres —dijo, señalando el cajón.

—¿Necesitas algo de aquí?

—Sí. Mira a ver si encuentras una bolsita de plástico.

Obedecí sin entender a qué se refería.

—No, aquí no hay nada.

—Hurga más al fondo —insistió convencida.

—Vale, pero ¿qué estoy buscando? ¿Vas a darme alguna pista? Espera… Creo que la tengo.

Extraje una bolsita transparente, de contenido inconfundible, y la balanceé en el aire.

—¡Ahí está! —Aplaudió con entusiasmo.

—¿En serio, Trudy? —Mis ojos pugnaban por salirse de sus órbitas. Mi cara debía de ser un poema. Era hierba—. Esto supera todas mis expectativas.

—Anda, arréglate. —Me guiñó un ojo, sonrió y se fue hacia la puerta.

—¡Voy! Ya veo que la noche promete.

Al cabo de un rato aparecí en el salón con un escueto top blanco anudado al cuello y unos pantalones colganderos de color teja y cintura baja. Con todos mis *tattoos* al descubierto, para no desentonar, me había perfilado los ojos y me había dado un toque rosado a los labios. Mi abuela y mi madre sostenían una copa de vino blanco y me esperaban, sentadas en el sofá, conversando relajadas.

Al verme, mamá silbó y Trudy espetó:

—¡Menudo pibón!

La verdad es que las tres nos habíamos esmerado y se nos veía hermosas, como habría dicho Clara, cada una a nuestro modo. La mesa del jardín era redonda, con superficie de piedra y una sola pata de hierro, sólida y consistente. Pesaba una barbaridad, por eso nos las vimos y nos las deseamos para moverla unos centímetros y estar más cómodas. A mí se me había ocurrido la idea de colgar en la pared unas luces blancas y había encendido montones de velas de té en vasos de cristal esparcidas por todo el jardín. Era sábado y estaba oscureciendo. Había luna llena y eso siempre era un buen augurio.

Lucía y Trudy se chuparon los dedos, literalmente, con las viandas sencillas pero sabrosas que dispuse sobre la mesa. Aunque soy más de cerveza, esa vez me apunté al vino blanco. Hablamos mucho, muchísimo. Parecíamos cotorras. Por suerte, los vecinos de las casas de al lado no estaban. ¡Menos mal! Porque me temo que fuimos bastante ruidosas.

–¿Qué lleva esto? –dijo mamá con la boca llena, zampándose el último bocado de un taco–. Está delicioso, Íngrid.

–Cebolla, pimiento rojo, pimiento verde, especias…

–Pero no pica.

–Claro que no, porque he adaptado las recetas a vuestros delicados paladares.

–A mí me han encantado los nachos –afirmó Trudy–, con su guacamole y sus frijoles. ¡Exquisitos!

–¿Brindamos otra vez? –propuse.

–Vale, pero hay que traer otra botella porque esta está en las últimas –dijo mamá e hizo ademán de levantarse.

–Tranquila, voy yo –la frené, tocándole el brazo.

Cuando volví con el vino, la abuela me lanzó una mirada maliciosa.

–Y aún falta lo mejor –anunció.

Mi madre nos miró e interrogó:

–¿Qué pasa aquí? ¿Qué estáis tramando? Miedito me dais. ¡Las dos!

Llené las copas, las hicimos chocar unas con otras y dijimos al unísono:

–¡Por nosotras!

–Por cierto, ¿cuánto hace que no tienes una cita, mamá?

–¡Uf! –Bebió un sorbo de vino.

–Pero ¿estás en alguna página de contactos? –insistí. Ella negó con la cabeza y clavó la vista en el contenido de su copa. Dio otro trago, esta vez más largo–. ¿De verdad, mamá? Eres superjoven. Se acabó. Tienes que volver al mercado, chica.

—No es obligatorio tener pareja para ser feliz, Íngrid. Me he acostumbrado a estar sola, qué quieres que te diga.

—Por supuesto que no pasa nada por no tener pareja, pero no me vendas la película de tu felicidad porque conmigo no cuela. Yo no digo que te cases, pero tendrás que «comer», ¿no?

Trudy soltó una carcajada y mi madre se ruborizó.

—¿Y tú qué sabes si yo «como» o no? —preguntó y volvió a beber.

—Que sí, que sí. Luego te descargo una *app* y te explico cómo va.

Mi abuela me dio un codazo y yo le hice un gesto de «Vale, tranquila, ya voy». Metí la mano en el bolsillo y saqué el porro como quien no quiere la cosa.

—Es uno de tus cigarrillos, supongo —dijo mamá con cierto retintín.

Trudy y yo intercambiamos miradas cómplices. Busqué mi encendedor.

—No. No es tabaco —corroboré desafiante.

Acto seguido lo encendí, le di una calada y se lo pasé a Trudy.

—¿Os habéis vuelto locas o qué?

Mamá se puso de pie y miró hacia las casas vecinas, a punto de entrar en pánico.

—Va, relájate, madre mía de mis amores.

Le quise dar el cigarrillo, pero lo rechazó dando manotazos en el aire y se lo entregué a Trudy.

—¡Ya te vale, Íngrid! Es tu abuela, tiene ochenta años.

—No, si la hierba es suya.

—¿Qué? ¡Pero mamá!

Trudy y yo empezamos a reírnos. No íbamos a cejar en

nuestro empeño de convencer a mi madre. Eso lo teníamos claro.

–Una caladita no te va a matar, hija –sentenció mi abuela–. No seas tan estirada por una vez en la vida.

Apuró el contenido de su copa y se sirvió otra. Bebió y se cruzó de brazos, en plan «Estoy enfadada y paso de vosotras».

–Está bien –dijo, de repente, un buen rato después–. Lo probaré.

Miré a Trudy con expresión de «¡Lo conseguimos!» y le pasé el porro. Mi madre lo cogió y observó como quien estudia un espécimen extraño. Luego le dio una calada tímida e insuficiente.

–Ponle más alma, va –la animé.

Me hizo caso. La segunda calada fue profunda. Tras exhalar el humo nos miró con un gesto de negación y se echó a reír y a toser.

–No me puedo creer que os esté siguiendo el juego, ¡sois tremendas! Ahora entiendo por qué os lleváis tan bien. ¡Sois tal para cual! ¿Por qué no os casáis?

–¡Porque sería incesto! –solté, dando a Trudy con el codo, presas de unas risotadas de lo más tontas.

Al cabo de unos tres cuartos de hora la que más hablaba, fumaba, bebía y reía era mi madre. ¡Me encantó descubrir a esa Lucía! Descontrolada, imperfecta. La adoré. La amé con todo mi corazón.

–¿Os acordáis de cuando esta –me señaló– tenía dieciséis años y llevaba no sé cuántos tatuajes y *piercings* sin que yo me enterara? ¿No es increíble? ¡Vivía en la parra! Sigue siendo un misterio para mí cómo lograba ocultármelos. Era magia, ¡magia!

–Mi astucia versus tu ingenuidad –afirmé convencida–. Pan comido.

–Ay, Lucía, hija mía. –Trudy meneó la cabeza de un lado a otro–. Has sido siempre tan cándida.

Nuevas risas a tres bandas. ¡Vaya si recordaba aquello! El tatuaje en el omoplato y el *piercing* del ombligo me los tapaba la ropa. Nunca me desnudaba delante de mi madre. Ella creía que era por pudor, pero nada más lejos de la realidad. Luego estaba el *piercing* de la lengua, que bastaba con no sacarla, y el más divertido: el de la nariz, que consistía en dos bolitas que me asomaban por los orificios nasales y podía esconderlas dándoles un pequeño empujoncito hacia arriba. Trudy argüía que si seguía así acabaría pareciéndome a Lisbeth Salander, la de la serie *Millennium*. Y eso, lejos de ofenderme, lograba que me reafirmara aún más en mi *look* alternativo.

–Y hablando de candidez. Lucía, cuéntale a tu hija cómo conociste a su padre, que no lo sabe.

–¿No, Íngrid? ¿No te lo he explicado?

–A grandes rasgos, sí. Aunque desconozco las minucias.

–Acababa de empezar Derecho. Era mi primer día… Imagíname, dieciocho añitos. Tan inocente, tan pánfila, tan pija.

–No sé tú, pero yo la visualizo –le dije a Trudy al oído.

–Yo también –respondió.

–Bueno, es que tú la conocías.

Risas.

–Cierto.

Más risas.

–Tengo entendido que ahora están prohibidas, pero en mis tiempos existían las novatadas –siguió mi madre–, que consistían en que los alumnos de quinto te daban una serie de instrucciones absurdas que tú debías cumplir porque si no lo hacías te mojaban en la fuente o algo peor. Y ahí estaba yo, carne de cañón, que deambulaba por los pasillos como alma en pena, buscando la Secretaría para consultar un tema relacionado con las optativas del primer semestre. Había dos chicas que no me quitaban ojo. Lo que más deseaba yo era pasar desapercibida y sucedió justo lo contrario. Se me acercaron y me preguntaron si era novata. Intenté mentir, pero ellas eran veteranas y evidentemente no colaba. Me pidieron que les acompañara y yo obedecí sin rechistar... Estaba muerta de miedo. En el comedor universitario, me señalaron a un «pardillo» que acababa de entrar. El hombre vestía gabardina y estaba sentado leyendo un periódico. Me pusieron un delantal blanco con grandes bolsillos, me lo ataron a la cintura y me dijeron que fuese a preguntarle qué iba a tomar. Si no lo hacía, me meterían la cabeza en el inodoro. Las miré furibunda, les arranqué de la mano la libretita y el bolígrafo y me fui hacia el desconocido, intentando convencerme de que no podía ser tan complicado. Me sentía observada y me temblaban las piernas. Me planté delante de él y por unos instantes fui incapaz de articular vocablo alguno. Alzó la vista y pude comprobar que se trataba de un hombre atractivo, con barba y unos ojos tan claros que no pude adivinar el color. Me ruboricé tanto que creí fundirme de la vergüenza. Cuando le pregunté qué deseaba tomar se quedó tan paralizado como sorprendido, ya que siempre se había pedido en barra. Me pidió un café solo, me dio las gracias y se concentró de nuevo en los titulares del diario. Caminé hacia el mostrador, pero antes de llegar tomé un desvío y regresé con las instigadoras. Estaban con un gran grupo de gente y todos se reían a mi costa. Me sentí tremendamente ridícula y humillada. Y tu padre tan tranquilo, sin enterarse de nada.

–¿De verdad no se dio cuenta? –dije con los ojos muy abiertos.

–¿Joan? –inquirió Trudy–. ¡Menudo! Era más tontorrón que Lucía, incluso.

–Pero la cosa no quedó ahí –prosiguió mamá–. El mismo día de la bromita, horas más tarde, estaba yo en una de las aulas, preparada para disfrutar de mi primera clase de Derecho Civil de la Persona. Había llegado minutos antes, como es mi costumbre, y esperaba al profesor en primera fila. Entonces entró, ¿y quién era?

–¡Papá!

–¡Bingo! Quería morirme. Un calor insoportable me invadió toda la cara, incluidas las orejas y el cuello. No logré prestar atención a la clase. Tomé unos apuntes tan incoherentes y llenos de lagunas que después le tuve que pedir los suyos a una compañera. Él impartió su lección con naturalidad, sin titubeos. Cada vez que me miraba, cosa que sucedía con frecuencia, yo me ruborizaba. Cuando terminó y me levanté con la intención de salir disparada a toda pastilla, me detuvo con un gesto y dijo: «Un café delicioso, señorita Evans». Me guiñó un ojo y yo me excusé como pude antes de salir corriendo. Así conocí a tu padre.

–Desde luego erais tal para cual. ¡Y lo calladito que te lo tenías, pillina!

–No sé. A veces una se guarda cosas.

Bebió otro sorbo de su enésima copa y clavó sus ojos en mi abuela. Tuve la sensación de que hacían referencia a una especie de código, familiar para ellas, desconocido para mí.

–El corazón de una mujer es un profundo océano de secretos –recitó mi abuela, que alzó el mentón y dibujó un círculo en el aire con su copa.

–¡Eso es de *Titanic*! –exclamé.

Risas y más risas. Escandalosas, exageradas, cómplices.

–¿Y tú? ¿Cómo conociste a Michael?

–Te lo he contado mil veces, cielo.

–Quiero detalles –insistí.

Mamá asintió.

–Michael, Michael, Michael. –Trudy cerró los párpados y emitió un profundo suspiro, antes de iniciar su relato–: Aquel fin de semana apareció en la aldea ibicenca un grupo de moteros que, en teoría, estaba de paso. Oí el rugido de las Harley-Davidson, sentí curiosidad y me asomé a ver qué sucedía. Ellos charlaban en círculo, en ese inglés característico que hablan los americanos, mientras bebían botellines de cerveza. Pero a mí me llamaron más la atención sus motos, aparcadas a pocos metros de distancia. Me quedé boquiabierta admirando una de esas preciosidades, la recuerdo como si la estuviera viendo ahora mismo: roja, con unas llamas dibujadas en los laterales y la imagen de una calavera en la parte frontal. De los manillares colgaban tiras y en la parte trasera ondeaba una inconfundible banderita de Estados Unidos. Me acerqué, deslicé los dedos con suavidad y tuve grandes tentaciones de encaramarme sobre su lomo. «¿Quieres que te dé una vuelta?», pronunció una voz grave, profunda, con un marcado acento yanqui que me resultó de lo más seductor. Cuando levanté la cabeza descubrí ante mí al hombre más bello que había visto en toda mi vida: alto, con unos pantalones de cuero negro muy apretados, botas camperas, camiseta blanca de mangas a la sisa y un chaleco marrón con flecos. Tenía unos brazos fornidos, poderosos, llenos de tatuajes. Pero lo más gracioso era su sombrero de *cowboy*, que se quitó para hablarme. Tenía el cabello largo y castaño, recogido en una coleta, ojos azul cielo, piel blanca. Cuando sonreía, algo que hacía con frecuencia, se le formaban unos irresistibles surcos en las mejillas, que se veían a pesar de la poblada barba. Era muy atractivo y más joven que yo. Caí rendida a los pies de ese Adonis vaquero de forma fulminante. Me dijo su nombre y me fui con él, por supuesto. Y solo puedo deciros que lo que hubo entre nosotros... ¡hizo temblar montañas! Es lo más increíble que me ha ocurrido jamás. Con Michael descubrí que la pasión de la que tanto hablan escritores y guionistas existe. No es pura ficción. Sabíamos que lo nuestro tenía principio y final. Él era un espíritu libre. Bueno, ambos lo éramos, pero yo, en un instante de flaqueza, le sugerí que se quedara. Incluso llegué a insinuarle que podía acompañarlo al fin del mundo si me lo pedía. No me lo pidió. Nos separamos de mutuo acuerdo, sin traumas, sin dramas. No volvimos a vernos y él jamás supo que me había dejado embarazada.

–Es una historia preciosa.

–Sí que lo es –añadió mi madre–. Me apena no haberlo conocido y a la vez me siento orgullosa de él, por extraño que parezca.

–Has heredado sus ojos, su porte, su risa, los hoyuelos de las mejillas y un sinfín de cosas más –continuó mi abuela–. ¿Y sabéis qué? Todavía hoy, cada vez que oigo el rugido del motor de una Harley-Davidson noto una especie de cosquilleo en... ¡Bueno, ya me entendéis!

–¡No! ¿Va en serio, Trudy?

–¡Mamá!

–Os lo juro. Funciona en mí como el mejor de los afrodisíacos.

Mamá y yo intercambiamos miradas de incredulidad y observamos a Trudy. Ella se encogió de hombros, como si nada, y levantó las manos en un gesto de «Sí, ¿qué queréis que os diga?». Estallamos en carcajadas las tres a la vez y mi madre espurreó el vino que tenía en la boca.

Cuando por fin nos calmamos, mamá retiró la silla, se incorporó y anunció:

—¡Es tardísimo, chicas! Debería irme.

—¿Cómo vas a conducir así, hija? ¿Estás loca o qué?

Trató de caminar, pero se tambaleaba. Se dejó caer de golpe sobre la silla, apoyó los codos en la mesa y se tapó la cara con las manos.

—Loca no sé, pero borracha seguro —farfulló.

—Tú hoy te quedas aquí a dormir la mona, guapa. Y no es una sugerencia, es una orden, mamá. Y, por cierto, Trudy, hablando de confidencias, tengo otra pregunta para ti.

—Te temo cuando te pones así, cariño.

—¿Quién es Adela? —le pregunté.

—Es tarde, mi niña. Vámonos a descansar. Mañana será otro día. Sé que parece que te estoy dando largas, pero no. Esta vez no. Vuelve a preguntármelo durante el desayuno. No me escaquearé.

—¿Me lo prometes?

—Te lo prometo. Vamos. —Señaló a mi madre con la cabeza.

Eran las tantas de la madrugada y ahí seguíamos las tres, en nuestro particular Jardín de la Alegría, sin ganas de movernos. Felices, satisfechas, pletóricas. Mi madre se había quedado dormida como un bebé, con una mejilla apoyada sobre el mantel y la boca abierta. Trudy se levantó despacio y agarró la muleta. Yo zarandeé a mamá con suavidad y la ayudé a erguirse. Y la luna, testigo silencioso de nuestra velada de chicas, sonrió.

Una agradable brisa con olor a dama de noche nos envolvió.

39

Madrid, 20 de mayo de 1950

El discurrir de los años disipó la tristeza de Adela y la ayudó a olvidar. Luis y ella nunca se casaron, pero fueron una pareja dichosa, cómplice, divertida. Después de la pelea en la que Alberto acabó con el tabique nasal destrozado, les dio vía libre y no volvió a inmiscuirse en sus vidas. Ella siguió amasando pan y Luis vendiendo telas. ¿El secreto de su felicidad? Que eran grandes amigos, además de amantes apasionados. No pudieron tener más hijos, pero adoraban a sus *sobrinos*: Manuela; Carlos, el francesito, y todos los que tenían por parte de Luis.

Aunque detestaba al dictador y no quería verlo ni en pintura, cuando Franco se paseaba escoltado por la Guardia Mora durante los festejos nacionales, Adela jamás se perdía los desfiles. Siempre se preguntaba qué había sido de Ahmed. ¿De verdad regresó a su país o formaba parte de aquel séquito tan exótico? Los escrutaba con atención. Creía ver la cara de Ahmed en el rostro de cada uno de aquellos guardias tan morenos y apuestos, montados a caballo, con sus uniformes rojos, las llamativas capas blancas ondeando al viento, tocados con el turbante.

Adela siempre había intuido que su hija estaba viva. Eso la reconcomía y enturbiaba su bienestar. Algunos días le daba tantas vueltas al asunto que acababa desquiciada. Luis, práctico por naturaleza, trataba de convencerla de que estancarse en el pasado no servía de nada. Incapaz de hallar una solución, y con el fin de aliviar su propio resquemor, ella le hacía caso. Solo así lograba saborear una migaja de paz.

Hasta aquella mañana de primavera.

Se encontraba en la panadería, sumergida en la rutina cotidiana de atender a la clientela, cuando el cartero saludó con cordialidad y le hizo entrega de varias cartas. Sin mirarlas, Adela las metió en el bolsillo del delantal y siguió trabajando. Solo cuando colocó el cartel de CERRADO y echó el cierre, se sentó un momento a descansar en la trastienda. Extrajo las misivas y comprobó que todas eran facturas excepto una, escrita a mano con letra cursiva, elegante y puntiaguda. Era para ella y el matasellos era de Burgos. Sin remitente.

Mientras la abría, un pellizco le atenazó la boca del estómago.

Burgos, 17 de mayo de 1950

Muy señora mía:

Mediante la presente me dispongo a expresar la conveniencia de que usted se reúna conmigo a la mayor brevedad posible. El motivo de tal urgencia es informarle de un asunto acontecido en enero de 1939 y que es de su total incumbencia. Debido a la delicada naturaleza de la cuestión, prefiero hablarlo con usted cara a cara. Ruego sepa disculparme y le agradezco de antemano que sea discreta. Quedaremos en un lugar público. En el reverso de la hoja hallará las señas, el día y la hora. Venga sola.

Suya,

Sor María Asunción Martín

«¡Oh, Dios mío! Enero de 1939... ¡Es el mes que nació María!», pensó. Alzó la cabeza y soltó la hoja de papel sobre su regazo. Se tapó la boca con las manos y se le dilataron las pupilas. Se levantó de un salto y las cartas revolotearon antes de esparcirse por el suelo. Se acuclilló para recuperar solo la que le interesaba. La monja le pedía discreción, pero ¿tanta como para ocultárselo a su hombre, a quien se lo contaba todo? No estaba segura de lo que haría al respecto.

Cuando Luis quería sexo, se ponía juguetón. Solía corresponderle gustosa, pero aquella noche no estaba muy por la labor. En cuanto llegó a casa, él la miró embelesado, sin parpadear. A ella le sorprendía que la mirara así, después de más de diez años juntos. Adela le echó los brazos al cuello mientras él rodeaba su cuerpo con los suyos, rozaba su mejilla contra la suya y la levantaba medio palmo del suelo. Se abandonaron a un beso largo y húmedo. Cuando lograron despegarse, se cogieron de las manos y fueron al dormitorio.

—Tengo que decirte una cosa.

—Después —respondió él.

Optó por guardar silencio y acercar su frente al pecho de Luis, como si buscara refugio en su corazón. Él olió su cabello y se lo revolvió, le acarició la nuca, el cuello, la espalda y la estrechó con fuerza. La boca de Adela subió despacio, muy despacio, sedienta, buscando otra boca en la que calmar su sed. Se dejaron caer sobre la cama. La mente de Adela repetía «No se lo digas» y al cabo de un instante «Tienes que decírselo», pero sus cuerdas vocales se negaban a articular sonido alguno y su voluntad, envuelta en una nebulosa de deseo, perdía fuelle segundo tras segundo.

Mientras los labios de Luis se deslizaban por el mentón, la clavícula o el lóbulo de la oreja, una de sus manos exploró primero la zona del escote, luego emprendió un recorrido por la cintura y la cadera, alzó el camisón y se perdió

entre la suavidad de aquellos muslos blancos, bien tor-
neados. «Tienes que decírselo», pensaba Adela, hablando
sin hablar al tiempo que se echaba sobre ella y la sensatez
quedaba supeditada al anhelo de sentirlo dentro... Y no
se lo dijo.

Acudió sola al lugar señalado, el día indicado, a la hora
acordada. Hasta ese instante, Adela no había caído en la
cuenta de que la tal sor María Asunción no era otra que
Felisa, aquella joven que ingresó de novicia en el convento
de Santa Clara cuando a ella le faltaba poco para dar a luz.
—¿Cómo estás, Adela?
—Hola, Felisa, o sor María Asunción. Bien, ¿y tú?
Intercambiaron besos en las mejillas antes de sentarse.
—No tan bien. Iré al grano, porque lo que tengo que con-
tarte me pesa tanto en la conciencia que va a acabar con-
migo —susurró.
—¿Es sobre mi hija?
—Sí —dijo con la voz quebrada.
—¡Habla de una vez, por Dios!
—Tu hija no murió en el parto, Adela, era una niña sana.
Te la robaron para entregarla en adopción a una familia
adepta al régimen franquista. Sor María de los Ángeles y
el doctor Quiñones colaboraban con la organización fa-
langista Auxilio Social, hicieron lo mismo con cientos de
chicas.
—¿Sabes cuántas veces he tenido la misma pesadilla a lo
largo de estos años? Todos estos años he querido compartir mi esperanza, mi intuición, pero tenía tanto miedo a
que no me creyeran...
—No es una pesadilla, Adela, sucedió de verdad. Te seda-
ron para que no te enteraras de nada, pero yo estaba ahí,
fui testigo.

—¿Y tienes alguna idea de dónde está mi niña?

—No, lo siento. Y perdóname por no habértelo contado antes, ¡le tenía mucho miedo a la madre superiora! Ojalá se pudra en el infierno, que es donde está ahora.

Adela ya no pudo contener la cascada de lágrimas que empapaba su rostro, sentía que perdía la batalla. Luego bajó y subió el mentón a modo de respuesta.

Se lo contó a Luis y juntos emprendieron una búsqueda infructuosa que duró toda la vida. Incluso cuando él murió, después de una larga enfermedad, ella siguió investigando. Pero el franquismo guardaba sus pecados a buen recaudo y no era fácil deshacer los nudos. Más de treinta mil niños desaparecieron durante la Guerra Civil y la posguerra. Se trataba, en su mayoría, de hijos de presas republicanas. Se los dejaban tener a las madres hasta que cumplían tres años o eran fusiladas. Después los entregaban en adopción a familias católicas para que los educaran «como Dios manda». Los registraban con otros nombres y apellidos, por eso era tan complicado que los familiares verdaderos los encontraran.

Tras confirmar que estaba viva, aquella misma noche, entre lágrima y lágrima, Adela escribió la primera de una larga sucesión de cartas dirigidas a su hija.

Nunca supo adónde enviarlas, pero continuó haciéndolo hasta el fin de sus días.

40

Íngrid

La más perjudicada fue mamá. Y, como era de esperar, a la mañana siguiente tenía una resaca de órdago. Trudy y yo amanecimos frescas como rosas. Habíamos dormido a pierna suelta las tres, eso sí, y nos levantamos tardísimo. Preparé café y tostadas. Me pareció buena idea que desayunáramos también en el jardín y bajé el toldo, porque el sol pegaba con fuerza a esas horas. Mamá no probó bocado. Se atiborró de cafeína y analgésicos y se limitó a escuchar, sin intervenir.

–Aunque resulte increíble –explicó Trudy–, hay cosas de mí que nunca os he contado. ¿Por qué? Ni yo misma lo sé. La cuestión es que ya tengo una edad y el tiempo pasa rápido. Creo que es ahora o nunca.

–Trudy, me asustas –advertí–. Cualquiera diría que esto es una despedida. ¿Te estás muriendo?

–¡No, cielo! –Me acarició la mejilla–. Bueno, todos vamos a morir algún día y yo estoy en primera línea, qué duda cabe, pero no va de eso.

–Bien. Cuéntanos.

–Tus bisabuelos –me miró– eran muy de la vieja escuela. Yo los quería, pero no estaba de acuerdo con ellos en casi nada. Aun así, me jacto de haber disfrutado de una infancia feliz. Guardo recuerdos bellos del pueblo de Ávila en el que me crie. La etapa difícil llegó con la pubertad. Mi padre compró esta casa y nos instalamos en Barcelona de forma definitiva. Empecé a discutir con mi madre día sí, día también, pero, como sabéis, las peleas entre madre e hija adolescente son un clásico desde que el mundo es mundo. Tenía unos catorce años cuando una tarde, mientras me acicalaba para salir con mis amigas, me di cuenta de que a la solapa de mi abrigo le quedaría perfecto el broche verde esmeralda de mamá. Aunque mis padres habían salido de compras, sabía que lo guardaba en el cajón superior de la cómoda. Yo no solía husmear entre sus enseres, siempre que quería algo suyo se lo pedía y ella me lo prestaba, pero decidí saltarme esa norma con la intención de decírselo después. Hurgué entre la ropa interior y no di con lo que buscaba, sino con otra cosa. Fue un hallazgo casual y extraño: se trataba de un certificado que mencionaba un convento de Burgos y una adopción. El corazón me dio un vuelco. ¿Qué significaba aquello? Sentada en el borde de la cama de matrimonio, leí aquel papel una y otra vez. Las fechas coincidían, pero… ¿Cómo iban a ocultarme algo así?

»Un zumbido ensordecedor me golpeaba las sienes. Miles de pensamientos acelerados invadían mi mente. No entendía nada. Cancelé mis planes y permanecí echada, mirando al techo, hasta que regresaron mis padres. Los sometí de inmediato a un interrogatorio. Santiago palideció. Rosa cerró los párpados y se llevó una mano a la frente y otra al pecho, como si estuviera a punto de marearse. Él la sujetó y se sentaron sobre la colcha blanca de encaje de bolillos. No les quedó más remedio que admitirlo, no había escapatoria. Reaccioné muy mal. Me sentí traicionada. Lloré, grité, amenacé con escaparme para ir a buscar a mi verdadera madre. La pataleta me duró días, semanas. A Rosa le entró el pánico. Temió perder a su niña.

»Desesperada, me contó que mi madre biológica era una mujer de dudosa moral y peor reputación que había firmado un documento en el que expresaba su deseo explícito de no mantener vínculo alguno con la criatura nacida de su vientre. No era verdad. Rosa mintió, y tal vez cometiera un error, pero lo hizo por amor. La cuestión es que la creí a pies juntillas. Necesitaba creerla. ¡Era mi madre! La única madre que había formado parte de mi vida hasta donde me alcanzaba la memoria. —Hizo una pausa, suspiró y siguió hablando—. No volvimos a mencionar aquello. Se convirtió en tema tabú. Hace veintitantos años recibí noticias de una tal Lorena que anunciaba el fallecimiento de Adela Cifuentes Gutiérrez, mi madre biológica. La misiva iba acompañada por una caja que contenía cuadernos y cartas que Adela había escrito para mí. Resulta que no me dio en adopción de forma voluntaria. ¡Fui una niña robada! Una más de los miles de niños y niñas que fueron separados de sus familias biológicas durante la Guerra Civil. Ella me buscó. Mi madre se pasó la vida buscándome y murió con la pena de no haberme encontrado. Y yo no moví ni un dedo, ¡ni un dedo!

Se le quebró la voz y por un momento pareció que se iba a echar a llorar, pero se contuvo, sólida como una roca. Mamá y yo estábamos perplejas. Enmudecimos. A mí se me hizo un nudo en la garganta. Contuve el aliento. No me atrevía ni a respirar. Había leído el diario, pero no había adivinado ni por asomo el parentesco entre Adela y Trudy.

—No fue fácil descubrir mi verdadera historia a esas alturas —continuó—. Me encerré en mí misma y en mi casa para leer los manuscritos. Aquellos cuadernos me trasladaron a otra época, a otro tiempo. De repente comprendí tantas cosas… Mi madre, Adela, le fue infiel a su marido Alberto, que era un déspota y un machista de la peor calaña y que, cuando se enteró, la repudió. Mi padre se llamaba Luis.

—Qué fuerte —sentencié.

—Mi abuelo, Enrique Cifuentes, y mi abuela, Elvira Gutiérrez —prosiguió—, encerraron a mi madre en el convento de Santa Clara de Burgos porque les avergonzaba que diera a luz a un hijo ilegítimo. Las monjas le hicieron creer a Adela que yo había muerto y me dieron en adopción a Rosa y Santiago. Enterarme de esto con cincuenta y muchos años resultó impactante. Lloré mucho, muchísimo. Lloré hasta que mi alma quedó limpia y vacía. Supongo que fue mi forma de elaborar el duelo por la pérdida y por los cambios que me vi obligada a encajar de súbito.

—Pero, mamá, ¿por qué no me lo contaste? No puedo ni imaginar tu desolación. Me duele tu dolor —musitó mi madre, que alargó una mano buscando la suya y se la apretó.

—Quería estar sola —continuó Trudy—. Necesitaba estar sola para procesarlo. Recuerdo que os dije que tenía gripe y que era mejor que no vinierais durante al menos un par de semanas para no contagiaros. Íngrid, tú eras muy pequeña. Adela murió con la pena de no conocerme y al saberlo me sentí culpable, terriblemente culpable.

—Tú no tienes la culpa de nada —afirmé con vehemencia—, ¿me oyes? De nada. Las cosas suceden de una determinada manera por alguna razón aunque nos parezca incomprensible, aunque se escape a nuestra lógica.

Me miró con ternura.

—Lo increíble es que hace apenas once años que por primera vez un juez consideró que este tipo de delitos, con sustracción de menores a sus padres, no habían prescrito, pero, claro, por aquel entonces mi madre ya había fallecido —prosiguió mi abuela.

—Sí, exacto, fue Baltasar Garzón quien destapó la trama —puntualizó mamá— y media España se le echó encima.

–Ya lo sabéis todo de mí. Todo, absolutamente todo, mis niñas. –Nos cogió las manos a ambas.

Permanecimos en silencio un buen rato, suspirando, entre sorbo y sorbo de café.

–¿Y tú has leído el diario? –preguntó mi madre.

–Sí. –Miré a Trudy de soslayo.

–¿Puedo leerlo yo?

–Claro que sí, hija. No más secretos. A partir de ahora prometo ser un libro abierto.

–De hecho, descubrirás que te pareces bastante a Adela, mamá –añadí.

–¿De verdad?

–Sí.

Mamá se fue a última hora de la tarde y se llevó los cuadernos y las cartas. Varios días después, durante una de sus visitas, anunció que quería hacernos una propuesta.

–Vayamos a Madrid a visitar la tumba de Adela.

Trudy y yo nos miramos.

–¡Es una gran idea! –me entusiasmé.

–No sé qué decir –titubeó Trudy.

–En coche –agregó Lucía con los ojos clavados en mi abuela–. Yo conduzco. Pararemos cuando lo necesites.

–Es una buena manera de cerrar el ciclo –le dije yo–. En el sepulcro puedes hablar con ella, incluso escribir una carta de despedida y dejársela allí. Los duelos se superan mejor cuando hay un ritual de transición.

–De acuerdo, ¡hagámoslo! –soltó Trudy y se le dibujó una sonrisa que le iluminó la cara–. Venid aquí, niñas mías.

–Obedecimos. Estábamos las tres sentadas en el sofá, con ella en medio. Estiró los brazos y nos estrechó con fuerza contra su cuerpo, una a cada lado–. Os quiero tanto, ¡tanto! Sois maravillosas. Sois los mejores regalos que la vida me ha hecho.

–Somos –aclaré.

–Eso, somos –añadió mamá–. ¡Las tres!

Llegamos a Madrid un sábado a media mañana. Lo primero que hicimos fue dirigirnos a la cafetería más cercana para desayunar, ir al baño y descansar unos minutos. Luego fuimos al cementerio. Tardamos bastante en encontrar su sepulcro y, cuando por fin dimos con él, fue muy emotivo. Cuatro mujeres de la misma familia, de cuatro generaciones consecutivas, ahí reunidas. Llevábamos flores, cada una un ramo. El de Trudy era de rosas rojas; el de Lucía, de azucenas amarillas, y el mío de violetas.

En la lápida rezaba una sencilla inscripción:

ADELA CIFUENTES GUTIÉRREZ
4 DE ABRIL DE 1913-11 DE DICIEMBRE DE 1995
DESCANSE EN PAZ

–Me gustaría quedarme un rato a solas con ella si no os importa. –A Trudy le temblaron las manos y la barbilla al decirlo.

–Por supuesto, tienes todo el derecho. –Mi madre la miró con ternura y le acarició el brazo.

Nos alejamos con lentitud, cabizbajas, pero yo me di la vuelta al cabo de pocos metros y me detuve.

–Quedémonos aquí sin que nos vea. Por si nos necesita.

–Está bien –dijo mamá.

Quería ser testigo de la escena. Me quedé agazapada junto a una de esas paredes blancas llenas de nichos. Atisbé cada gesto de mi abuela mientras notaba en los labios el sabor salado de mis propias lágrimas. Se arrodilló, inició una conversación de hija a madre. Lloraba y de vez en cuando se reía. Manoteaba en el aire, movía la cabeza. Entre relato y relato se disculpaba. Pedía perdón una vez tras otra, nunca le parecía suficiente. Luego le «entregó» una carta. La depositó en la tumba, camuflada entre las flores.

Estoy convencida de que fue la propia Adela, mi bisabuela, la que movió los hilos desde arriba, la que provocó la caída de Trudy, mi regreso de México, mi tropiezo casual con sus cuadernos, mi enfrentamiento con mamá y posterior reconciliación. El reencuentro de tres mujeres que en realidad son cuatro.

Cuando vi que Trudy hacía un gesto de dolor por la postura y además de levantarse, salí de mi escondite y corrí a ayudarla sin importarme que se diera cuenta de que la habíamos estado espiando. No protestó. Se agarró de mi brazo y empezamos a caminar a su ritmo pausado. Nos dimos la vuelta una vez más.

–Gracias, mamá –susurró.

Una ráfaga de aire tan agradable como repentina nos envolvió en ese instante. Fue increíble. No hacía viento. No hacía nada de viento esa mañana, al contrario, era un caluroso día de principios de otoño. Un escalofrío me recorrió la espina dorsal.

–Creo que me ha perdonado. Soy consciente de que lo que afirmo carece de lógica, pero lo noto. Lo sé. Ha escuchado mis palabras, ¡las ha escuchado! ¡Siento paz aquí dentro! –Se colocó ambas palmas en el pecho, una sobre otra, y cerró los párpados–. Una paz infinita.

Cuando abrió los ojos, respiró hondo y nos abrazó con una fuerza inusitada. Nos quedamos un buen rato así, pegadas como lapas. Y estoy segura de que en esa fusión no éramos tres, sino cuatro. Regresamos al coche con desgana, pero felices, sin cesar en nuestro parloteo atropellado ni en nuestras ganas de reír. Era como si un espíritu pueril y juguetón hubiese poseído nuestras almas.

Dedicamos el resto del fin de semana a hacer turismo por Madrid. Disfrutamos del tapeo en algunas terrazas y de un estupendo cocido madrileño en un restaurante de comidas caseras. Bueno, el cocido se lo comió Trudy. Mamá dio buena cuenta de un bocata de calamares y yo me comí un par de huevos fritos con patatas y pisto. Rastreamos el barrio de Salamanca con la intención de buscar la portería de mis tatarabuelos y El secreto de Adela, su emblemática panadería, pero lo que descubrimos en su lugar fue una conocida entidad bancaria y un establecimiento de comida rápida con un cartel luminoso tan enorme como nuestra decepción.

Recorrimos la plaza de la Cibeles, la calle de Alcalá y la Puerta del Sol. Cogimos el metro porque yo me empeñé, ¡me encanta el metro de Madrid! Me hice fotos junto a la estatua de Federico García Lorca, situada en el barrio de las Letras. El broche de oro de nuestra escapada fue un buen paseo por el parque del Retiro mientras anochecía. Nos quedaron mil cosas por ver. Aun así, fueron dos días redondos, inolvidables, sublimes, repletos de emociones. Aquella visita a la tumba de Adela le sirvió a Trudy para cicatrizar heridas, y su madre dejó de ser un tema tabú.

Mi abuela introdujo los cuadernos y las cartas en una caja de las que venden en tiendas de objetos de regalo. De cartón duro, plastificado, decorada con dibujos de flores, cientos de florecillas preciosas, muy similares a las que depositamos en la tumba de mi bisabuela. Y me la entregó.

—Toma, es para ti, quiero que la conserves tú —dijo mientras yo metía mi ropa en la maleta.

—No puedo llevarme esto a México, pesa mucho.

—Lo sé, cielo. Es un gesto simbólico. Guarda la caja aquí,

en tu habitación. Es lo que tengo y lo que heredarás cuando me vaya al otro barrio: la casa y todo lo que contiene.

–Gracias, Trudy.

Nos fundimos en un abrazo intenso, largo, emotivo.

–Te voy a echar tanto de menos, ¡tanto! Te quiero con locura.

–Yo a ti también, se me parte el corazón por dejarte aquí.

–¿Sabes qué, Íngrid? Romperme la cadera es lo mejor que me ha pasado en la vida. Como tú bien dices, las cosas suceden por alguna razón.

–¡Menuda ocurrencia! No te rompas más la cadera, Trudy, que estamos a unas pocas horas de avión. Si tú me dices «Ven» lo dejo todo y vengo.

Nos reímos con ganas.

En cuanto a mi relación con mamá, debo decir que recobrar la fe en alguien después de años de rencillas no es tarea fácil. La confianza entre nosotras se fue fraguando con parsimonia. No sucedió de la noche a la mañana. Se soldó a base de sacrificio y empeño, con paciencia y constancia, paso a paso, como la cadera de Trudy.

Ahora estamos en contacto continuo y lo sabemos todo la una de la otra. Hemos recuperado la vieja complicidad que teníamos durante mi infancia. Cuando muestra su verdadero yo, mamá es una mujer genuina. Somos muy dispares, es cierto, pero ¿acaso no son las diferencias las que nos enriquecen? Aprendemos mucho la una de la otra. Yo sigo viviendo en México, sin embargo, ¿cuándo ha sido la distancia un obstáculo para las personas que se quieren? Nos comunicamos por mensajes escritos, audios y videollamadas. Trudy también se ha abierto a las nuevas tecnologías y tanto ella como mi madre no solo se conectan conmigo, sino con Clara, que está encantada con su suegra y mi abuela. ¡Hasta van a venir a visitarnos el próximo verano!

Se me hacía raro volver a Ciudad de México después de todo un semestre –tan significativo y especial– en mi querida Barcelona, pero tenía claro mi destino. Me acompañaron al aeropuerto. Durante el trayecto en coche, un grupo de moteros pasó por nuestro lado. Mamá conducía, yo ocupaba el asiento del acompañante y Trudy iba detrás. Soltó un chillido. La miré a través del espejo retrovisor y vi que se quedaba boquiabierta. Muy pegado a nosotras iba un tipo que respondía bastante a la descripción de mi abuelo, encaramado sobre su Harley-Davidson de color rojo fuego, con una banderita estadounidense ondeando al viento.

Trudy bajó la ventanilla y agitó la mano con ímpetu entusiasta. El joven respondió a su saludo con un «*See you!*», aceleró la marcha y su figura se perdió en el horizonte. Mamá y yo nos miramos sin poder contener las carcajadas. Trudy subió el cristal y empezó a tocar las palmas con alegría pueril.

–¿Lo habéis visto? ¡Era clavado a Michael!

Se quedó en trance, como si acabara de tener una experiencia mística. La sonrisa plácida que iluminó su rostro reflejaba auténtico éxtasis. Pura vida. La viva imagen de la felicidad.

Epílogo

Madrid, 29 de agosto de 1995

Querida hija:

Sigo sin saber dónde estás y a duras penas me que-
dan fuerzas para escribir. Me siento cansada y enferma.
Además, estoy perdiendo la memoria. Yo no me doy
cuenta, me lo dicen las enfermeras. Mi cabeza abando-
na mi cuerpo y se toma unas vacaciones. Durante esas
ausencias no soy consciente de quién soy ni de por qué
estoy aquí. La que mejor se porta conmigo se llama Lo-
rena y es muy joven, no creo que supere los veinte años.
Es un sol. Es mi ángel de la guarda. A menudo me da
por pensar que Dios me la ha enviado para proporcio-
narme algo de paz antes de emprender el largo viaje sin
retorno.

Lorena opina que debo estar preparada, porque esas
ausencias mías serán cada vez más prolongadas y es pro-
bable que en una de ellas me quede a vivir para siempre
en ese lugar fantástico al que me transporta mi mente.
No parece un mal sitio. Dice que cuando estoy allí mi
rostro refleja una serenidad inmensa y una felicidad ex-
traordinaria. Imagino que es el paraíso celestial, que ya
me espera. Me lo cuenta con tal paciencia y dulzura que
casi sueño con la llegada de ese día. Es un alivio, porque
mi vida no ha sido un camino de rosas. En cualquier
caso, Lorena se ha ofrecido a escribir en mi diario lo
que yo le dicte mientras siga lúcida, desde luego eso no

forma parte de sus tareas, pero ella es así de gentil. Me encuentro a gusto en esta residencia, todas las enfermeras son buenas, esa es la verdad, pero Lorena es mi preferida, con diferencia.

Me ha prometido que, pase lo que pase, encontrará la forma de llegar hasta ti. No imaginas la paz que eso me proporciona, porque es mi máximo objetivo y el único motivo por el que sigo aferrada a este mundo. Sabiendo que alguien cumplirá en mi nombre la misión que yo no he sido capaz de rematar en vida ya puedo morir tranquila. Confío en ella. Es una joven tan alegre y dicharachera que ha logrado que esta pobre anciana recupere la sonrisa que perdió hace tanto, tantísimo tiempo que ni se acuerda.

María, solo me queda decirte que te quiero con locura, que te he querido desde el mismo instante en que te concebí. He aprendido el verdadero significado de la palabra «amor» gracias a ti. Que mi muerte no te aflija, hija mía, sé que voy a un lugar mejor. Quiero que sepas que mi existencia cobró sentido el día que saliste de mis entrañas. Solo por eso, todo, absolutamente todo, ha merecido la pena. No he podido disfrutar de tu compañía en esta vida, pero nos veremos en la próxima. Entonces estaremos juntas durante el resto de la eternidad.

Mi único deseo es que seas libre y feliz en el más amplio sentido de estas dos bellas palabras.

Tu madre que te adora,

Adela Cifuentes Gutiérrez

Una carta de la autora

Queridas lectoras, queridos lectores:

Cuando mi hija tenía trece años, me preguntó una tarde si iba a participar en el certamen literario que organizaba el instituto, con motivo de Sant Jordi, para padres y alumnos. El plazo de entrega finalizaba al día siguiente. Yo le dije que no había preparado nada, que no me daba tiempo, y ella respondió: «Mamá, tú puedes escribir un buen relato en un momento si quieres». Sus palabras me emocionaron tanto que no quise defraudarla. Me inventé una historia titulada *El secreto de Adela*, la presenté y obtuve el primer premio. Aún recuerdo lo orgullosa que mi hija se sintió de mí. Y los obsequios que recibí: una preciosa rosa roja y un ejemplar de *El tiempo entre costuras* de María Dueñas. De aquel relato que escribí deprisa y corriendo, impulsada por el amor y la admiración incondicionales de mi niña, germinó la semilla que años más tarde daría vida a esta novela.

Un abrazo,

Mar Montilla

Agradecimientos

Quiero dar las gracias:

A Santi Baró, porque después de llamar a las puertas de múltiples editores y agentes sin obtener respuesta, él me abrió de par en par la de su agencia literaria Exit. Me prestó atención, respondió a cada uno de mis extensos *emails*, y mostró un interés inmediato por el manuscrito que le envié. En un tiempo récord encontró una editorial en la que mi obra encajaba: Newton Compton Editores.

A Marina Sánchez, por su gran profesionalidad y la capacidad para captar y comprender las manías de esta escritora.

A Carmen Fernández Aguilar, por enseñarme a transformar, acortar y pulir. Solo quienes se dedican a este sufrido oficio entenderán mis pataletas cada vez que debía eliminar algún capítulo o párrafo.

A todo el equipo de Newton Compton Editores por la extraordinaria labor que realizan y por acogerme con tanto mimo. En los años que llevo intentando abrirme camino en este mundillo, es la primera vez que se me trata como a una escritora de verdad.

A la doctora Sandra Serrano, por instruirme acerca de cómo se recupera una cadera rota.

A Yolanda Moliner y Mónica Rodríguez, por atreverse a leer farragosos fragmentos de una versión anterior de la novela.

A María José Alcalde, por su pequeño gran gesto, tan significativo.

A Saïd El Kadaoui, por ayudarme a desenmarañar la madeja.

A José Mejías, por rescatarme de ese Triángulo de las Bermudas que es para mí la tecnología.

A Almudena Grandes, porque sus *Episodios de una guerra interminable* avivaron mi curiosidad por la Guerra Civil española.

A María Rosa Madariaga, porque su libro *Los moros que trajo Franco* reafirmó mi teoría de que la imagen salvaje y esperpéntica de los soldados marroquíes que se muestra en la literatura y el cine no se ajusta a la realidad.

A mis padres, Plácido y Ana, por transmitirme la fuerza de voluntad, el sentido del sacrificio y la constancia que me han permitido llegar hasta aquí sin rendirme.

A mi hermana Ana, por su presencia constante, por su apoyo, por su cariño infinito.

A mi hija Chris, por enseñarme a ver el mundo a través de sus ojos, algo que me ha obligado a abrir la mente y ampliar mis horizontes.

Índice